Keep going, it counts

崔予缨 著

跑步前进

上海文艺出版社

图书在版编目(CIP)数据

跑步前进 / 崔予缨著 . — 上海：上海文艺出版社，2022
　ISBN 978-7-5321-8317-3

Ⅰ.①跑… Ⅱ.①崔… Ⅲ.①随笔—作品集—中国—当代 Ⅳ.① I267.1

中国版本图书馆 CIP 数据核字（2022）第 028670 号

责任编辑　倪　骏
特约编辑　长　岛
装帧设计　长　岛

跑步前进
崔予缨　著
上海世纪出版集团　上海文艺出版社
上海市闵行区号景路 159 弄 A 座 2 楼　201101
上海文艺出版社发行中心发行
上海市闵行区号景路 159 弄 A 座 2 楼 206 室　201101　www.ewen.co
苏州市越洋印刷有限公司印刷
开本 880×1230　1/32　印张 10　字数 223,000
2022 年 3 月第 1 版　2022 年 3 月第 1 次印刷
ISBN 978-7-5321-8317-3 / I · 6566　定价：68.00 元

告读者　如发现本书有质量问题请与印刷厂质量科联系
T：0512-68180638

▲ 2020年第125届波士顿马拉松赛

▲ 戈壁探路

▲ 戈壁跑者的标准造型——蒙面侠

▲ 8月,戈壁朝阳下

▲ 2021年波士顿马拉松开赛现场

▲ 浙大戈11A队（曹洗建摄）

▲ 2022年，戈11A七周年合影

▲ 目标达成

▲ 跑完伦敦马拉松回母校

▲ 井冈山马拉松赛

▲ 沙尘暴（戈友映像供稿）

▲ 在戈12庆功宴上

▲ 昆仑障

▼ 比赛中的 A 队（戈友映像供稿）

序

领队崔妈

"崔妈",是戈友们对崔予缨的爱称,他多次带领浙大戈赛队伍,担任领队。

从这个爱称,就能看出来,大家有多爱他。

和其他四五十岁的"老男人"不同,戈友这个群体,从来不会觉得"谈情说爱"有多为难。原因很单纯:"走过茫茫戈壁,都是姐妹兄弟",尽管"曾经沧海难为水",但人届中年,横空杀出来这样一段难忘的共同经历,的确如同人生又经历了"第二春",不知道凭空会增加多少年的青春岁月。更有味道的是,带着中年人才会有的"沧海"与"巫山"之感,这凭空增加的青春,的确是与风华正茂、"为赋新词强说愁"的少年大有不同。

这篇文字就是这样。崔妈曾经问我对他的这些戈壁记忆的感受,我半开玩笑半正经地说,你的大作让我想起古罗马皇帝奥勒留那部著名的《沉思录》。这位帝王哲学家,几乎终生都是在马背上度过的。他在征战的间隙,记录下自己的所思所想,最终汇集成著名的《沉思录》。据说有不少大国的政治家、总统、总理,都把这部书当成必备的枕边书。这么说不是要拿崔妈和古罗马皇帝做什么对比,而是想说,随时随刻把自己的所思所想用文字记录下来,是一种难得的能力和美德。很惭愧我既缺乏这种能力,也不具备这种美德,因此这样的沉思,更加令我仰慕。

仰慕的不仅是书中字字珠玑的人生警醒,更是在经历那些难忘时刻的时候,崔妈和他的伙伴们,那种专注、凝聚、燃烧,还有豁达。在书中我不仅看到了崔妈的戈赛史,看到了浙大队的戈赛史,也看到了我的戈赛史——毕竟我们在戈赛中有那么多的交集,但我只顾着埋头走路,却忽视了路边难忘的风景。感谢崔妈,为我们记录下来一个个感人的、本就不应忘记的瞬间。更感谢崔妈,原谅了我在路上那么多不那么漂亮的时刻,原谅了我给"崔妈们"造成的困扰、误解甚至痛苦。

我看到崔妈回忆到,戈15崔妈带领的浙大队,无意中违反了戈赛的规则,被裁判以及仲裁委员会判罚十分钟,从而掉落了三个名次。崔妈说:"参加戈赛五年以来,我一直没有掉过眼泪。那天,我找了个角落,号啕大哭,心痛的感觉牢牢攫住了我……"

看到这里的一刻,我也突然感觉到心脏像是被一只手狠狠地攥了一把,心痛!看过崔妈的回忆,你就知道一个戈赛领队有多么的不容易,因此我很理解领队们在遇到这样的情况时,那种沉重的打击感。几乎每年我都会面对几个震怒的领队,往往在这种直面面对的时候,反而是我最冷静的时刻。但此刻不同,我感受到了脆弱。我似乎愧对他们的泪水……

崔妈的文字提醒了我。当崔妈在那个角落痛哭的时候,他的战友——我觉得此刻用"战友"比"伙伴"更贴切——史力光,"光哥",正在组委会的帐篷里,面对几位仲裁委员会委员(包括我),努力做最后的争取。那个场面我印象深刻:面对光哥的动情恳求,几位委员默默互视之后,几乎同时低声回答:不可以。

那个瞬间突然在我眼前立体起来,像是通过四维空间,又回到了那个时刻,眼睁睁看着在下面那个三维空间中正在发生的一切,但你却无能为力。我很感谢崔妈依然如此信任地邀请我给他的新书作序，似乎这段令人绝望的哭泣从没发生过——他甚至在戈15之后，力劝太太带着他们著名的新通教育集团，集体走上戈壁，接受"玄奘之路"的洗礼。我也同样感谢光哥，在我去杭州出差的时候，依然热情地邀请我喝酒，丝毫不再重提几个月前我在组委会帐篷里那"冷酷的拒绝"……戈赛只是一场比赛，但这些，却都是不应该忘记的风景。

崔妈请我给他的书作序，似乎这只是崔妈自己的事儿，但我却专门起了一个题目，叫"领队崔妈"。这的确不仅仅是崔妈自己的事儿。据崔妈说，戈赛各队伍的领队中被称作"妈"的，他知道的至少就有三个。的确，"妈"几乎成了戈赛领队们的专称。我是想用这个题目，不仅仅表示对崔妈的敬意，更要表示对所有戈赛领队们的敬意。没错，崔妈就是他们派来的，提醒我要爱他们，要尊敬他们——没有你们，就没有那个激情燃烧的戈赛。

理想、行动、坚持、超越，感谢所有的"领队崔妈"！

曲向东
"玄奘之路"创始人　行知探索集团董事长
2021年12月20日

自序

跑步有意思

日本著名作家村上春树是个长跑爱好者，著有《关于跑步，我想说的是……》一书，把跑步的意义三百六十度无死角地说了一遍。

人到中年，我也迷上了跑步，很想东施效颦，写点儿什么。

想来想去，总结出一句话：跑步有意思。

那么，究竟有意思在哪里？

在回答这个问题之前，先请大家看一个据说是托尔斯泰写的关于皇帝的三个问题的小故事。

一天，有一位皇帝遇到了这样一件事：有三个问题，只要他知道了这三个问题的答案，他就永远不会再有任何麻烦。

一、做任何事情最好的时间是什么时候？

二、与你共事的最重要的人是谁？

三、任何时候要做的最重要的事情是什么？

皇帝在全国张榜宣告说，无论是谁，只要能够回答这三个问题，就会得到重赏。很多读到榜文的人立刻动身去了王宫，每个人都有不同的答案。

对于第一个问题的答案，一个人建议皇帝制定一份时间表，规定好每个小时、每一天、每一月、每一年所应做的事情，然后严格地按照这份时间表去行事。只有这样，他才有希望在恰当的时间去做每一件事情。

另外一个人回答说，提起计划是不可能的。皇帝应该放弃一切无谓的消遣，保持对每一件事情的关注，以便知道什么时候该做什么事情。

其他一些人则坚持说，皇帝一个人永远不可能具备一切必需的先见之明和能力，以决定什么时候该做哪一件事情，因此他真正需要的是建立一个智囊团，然后根据这个智囊团的建议行事。

对第二个问题和第三个问题的答案，也是莫衷一是，五花八门。皇帝对所有答案都不满意，也没有给予任何奖赏。思考了一个晚上之后，皇帝决定去拜访一位住在山顶上的隐修者，据说那是一个开悟了的人。尽管皇帝知道这位隐修者只接待穷苦人，但他还是决定找到这位隐修者，以便请教这三个问题。

于是，皇帝把自己打扮成一个朴实的农民，让侍从在山脚下等着，他一个人独自登山去寻找那位隐修者。当皇帝找到这位隐修者的时候，他正在茅棚前的花园里挖地。隐修者看到这位陌生人的时候，点点头以示招呼，然后继续挖地。这项工作对隐修者来说显然很吃力，因为他是一个老人。

皇帝走近老人说，我来这儿请教您三个问题，隐修者忍着倾听这三个问题。听完，他只是拍拍皇帝的肩膀，然后就继续挖他的地去了。皇帝说："您一定是很累了，让我祝您一臂之力吧。"隐修者谢过皇帝，把铁锹递了过去，他自己坐下休息。

挖了几个小时后，皇帝问隐修者三个问题的答案，隐修者依然没有给答案，反而问皇帝："您听见有人在那边跑吗？"皇帝转过头，看见一个人从森林里冒了出来，手捂着流血的伤口，拼命地向皇帝跑来，然而中途却倒在地上，失去了知觉。皇帝和隐修者把这个人的衣服解开，才发现他受了重伤。皇帝帮那个人彻底清洗了伤口，并用自己的衬衫包扎，直至伤口不再流血。

最后，那个受伤的人恢复了知觉，要喝一杯水，皇帝到溪边打回一罐清水给他。天色黑了，皇帝和隐修者把伤者抬到茅棚里，让他休息。等他醒来的时候，已经是第二天太阳升起在山顶的时候。当他看见皇帝的时候，目不转睛地盯着皇帝，然后用极其微弱的声音说："请原谅。"

皇帝很惊讶，伤者继续说："陛下不认识我，但是我认识您。我是您不共戴天的仇敌，我曾经发誓要向您复仇，因为您杀了我的兄弟，抢了我的财产。知道您上山寻找隐修者，我就在您回去的路上等着，计划出其不意地杀了您。但是，我一直等不到您下山，决定上山来找您，结果遇到您留在山下的侍从，他们认出了我，把我砍伤。很幸运，我逃脱了，结果遇到您，想不到您救了我。我很惭愧。您救了我的命，我发誓要用余生做您的仆人，我会命令我的子孙也这样做，请原谅我吧。"

皇帝喜出望外，他没有想到就这样与一位宿敌和好了。伤者显然已经原谅了自己，于是皇帝决定退还他的财产，并派自己的御医去伺候这个人直到他康复。皇帝继续问隐修者三个问题的答案，他发现隐修者在他们前一天挖的地里播种。隐修者告诉他："你的问题已经得到解答了。"皇帝迷惑不解。

隐修者说："昨天，如果你没有因为我年老而对我升起怜悯心、帮我挖地的话，你肯定在回去的路上遇到那个人的袭击。因此，最重要的时间是你在苗圃里挖地的时间，最重要的人是我，最重要的事情是帮助我。

"后来，当那个受伤的人跑到这儿来的的时候，最重要的时间是你帮他包扎伤口的时间，因为如果你没有照顾他，他肯定会死的，你就失去了与他和解的机会，同样地，他是最重要的人，而最重要的事情是照看他的伤口。

"记住,只有一个最重要的时间,那就是现在。当下是我们能够支配的时间。最重要的人总是当下与你在一起的人,就在你面前的那个人,因为谁知道你将来还会与其他什么人发生联系呢?最重要的事情是使你身边的那个人快乐,因为只有这个才是生活的追求。"

这个故事说的就是活在当下的道理,认真专心地做好眼前的事儿,才有实现人生价值的机会。如果不能专注于当下,所谓的意义就毫无意义,那是好高骛远。饭要一口一口地吃,路要一步一步地走。离开当下去奢谈或找寻幸福是由什么组成的,那你将永远不会找到幸福;忽视当下去探究人生的意义,那你永远不会生活。

可是,要真正做到专注于当下,并不容易。正如林语堂所说,"回忆过去,憧憬未来都很容易,而能够懂得把握现在,并得到领悟与力量那就难了。"

而跑步,恰恰就是这样一种训练我的专注力的运动。跑步最难的不是跑到终点,而是设法站在起跑线上,无论盛夏酷暑还是寒冬腊月,需要的是当下的执行力。也就是说,要跑就现在跑,立刻马上,而不是明天啦,以后啦,将来啦,等等托辞。专注当下,付诸行动是跑步的关键词。"将来有一天"在这里是一个危险的词汇,往往是"永远不会发生"的另一种说法。

唯有跑步的时候,可以沉下心来坦诚面对当下的自己,不需要扮演。我谁也不是,我就是我。因为跑步,我学会了从另一个角度观察这座生于斯、长于斯的城市,看到了从未看到过的风景:清晨迎着朝阳排队划向湖中央的游船,公园里那棵大树上松鼠又做窝了,路边的广告牌更新了,白堤上柳树冒出的第一叶嫩芽,第一朵盛开的桃花,第一把被采摘下来还散着荷叶香的莲蓬,第一缕炒制明前龙井茶的清香……原来这座生活了五十年的城市里,竟还有如许美丽的瞬间是我从未体验过的;因为跑步,这些花儿,熟悉的马路广告牌与浙大

◀ 跑步成为生活的一部分

玉泉操场上慢跑的老师们，都是我经年累月屡次经过的路标，成为陪伴我的力量，见证着岁月的痕迹；因为跑步，我体会到那些平日里视作理所当然的亲情和友情其实弥足珍贵，再小的善意都要感恩。正所谓：对别人好是你的本能，别人对你好要感恩；因为跑步，我学会了专心迈步，无问西东。奔跑的时候，你的世界不再嘈杂，只有自己的呼吸和脚步声，与身体和灵魂对话，与大地对话，与晚风对话，与日出前的薄暮对话，你当下最重要的事情就是怎样迈动双腿抵达终点。在奔跑中，我学会了发现生活中的平凡之美，心怀喜悦和感恩——这，就是跑步最有意思的地方。曾经认为耗费宝贵的时间和精力沉浸其中不划算，可经历后才发现，那些被认为不靠谱的事儿里，充满了意外的发现。人生有很多选择，每一条道路都有风景，如果你用心体会的话。跑步也一样，即使在旁人看来毫无意义，只要自己能全心投入认真去做，就是生活中最幸福的时刻之一。如果我们能够不纠结于过去，不忧虑未来，只是全神贯注于当下，尽全力做好每一件事，那么无论成与不成，我们都是在做最好的自己。

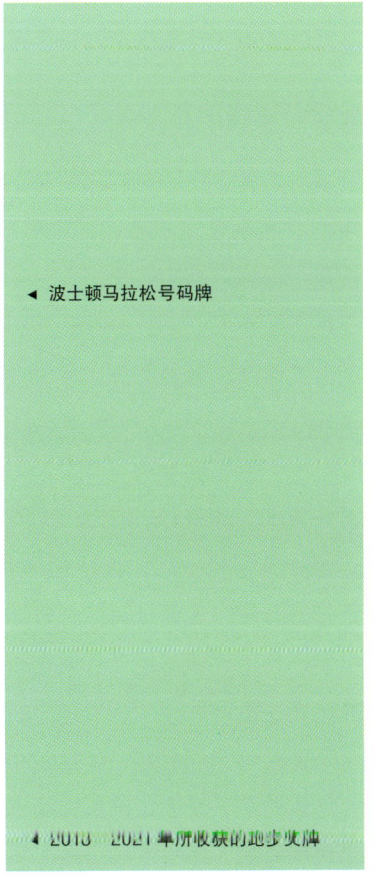

◀ 波士顿马拉松号码牌

◀ 2013—2021 年所收获的跑步奖牌

法国思想家、作家蒙田认为，每个人最根本的职业就是生活。因此，人生无法用外在的东西来理解，它必须用你自己的行动，用一个一个脚印去一行一行地书写。人生的意义实在是一种实践的学问，简单说，人生其实只是一个书写自己履历的过程，认真地刻写当下的每个痕迹，才是真谛。所以读书的时候就应该认真上课写作业，认真考试；工作的时候就应该认真对待每个任务；为人儿女、为人夫妻、为人父母、为人朋友就应该认真做好每个角色。这不是伟大与平凡的问题，这是人生意义的问题。生活的每一段就如一个个跳跃的音符，只有好好地谱写在生命的五线谱上，才可奏出美妙的乐章。

这么说的话，跑步不仅有意思，还有意义；不仅锻炼身体，还修炼心境。在浮躁的尘世里，人们不太容易看清自己，跑步以一种最简单的方式让你静下来，告诉你：要真诚，不要虚伪；要务实，不要浮夸；要坚毅，不要脆弱；要走远路，不要走捷径；要坚持，不要敷衍。当你对生活认真了，生活便开始对你认真。当你专注于眼前的生活，把意志力集中在征服当下的路程，就轻易避开了迷茫。这些都能做到的话，就是把每一步都走稳了，走踏实了，离达成目标也就不远了。

跑步教会我如何养成专注当下的习惯。有了专注力，自然就会认真对待每一件事。而有了认真的态度，做事多半就会很执着，绝不放弃。看看，一环扣一环，跑步的终极意义就出来了，那就是坚持。跑马拉松的时候，常常听到的一句话就是：哪有什么胜利可言，挺住就意味着一切。凡事只要专心致志，坚持到底，多半就把希望留住了，美梦成真也不远了。

说到这儿，想起了吸引力法则。有人说，不管住在哪个城市，你的身体里都有足够点亮整座城市接近一星期的潜在能量！科学家们对此的解释是：宇宙中的万物都是能量，都以某种频率在振动着。身为能量之一，你也会以一种频率在振动着。不论哪个时刻，决定你的频率的，就是你当时的想法和希望。神奇的是，在想着你要的事物时，你就会发出一个频率，并使该事物的能量依着那个频率振动，然后把它带来给你！当专注在你想要的事物之上时，你就在改变那个事物的原子振动，并使它随着你而振动。所以说，你就是宇宙最强的发射台，因为你被赋予利用理想和希望来集中能量的力量，能改变你所专注的事物的振动频率，然后将它吸引过来。

这个令人匪夷所思的现象告诉我们，我们内在的能力、才智和力量是超乎自己想象的。只要你足够专注，足够坚持，就可以心想事成。当梦想看起来离你很遥远的时候，要留住希望，就要不放弃，意味着加倍努力，不给自己留有余地。事实上，我们每天都会有挑战，有障碍，关键在于你是否有足够的毅力和耐心去面对，去解决。没有哪一个人一生出来就擅长做什么事情的，只有努力才能培养出技能。任何人都不是在第一次接触一项体育运动时就成为冠军，任何人都不是在第一次唱一首歌时就找准每一个音，一切都需要坚持才能熟能生巧。当你专注于当下，坚持不懈，你就在改变事物的振动频率，在不久的将来，你会发现，原来梦想已经被你吸引过来，成功就在眼前，触手可及。

几年前，阿迪达斯曾有一句著名的广告语：Impossible is nothing！当时我还在想，为什么不采用"Nothing is impossible！"呢？两句话几乎是一样的。后来仔细品味，发觉两句话在气势上有很大差别。"Nothing is impossible"的意思就是没有什么是不可能的，而"Impossible is nothing"则直截了当地告诉大家，不可能根本不存在！所以，要成功，就是要把不可能抛在脑后，相信自己，拥有足够点亮整座城市接近一星期的潜在能量！生命很神奇，你的一天的生活中所发生的事情，比你看过的任何奇幻电影还要奇妙，不过你必须像看电影那样专注地看着正在发生的事。你就是自己的人生编剧，你撰写故事，笔在你手上，只要你坚持不懈，结局就是你所选择的一切。

这么看来，跑步这事儿不简单，能把坚持到底的意志力修炼出来，可谓意义重大。所以，跑步的背后是人生观和价值观，透着人性，体现的是一个人的综合能力，包括做事的态度和方法——这和智商息息相关。还有怎样与人合作、怎样待人接物等处事态度，这和情商息息相关。总之一句话，要想跑好步，不容易。

那就一起来聊聊跑步。

所谓跑步就是为了与天空对话，而不断向大地学习的过程。

虽然我的跑步经历没有骄人的战绩，但是，作为一个中年理想主义者，我固执地认为，写作没有输赢，只是任由文字在手指间流淌开来，不和这个世界争，也不和别人争，更不必和自己争。既然跑步已经成为我的人生中一个重要组成部分，那么，就有必要记录下来。

冯唐说，写回忆的文字一定是压榨自己，直到精疲力竭。为何乐此不疲？大概就是想逼着自己想明白一些事儿。我经历，我理解，我表达。表达的时候，把经历过的日子再过一遍，沉淀下来的就是比金子还难得的见识；想不明白的，沉淀不下来的，也别指望自己了，大概率是超出自己的认知能力了。

我举双手同意。我不知道能不能把过往的经历理性地阐述清楚。说到底，饭桌上忆往昔的侃侃而谈和付诸笔端的文字有着天壤之别。能吹牛不代表会写，就像会开菜单不一定会做一桌子菜一样。子曰："辞达而已矣。"我照着这个目标努力。对于写作，我肯定是严肃认真的，但对文字质量却有些担忧。说到底，这也是戈赛带给我的"成果"，那就是：说话越来越直接，只有动词和名词，只有主语和谓语。文艺兮兮、欲语还休的气息荡然无存，仿佛从西装革履、红酒牛排直接过渡到裹着军大衣脚蹬老棉鞋蹲土墙根儿把头埋在海碗里吸面条。觉得一件事美好，只会说美丽，觉得一个人厉害，就说牛×。

◀ 2018年伦敦马拉松

仿佛中华文化仪态万千妖娆多姿的文字，都消失了一般。另一个显而易见的改变是：衣橱越来越简单。原先的衬衣西装领带口袋巾基本靠边挂着，印着各种"戈×"字样的跑步服装——被太座和闺女称为广告衫——层峦叠嶂，气势宏伟。鞋柜里皮鞋不见踪影，各种花花绿绿的跑鞋满满当当。其实，也谈不上啥抱怨，每个人现在呈现的样子，都是自己过往经历的叠加。跑步给我打了深深的烙印，笑纳便是。

子曰：四十不惑。我五十了，对人生，对自己，仍然惑得很。但愿，现在开始的码字活动能让我对过往十年的跑步活动有个清晰的再认识，算是解惑的开端。码字活动无它，唯老实而已，戒嘲风月，弄花草，有辞藻而乏内容的文字；戒空洞无物，无思想，形式主义和唯美主义的文体。

海明威说：When it is written, it is gone. 如果这些文字还算有趣，或者再进一步，对大家有那么一点点裨益，则善莫大焉。

2022年1月

◀ 柏林马拉松赛后

目 录
contents

序：领队崔妈 ················· 曲向东　001
自序：跑步有意思 ······················ 004

第一辑　跑步释人生 ···················· 001
　关于跑步，我想说的是 ················ 005
　谢谢你……不带"们" ················ 009
　遇见——雅典马拉松杂记 ·············· 014

第二辑　有些事儿，一旦开始了就停不下来——我的戈壁 ···· 021
　认识自己 ·························· 024
　戈11：逆旅 ······················· 033
　戈12：圆梦 ······················· 048
　　你得在向前走之前放下过去 ············ 048
　　在孤独中，一个人要像一支队伍 ········· 051

  I jump you jump ⋯⋯⋯⋯⋯⋯⋯⋯⋯⋯⋯⋯⋯⋯⋯⋯⋯ *053*
  Leadership on the edge——戈赛与领导力⋯⋯⋯⋯⋯ *054*
  一路相伴，让梦想更有方向 ⋯⋯⋯⋯⋯⋯⋯⋯⋯⋯⋯ *059*
  君子和而不同 ⋯⋯⋯⋯⋯⋯⋯⋯⋯⋯⋯⋯⋯⋯⋯⋯⋯ *072*
  灵魂没有假肢——*正直的勇气* ⋯⋯⋯⋯⋯⋯⋯⋯⋯⋯ *081*
  此中有真意，欲辨已忘言 ⋯⋯⋯⋯⋯⋯⋯⋯⋯⋯⋯⋯ *086*

戈 13：修心 ⋯⋯⋯⋯⋯⋯⋯⋯⋯⋯⋯⋯⋯⋯⋯⋯⋯⋯⋯⋯⋯ *107*
  小我的喜悦 ⋯⋯⋯⋯⋯⋯⋯⋯⋯⋯⋯⋯⋯⋯⋯⋯⋯⋯ *108*
  玄奘之路，一直是在彼此的关爱和帮助中完成的 ⋯⋯ *112*

2018 年——放下 ⋯⋯⋯⋯⋯⋯⋯⋯⋯⋯⋯⋯⋯⋯⋯⋯⋯⋯⋯ *116*
  懂得慢的那个人，才是快的那个人 ⋯⋯⋯⋯⋯⋯⋯⋯ *116*
  If you live simple train hard and live an honest life
  then you are free ⋯⋯⋯⋯⋯⋯⋯⋯⋯⋯⋯⋯⋯⋯⋯⋯ *120*
  长跑不是比速度，而是比心里放什么东西 ⋯⋯⋯⋯⋯ *134*

戈 14——跨越海峡的合作与分享 ⋯⋯⋯⋯⋯⋯⋯⋯⋯⋯⋯ *136*
  从 *mission impossible* 到 *mission accomplished* ⋯⋯ *138*
  真诚和善良，是解决问题的最快路径 ⋯⋯⋯⋯⋯⋯⋯ *145*
  当断则断是勇气 ⋯⋯⋯⋯⋯⋯⋯⋯⋯⋯⋯⋯⋯⋯⋯⋯ *146*

至诚无妄　莫逆于心 ⋯⋯⋯⋯⋯⋯⋯⋯⋯⋯⋯⋯⋯⋯⋯⋯⋯ *153*
  友直友谅友多闻 ⋯⋯⋯⋯⋯⋯⋯⋯⋯⋯⋯⋯⋯⋯⋯⋯ *153*
  戈 11：共同的记忆 ⋯⋯⋯⋯⋯⋯⋯⋯⋯⋯⋯⋯⋯⋯⋯ *158*

那些年，我们一起跑过的步和吹过的牛 ⋯⋯⋯⋯⋯⋯⋯⋯ *167*
  浙江大学管理学院戈 11A 队 ⋯⋯⋯⋯⋯⋯⋯⋯⋯⋯⋯ *167*
  "油爆虾团"——朱亚男、孔强和张瑜 ⋯⋯⋯⋯⋯⋯⋯ *196*

戈 15：返场 ⋯⋯⋯⋯⋯⋯⋯⋯⋯⋯⋯⋯⋯⋯⋯⋯⋯⋯⋯⋯⋯ *199*

艰难的返场抉择 ································ 199
所谓努力，就是日复一日的坚持 ··············· 204
事非经过不知难 ································ 213
不是一定会赢，而是要努力去赢 ··············· 220
是非审之于我，成败听之于天，毁誉听之于人 ··· 233
勇敢不是不害怕，而是相信——相信的力量 ····· 241
不完美的结局 ··································· 248
师父印象 ······································· 252
我和崔妈的故事（第一季） ····················· 254
我的师父 ······································· 260

第三辑　凡是经历　皆是馈赠 ················· 265
每个人现在呈现的样子，都是自己过往所有经历的叠加 ····· 266
莫问收获，但问耕耘 ···························· 269
我的人生太有限了，不可能取悦所有人 ·········· 272
"你不能把这世界让给你鄙视的人" ·············· 282
仰天大笑出门去，我辈岂是蓬蒿人 ··············· 286

后　记 ··· 290

第一辑
跑步释人生

我与跑步结缘,纯属偶然。记得那一年我三十五岁,肚腩初具规模,体态丰盈。有一天女儿放学回家说,学校运动会有家长参与的项目,爸爸们好像只有100米和800米两项。我硬着头皮报了800米以后,想了一下,觉得不能跑得太差,丢人总归是不好的。因此,提前一个月开始训练。第一次跑完1000米,我的真实感觉是这样的:肺好像跑出来了,嗓子眼儿弥漫着血的味道。按说作为一个电视民工,整天摄像机扛进扛出的,都是体力活儿,怎么体能就差到这个地步了呢?也是想不通。好在经过一个月疯狂努力,在深刻体会了一把"哪有什么坚强,全靠死撑"的感觉后,我终于在校运会上拿到了第二名,算是完成目标,说得过去了。

打那以后,觉得有时间跑跑步也挺好的,就顺势养成了每周跑两三次,每次2—3公里的习惯,健康小跑怡情。跑步简单易做,还能有效避免成为一个中年死胖子的危险,虽然不再玉树临风,但至少不能油腻。只不过,跑步能成为我的运动选项,实在是意外。青少年时期,印象中的跑步都是要死要活的。高中阶段,我是文科班,一到运动会,文科生!这批吟诗弄墨的家伙都避之唯恐不及。我是班长,没辙,最艰苦的800米和1500米只能自己扛雷。成绩嘛,

▶ 人到中年，竟然开启了跑步之旅

虽不丢人，可也基本把半条命跑没了。因此，对跑步，我深恶痛绝。到了大学，听说参加校队可以免修体育课——最主要的是可以逃避1000米跑——我绞尽脑汁费尽心机终于在1000米测试前拿到了校排球队的offer，当时就觉得自己是那种躲过灾难的幸存者。工作以后，对于跑步，只知道有个叫阿甘的著名电影形象以及村上春树，每天不是写作就是跑步，是作家中最能跑的和跑者中最能写的。除此以外，对跑步再无任何认知。所以，到了三十五岁，竟然开始跑步，不得不说，世界真奇妙。

彼时，是2007年，跑步还是个冷门运动。朋友们听说我跑步，都露出不可思议的表情；马拉松比赛不需要抽签，报了名就能参加；

商场里也没有专门的跑鞋和跑步装备可以买。

就这样悠悠荡荡跑了几年，慢慢地喜欢上了挥汗如雨酣畅淋漓的感觉和跑完后的兴奋和愉悦（后来才知道跑步能使人体分泌内啡肽和多巴胺），也因为跑步结识了职业圈子之外的许多朋友，生活平添几分欢乐。更重要的是，原先的轻度抑郁症也在不知不觉中消失了。每当我跑得精疲力竭的时候，脑子里唯一的想法就是想尽一切办法把自己挪到终点，完成任务。跑步呈现出来的一个简单却被我忽视多年的事实就是：为了全力以赴，唯有潜心专注于当下。也许，我所做的一切努力，并不会立即给我想要的一切，但可以让我逐渐成为我想成为的那一种人，那种被罗曼·罗兰称之为英雄主义的人，在认清生活真相后依然热爱生活。

大概从 2014 年开始，我陆续参加了几次马拉松比赛。这要搁在几年前是绝对不敢想象的事情。从小到大，马拉松在我眼里就是一个名词而已，非常不理解怎么有人会喜欢这项枯燥无味的运动。那几次参赛经历，与其说是比赛，不如说是体验，走走跑跑，虽然很慢，但依然有一种"我竟然终于也能跑马拉松了"的满满成就感。

我是村上春树的忠实粉丝。比赛之余，也学着写了一些小文，把跑步当作一种生活体验，很有意思。

注：第一篇写在首马之后，关于亲情和人生，多了一层感悟。生活中的一切折腾都是自找的，开了头的事儿总得做完，所以，只能熬下去。马拉松再苦再累，总归有一个终点，再不济还有收容车等着你。可是，人生呢？没有收容车。还有多少坎儿、多少陡坡等着你，谁也说不清。人生就是一场修炼。生活有许多困惑，马拉松无法解答，但奔跑可以让我更豁达地面对命运，平淡从容才是真。

关于跑步，我想说的是……

报名跑全马，纯粹是被路线所吸引。因为风景吗？不是，到底为什么，说不清楚。

只参加过半马的我，就这样忐忑地站到了起跑线上。能够跑完全程42公里吗？天晓得。

从黄龙路出发，伴随着那首老到不能再老的歌《记得我们有约》，跑到了官巷口。蓦然想起，母校杭州十一中学就在旁边的惠兴路上。当年十五岁的我，不正是骑着单车从教工路沿着今天的跑步路线到这儿上学的吗？！

大街的右边，是新华书店旧址，一时间，依稀看到了当年那个似懂非懂的少年在开架书柜前阅读尼采、叔本华著作的身影；路的左边，是一家体育用品店的旧址，多少次我徘徊在柜台前，琢磨着怎样跟老爸老妈要钱，买一双心仪的回力鞋。

青春远去。二十年，大学、职场、留学、成家、创业，单车少年成了今天两鬓斑白的奔跑大叔。

还是，继续跑吧。

清江路旁的几幢高楼还是那么地记忆犹新。两年前，每个周末都陪女儿来这儿上中考冲刺课。还记得那年，孩子脚趾骨折却

◀ 人生第一个马拉松

不肯拉下课程，我背着她上七楼的日子，气喘吁吁的感觉仿佛就在眼前。如今，带着青春叛逆的气息，女儿挥挥手，去远方留学，而我默默站在路旁，看着背影远去。

短短一个清城隧道，十几分钟的路程，我的人生轨迹已然从少年跨入了中年。一座城，一个人，就这么奇妙地绑定了。

跑过复兴大桥，就到了半马的终点。想起去年头一次跑半马累到爆的样子，再看看今年依然轻松的步伐，一年下来，日复一日地跑圈"拉磨"还是有效果的。这大概也算一种积累吧。不管多微小的努力，终归是一笔财富，在生活的某一个拐角不经意间就会向你露出微笑。

30公里处，就跑到了钱塘江大桥，累得无以复加。想起了那个挥汗如雨的季节，也是在此地附近，剧组拍戏，我往返奔波，为不断超支的预算头疼，为戏的质量担心，人生竟是如此折腾，恨不能"躲进小楼成一统"。可是，一切折腾都是自找的，开了头的事情总得做完吧，所以，只能熬下去。正如今天，选择了起跑，就要坚持下去。虽然此刻我龇牙咧嘴，难看至极。

32—36公里处虎跑路那个长长的上坡快把我折磨疯了，身体到了崩溃的边缘。秋色也好，音乐也罢，完全不起作用，只觉得全身上下哪儿都疼。雪上加霜的是，那些沟沟坎坎的往还不合时宜地纷至沓来，在我脑海里拥挤着，冲撞着，挥之不去。刚刚过去的十月是我人生中最煎熬的一段日子，焦虑，无力，绝望，心累……噩梦般的压力几乎把我压垮。犹如在看不到一丝光亮的寒夜中，放弃意味着死亡，只能一步步往前挪动，埋头行走，期待黎明的到来。

马拉松再苦再累，总归有一个终点，顶不济还有收容车等着你。可是，人生呢？没有收容车。还有多少坎儿，还有多少陡坡等着你，谁也说不清。人生是一场修行，此言不假。

杨公堤上洒满了梧桐落叶，再往前，跑过家门口就是终点了。妻一直对我跑全马不放心，早早儿就开始担心我的身体是否扛得住。到了昨天，她更是溜溜忙了一整天，又是准备装备，又是缝号码布，还要张罗食谱，督促我早早睡觉。看得出来，她比我紧张多了。今儿一早,还耳提面命:跑不动就放弃。行,听你的,反正跑不动了,最后几公里走几步又何妨。毕竟,让老婆放心比成绩和名次重要嘛。

离家越来越近,渐渐明白,一路跑来,串起了多少青春的记忆和成家立业的足迹。生于斯长于斯,人生其实也简单。细细打量这座城市,在角角落落搜寻自己的身影,就会发现:我,只管平平淡淡从从容容,命运自有安排。这,大概就是这条线路吸引我的缘由吧;人生有许多困惑,马拉松也许无法回答,但奔跑可以使人更豁达地面对命运。这,大概就是我跑马拉松的初心吧。

远远地就看见妻搜寻的目光,于是赶紧做矫健状,挥臂招呼。大概是看到我嘻嘻哈哈的样子觉得放心了,妻跟跑了一阵,想多拍几张照片。一不留神,吧唧摔了一跤,倒把我搞得一阵紧张。不知怎的,瞬间想起了妻怀孕时摔的那一跤,也是大大的紧张啊。不禁莞尔。

回家张罗着处理妻膝盖上的伤口,不免迷糊,咱俩到底谁跑了马拉松?

2014 年 11 月于杭州

注:第二篇写于第二个马拉松后,关于友情。有些人,有些事,总在心底某个角落,时时温暖着我。跑友的世界亦如此。跑步之于我的意义,恐怕就在于遇见。每一场阳光灿烂的相遇,都是应该感恩的。

谢谢你……不带"们"

　　Time flies. 人吧，一过了四十岁，日子就过得飞快，想留都留不住。这不，又一个杭马结束了。在冷风冷雨中，我筋疲力尽地到达终点，成绩比去年略有提高。波澜不兴，小小地失望了一把。

　　领导——其实就是老婆，之所以称为领导，是因为本人桀骜不驯，人见人头疼，唯独她可以摁住我——在不远处提溜着一大壶姜汤等着我，看得出，冻得够呛。鼻子一酸，走到她跟前，拿起姜汤就喝。这一刻，我知道，自己参加马拉松的意义都在这碗热汤里了。相知相伴二十年，谢谢你，无论我天马行空异域留学，把家庭重担留给你，还是事业上风雨飘摇，抑或是我疯狂迷上跑步，把本应属于你的时间偷走了，你都宽容理解。承蒙不弃，我的福气。接下来，我要带你一起跑步，我要你健健康康每一天。当然，还有一个小九九，等你跑步上瘾了，我就不会因为经常在外野跑而被你禁足。

　　看我累得够呛，少少把我留在台阶上休息，独自去取两人的存包了。这个三十刚出头的小伙，实力不俗，今天自始至终陪着我跑完全程，虽然他的目标是全力备战一周后的上马（上海马拉松）。如此耗费体力陪跑，叫崔叔说啥好呢？谢谢你！想起半年前的温州大罗山越野赛,大雨中,也是你,陪着我跑完全程,一路提醒按时补充盐丸和能量胶,帮助崔叔这个越野菜鸟顺利完赛。我知道,两次比赛你都累够呛,不是因为快,而是被我这个跑渣的龟速拖垮的。平时的长距离拉练,你只要有时间一定会热心规划路线外带陪跑。感激之情,无以言表,只能送你一个绰号:FedEx,总在需要帮助的时候及时出现。很高兴遇见你,少少。

看着膝盖上的肌效贴,想起了徐锦祥兄。知道我有伤,五个小时前他带着一堆防护装备来到赛场,从脚踝到腰,仔细缠了个遍,临了还叮嘱了一番注意事项。时光回溯半年,他带着我跑操场,上山越野,让我领略了跑圈的风景,是名副其实的教练。锦祥兄,你孤傲和义气集于一身,烦了就说:"想跑就跑,大家又不是靠跑步吃饭!"举杯醉一场,爽气。谢谢你!很荣幸,遇见你。

龙井茶,这就要说到你。一年前你在操场把我招入跑神俱乐部,之后又忽悠我去浙大念书,凭空让我又花钱又搭上时间,这基本就是那个小品《卖拐》的现实版。虽然我知道你在为戈壁赛考虑,可——还是谢谢你,让人到中年的崔叔继续上紧发条,做一个"发条橙"。人生在于折腾嘛。

一说感谢,就没完了。没办法,中年人就是如此啰唆。糖糖,记得你在大罗山越野赛前把盐丸仔细封装好交给我的场景;杉杉,记得你给我蛋白粉的时候拿出博士的学究气细细讲解服用方法的场面;还有波波,无论何时都愿意为我答疑解惑;至于何隽逸、文飚、贵贵、阿财和全红,能够和你们这些风一样的警界跑神一起训练,真是与有荣焉,虽然每每被你们甩下一大截。特别是文飚,严谨的训练风格和高度自律的生活状态让我钦佩。为了当好三小时的马拉松配速员,他会提前路测,把不同路段的配速设计

▲ 杭州跑友

▼ 陈文飙

精准到秒，无独有偶，他每一天的训练计划也是非常精确，难怪那么多人都愿意跟着他训练。如今，体育场路小健将团队也是蔚为壮观啦。对了，还有无香，你跑得太快了，兼学霸和跑霸于一身，高处不胜寒。每次见到你，都想问："上面空气好吗？"跑者江湖人才辈出，比如刘勃、周芊（胖加菲）和素心这几位，我就没见过把跑步与艺术跨界融合得如此严丝合缝的多面手。前一天还在跑马，第二天就气定神闲地出现在话剧场或者读书会或者品酒会上，切换自如，也就此刷新了我拓展人生宽度的新玩法，心悦诚服。

跑者江湖就是这般神奇，每一天都是奇遇，每一个人都是阳光灿烂。于我，这些都是应该感恩的。

如此，跑步之于我的意义，恐怕就是遇见。

雨停了，风大了，该回家了。

再一次，谢谢你……不带"们"。

PS：写下如上文字的时候，家里领导感冒了，估计是杭马那天在凄风苦雨中着凉了。去年我跑杭马，她为拍照摔了一跤，今年……好吧，我还要不要继续跑马拉松，这是个问题。

2015 年 11 月于杭州

特别注释：书稿快完成时，文飚给了一张雨中双手合十的照片，特别说明，这是 2017 无锡马拉松的终点，向风雨中的工作人员和志愿者致敬的情景，也是他跑马这么多年来最满意的一张照片。我回复：为他人着想的感恩心，太可贵！

第三篇写于首个海外马拉松之后,关于游历。用跑步的方式去阅读一座陌生的城市,带着书本探寻历史的足迹,也是非常有趣的。基于过往的阅读和历史知识,我发现可以借着马拉松这事儿,把古今一堆先贤串接起来,胡说一通,也是一乐。人生是一场体验,体验就是沃土,总能浇灌出鲜艳的花朵。所以,对于生活,必须永远保持好奇心,才能探究无限可能性。

遇见
——雅典马拉松杂记

11月8日，雅典，地中海的阳光依旧肆无忌惮，我吭哧吭哧地跑在雅典国际马拉松赛道上。

连续两周两场马拉松，还从国内跑到了国外，想想是有点儿疯狂，而且，还有不务正业之嫌。

罢了罢了，顾不上这些了，眼前这绵延22公里的上坡就够我

▲ 雅典马拉松号码牌

▲ 雅典——来自马拉松发源地的奖牌

喝一壶的了。几次都想停下来走，可终究没好意思，只因沿途高喊"Bravo！"的居民、助兴的乐队以及志愿者们一次次递过来的开了盖的矿泉水和剥了皮的香蕉。都说跑马拉松就是体会坚持的意义，可这次，我能坚持下来全拜雅典人的热情所赐，与个人修为毫无关系。有时候，热情就是压力。

最后的10公里，下坡居多，感觉脑子又可以使用了，于是开始愉快地想东想西。

公元前490年9月12日，希腊人在马拉松平原以少胜多，赢得了希波战争的胜利，一个叫菲迪尼茨的士兵沿着这条线路一路飞奔回雅典报告胜利的消息。想象一下，即便扣除这两千年以来的气候变暖因素，9月的地中海也是炎热得要命，这个小伙刚从战场上下来，就投入到奔跑的任务中，光着脚或者仅穿着草鞋跑在土路上，沿途还没有水和食物的补给，这实在是一个壮举。必须承认，菲迪尼茨奔跑的意义全在于对国家和民族的信仰与热爱，至于千年之后的马拉松热潮，肯定不是他所能预料到的。

今天，我穿戴高科技运动装备，跑在平坦的柏油路上，一边享受着志愿者提供的补给，一边抱怨上坡太多，意义又在哪里呢？执念？不对。回想刚刚过去的这个夏季，跟随一帮跑得飞快的兄弟姐妹一起训练每每被甩下一大截的日子，成绩早就不是我的追求了；是意志力？也不对。读书，就业，创业，身为70后，我经历了太多，不坚持就没有今天的我；是喜欢？对了。只有喜欢，才会以手艺人的热情去专注于一件事情，化繁就简地坚持做下去。我说这话，村上春树一定同意。这个跑者中最能写的家伙，三十出头的时候疯狂迷上写作和跑步，三十二年前的7月，暴热的季节，他在这条赛道上完成了人生中首个一个人的马拉松，也是累得几乎昏倒。据他

▲ 一起跑步看世界

自己说，当时唯一的念想就是，跑完喝一杯冰镇啤酒，人生就圆满了。村上不混圈子，是一个名符其实的孤独写者，跑步是孤独的，写作也是孤独的，唯有热爱，才能简单，才能专注。我肯定达不到村上的高度，但这不妨碍我以工匠的态度简化理想和目标，一如我在跑步时，不会眺望远方的目的地，只专注于眼前三米的路一样。

还是回到公元前490年9月12日。那一天，三十五岁的埃斯库罗斯作为马拉松平原战役的士兵也在享受着胜利的喜悦。十八年后，带着对战争的体验，他写的"波斯人"戏剧首次上演，赢得了雅典诗歌比赛的最高奖。之后便一发不可收，《被缚的普罗米修斯》和《阿伽门农》等一一问世，成为古希腊最伟大的悲剧作家。他的剧作滋养了后来的苏格拉底，历经老苏的门徒柏拉图发掘，最后由徒孙亚里士多德在《诗说》里概括总结出了戏剧创作的理论雏形。13世纪末，经由文艺复兴时期艺术家的发展，最终确立了戏剧创作"三一律"，对后世莎士比亚等一代又一代的戏剧家产生了深远影响。这事儿简单说，就是一个公元前当兵的人，最后成了戏剧创作鼻祖，接受子子孙孙的膜拜。

好像有点儿扯远了。其实，不然。埃斯库罗斯当兵前就是一个诗人，只不过几次参加比赛都名落孙山。远古时代不比当今，读书人当兵，这事儿在当时怎么着都透着不务正业吧。可缪斯女神偏偏选中埃斯库罗斯成为 代戏剧大家，冥冥中似乎在说，人生就是一场体验，体验就是沃土，总能浇灌出鲜艳的花朵。至于是玫瑰花还是狗尾巴花儿，都是花儿，都有各自的美丽，不必介意。跑步何尝不是一种人生体验？照着萨特老头的理论，存在即合理。所以，跑步肯定不是不务正业。马拉松之于我，除了喜欢，另一个意义就是保持活力，让我继续对这个世界保持好奇心，探究生活的无限可能性。说这话，估计除了跑友，还有一大堆文坛泰斗会支持我。海明威，参加了西班牙反弗朗哥的内战；"007"作者弗莱明，本人就是个情报人员；弗雷德里希更神，二战期间英国军情六处的功勋谍报人员，居然写出了《艺术的故事》这一再版三十六次的煌煌巨作；凯鲁亚克则更是不务正业之集大成者，游游荡荡，以一部《在路上》愣是成为"垮掉的一代"的代表人物。其实这样的传奇人物还有很多，我学识有限，无缘触及，前辈勿怪。细细考察，不难发现，天马行空的背后，是他们对生活满满的热爱；激情燃烧的背后，是他们对活力的无限向往。那么，今天的我，为何不可以把跑步当作"老夫聊发少年狂"的事儿去做呢？

一路胡乱跑，一路瞎想，就到了终点，居然跑得不错，不追求成绩，可它偏偏还不错。不重要，真的不重要。家里领导拿着鲜花在雅典体育场等我，那个才重要。

写下如上这些文字的时候，我正坐在"一墙花开"花园民宿，透着玻璃，看到屋外小姑娘正在给小店种花。午后的阳光洒在她的肩上，正在和园艺师男友说："我觉得种花比其他事儿有意思多了。"若干年后，也许小姑娘会从事另外一份工作，可这个初冬的午后的美好，一定会留存在心里，人生就是体验。顺带说一句，那个园艺师，曾经是5000米的专项田径运动员，如今把"一墙花开"当成了家。

如此，我的同事们，我们本来一起做文创行业好好的，非要开一家咖啡民宿，算不算不务正业呢？

2015年12月于杭州

以上是那些年我对跑步的理解和认识。如果后来不是遇上"玄奘之路"戈壁挑战赛，我大概就会一直这么快乐地跑下去，把跑步当作体验人生乐趣的一种方式，是生活的点缀品，而不会成为主菜，更不可能朝着系统化训练的方向走。

人生就是这样，总会在不经意间给你制造点儿奇遇。那个戈壁，对我来说就是个地理概念而已，从没想过会有什么联系，而且是用跑步的方式。当机会来临时，人们总说，假如你试都不试一下，那一切都会是老样子。

我试了一下，一切都变了。

第二辑

有些事儿，一旦开始了，就停不下来
—— 我的戈壁

2015年，我刚刚进入浙江大学管理学院EMBA中心学习，就听说有个玄奘之路商学院戈壁挑战赛，这是一场体验式文化赛事，始自2006年，每年一届。比赛线路为甘肃和新疆交界的莫贺延碛戈壁滩中的一段，大家沿着一千多年前玄奘法师西行取经之路，在戈壁无人区用四天三夜或奔跑或徒步120公里，顶着烈日高温，迎着沙尘暴，踏过雅丹地貌、骆驼刺、盐碱地、黑戈壁，把自己压榨到生理和心理极限，体验玄奘法师"宁可就西而死，岂归东而生"的坚定信念。其中，A队由十位队员组成，代表院校参加竞赛，以每天队中的第六人成绩为团队成绩，按照三天的竞赛日总成绩进行排名。换句话说，这是一场团队赛，一个人跑得快没用，一群人跑得快才是制胜之道。加上女生减时、年龄减时等因素，各队的战术策略空间也非常大。也许正因为这种刻骨铭心的痛苦和艰辛，参加过戈赛的同学都喜欢用一个词："戈友"。"戈友"称呼的背后，代表着一个群体共同的经历。据说在商学院圈子流行这样一句话："读EMBA的只有两种人，上过戈壁的和没上过戈壁的。"正是戈赛，让大家用脚步丈量理想，用行动挑战自我，在极限下做出决策，深刻反思并体悟到在今天瞬息万变，充满极大不确定性的市场环境中，我们到底需要什么样的团队领导力。

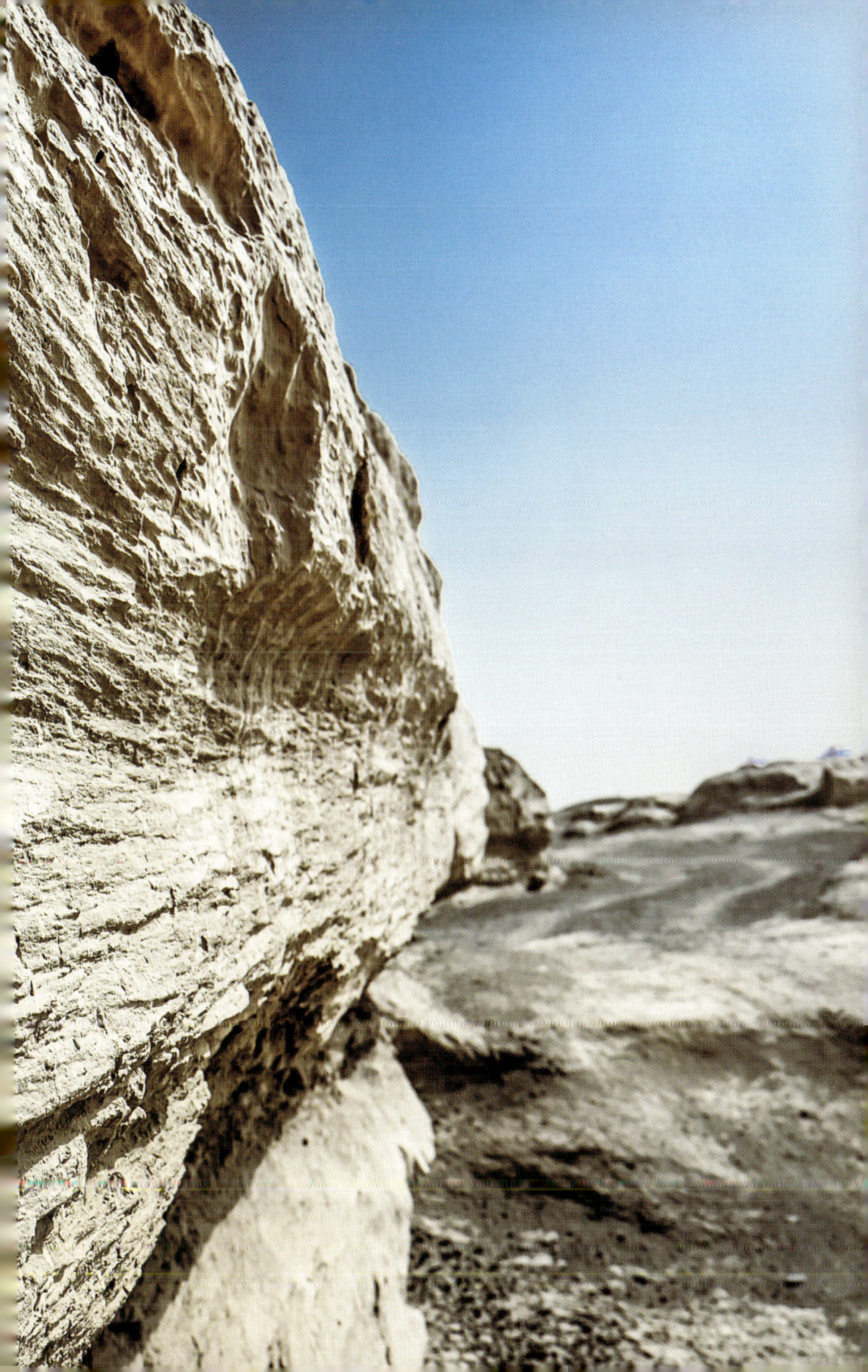

认识自己

三千多年前,在古希腊德尔菲的阿波罗神庙门楣上镌刻着这样一句箴言:Know yourself.(认识你自己)

在我居住的城市,建于一千多年前的杭州法喜讲寺的山门牌匾上写着:莫向外求。

二千多年前,古希腊哲学家苏格拉底就特别爱用"认识你自己"告诫学生要有自知。他的格言是:未经审查的人生不值得过。他还说:"我除了知道自己无知这个事实之外,其余一无所知。"

也是二千多年前,在东方,孔子的学生曾子说:"吾日三省吾身,为人谋而不忠乎?与朋友交而不信乎?传不习乎?"

古今中外,无论是哲学家还是宗教智者,都在告诫众生:自我认知和内省才是求大智慧之道。

我的父亲是国学大师,一辈子与古典文学打交道。记得在我女儿一年级的时候,父亲给她开的启蒙第一课就是"吾日三省吾身",爷孙俩足足反复学了一周。

何止是孩子,自省之道,成年人更要学,而且要学一生。

认识自己,其实很难。人最难看清楚的往往就是自己。一本书、一部电影、一个事件,都有可能使我们的人生态度发生改变,甚

▲ 我的驮包

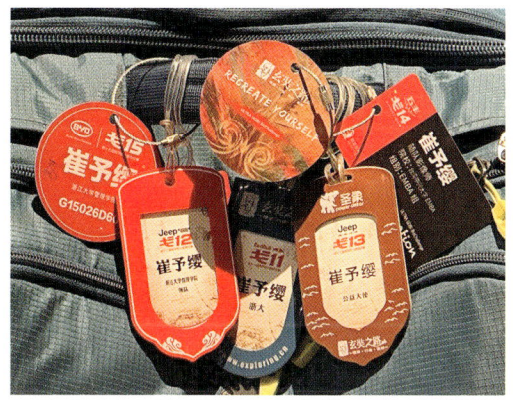

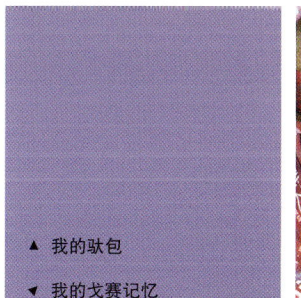

▼ 我的戈赛记忆

▶ 从戈 11 到戈 15 的参赛奖牌

至变成完全不同的人。无论做任何事，到了一定程度都应该停下来内省反思，这样才能逐渐了解自我。

我的戈赛就是一个自我认知的旅程，没有鸡血和激情满满的记忆，大部分都是关于从失败、失误到从坑里爬出来，从地上站起来的循环往复的经历。在浙大戈赛历史上，我创造了诸多第一：第一个正赛三天完爆没有有效成绩的队长；第一个把队伍带到戈壁进行实地拉练的领队；第一个组建组委会，制定传承制度和选拔机制的人；第一个引入主赞助商的组委会负责人；第一个担任

A 队主教练职责的老戈；第一个因误解规则而违规被罚时的带队者……参加戈赛五年，身份也从队长到领队，再到公益大使、随队摄影师，乃至随队教练，几乎能干的角色和职务都干了一个遍。

◀ 戈壁星空（戈友映像供稿）

每一个角色对我来说都是全新的，此间经历的种种，也就成了一笔宝贵的人生财富。

有人说，去戈壁是为了遇见一个更好的自己。在我看来，所

▼ 戈 11—A 队队长

▲ 戈 12—领队

◀ 戈 13—公益大使

谓遇见更好的自己，其实就是找到真实的自己。自我认知才是戈赛的真谛。戈赛就是一面个人专属的镜子，照见自己真实的样子，直面自己的缺点不足和能力边界。没关系，不沮丧不气馁，继续坚持向前走就是了，然后与一个不完美的自己和解。如果要说什么人生意义，恐怕坚持就是意义所在。事实上，哪里有什么完美。除了那些照亮人类前行道路的伟大人物以外，努力着奋斗着的芸芸众生都是在一次次失落和挫折中以勇气和毅力直面自己的不完美，在不完美中追寻梦想。所谓意义，不过就是踏踏实实向前走而已。

在平时的工作和事业中，我们也曾不断遇到失误失败和挫折，可有意无意中，我们总会把原因归咎于客观环境和他人，很少有勇气去真正面对和质疑自身的问题，有时候逃避成了最好的挡箭牌。戈赛就不一样，它本质上是一场体育竞赛，而体育的实质就是以最直截了当的胜负成败让人们面对结果，逃无可逃，没有回避的借口。输赢就摆在眼前。在比赛中，一个人的优点和缺陷、心理强大或脆弱、决策正确与否等都一览无遗，甚至被无限放大。这是一个难得的让人们可以认真审视自己的机会。

所以，戈赛于我，是在人生奔五路上的一场邂逅。参加戈赛五载，让我明白自我认知非常非常不容易。认识自己需要勇气，需要一颗谦卑的心，更需要有自我否定的决心和意志力。

作为纪录片工作者，我对真实记录历史有固执的爱好。而记忆是主观的，随着时间的推移，人们对于过往的经历，偏向于遗忘不愉快和痛苦的那部分，甚至出现有利于自己观点的改造过的记忆。这是人性，概莫能外。所谓历史是任人打扮的小姑娘，说的就是这个理儿。因此，必须在我篡改记忆的恶习还没发作之前把往事固定下来。根据熵增原理，一切事物发展到最后都会归为无序。不得不承认，在我这儿，有关戈赛这事儿的记忆也已经有脱轨的危险了。趁着还算清醒，有些事儿还能捋清楚，赶紧用文字把往事码放整齐，搁书架上去。

文章千古事，得失寸心知。哪怕再不起眼的文字，也要经得起推敲，这点文化自觉还是有的。我不善于口头表达，喜欢诉诸笔端。因此，每年的戈赛都会有一些记录文字留下来。为了准确还原往事，我决定将这些小文章一字不改地引入本书，虽然部分文字和观点在今天看来不乏幼稚或偏颇，但，历史就是历史，不能打扮。我的原则是：真话不全说，假话一句不说。一如易卜生的说法："我做书的目的，要使读者人人心中都觉得他所读的全是实事。"虽然，著有《第三帝国兴亡史》的美国著名记者威廉夏伊勒说，写历史最好是事件过去五十年后,比较客观理性。可是,我这也就是平凡的生活记录,就不自我抬高了,都是些寻常小事,越早写,记忆越靠谱,也越准确。

听说人上了年纪,就爱滔滔不绝地回忆往事,尤其是过去有一点值得说道的经历的,就更喜欢缅怀激情燃烧的岁月,每天讲八遍都不嫌其烦,也不管别人爱听不爱听。为了避免这样的尴尬,我还是先写了吧。反正该说的都在书里了,不给自己留唠叨的理由。

也有人会问,不就戈壁那点儿事儿吗,写出来能有多大意义。这让我想起凯鲁亚克,这哥们儿在三十五岁时写了《在路上》这本奇书。只要还有书店存在,人类还读书,百年后,千年后,这本书还会立在书店的书架上,还会让文艺青年热血沸腾。我当年第一次去圣弗朗西斯科,就专程去了城市之光独立书店朝圣,那是凯鲁亚克经常混的场子。这本书就是一流水账本,几个迷茫的不知道怎么活着才有意义的叛逆青年开了辆破车从纽约到圣弗朗西斯科再开回来。(好像还到了墨西哥)一路上互相叨叨叨,找钱买汽油,钱富裕一点就买酒嗑药,喝高了就泡妞。我看第一遍的时

▼ 戈14—随队摄影师　　　　▼ 戈15—随队教练

◀ 每一块牌牌背后都有一堆故事

候感觉整个人昏昏沉沉，不知所云，就知道一群人整天没事找事折腾，读文字竟然读出了满屋子吵闹的声音。可是，事实就是，这么一本流水账从东记到西，从西记到东，凯鲁亚克仗着酒精和药物在三周内写完，愣是成了不朽。当然，我举这个例子不是说要向凯鲁亚克看齐。人家是传奇。我的意思是，流水账也是有可能值得一看的。一堆人疯了一样到处跑步，从城市跑到戈壁，在那儿几年如一日地使劲儿折腾，确实不太让人理解。可是，萨特说，存在即合理。再奇葩的事儿，只要不是违法行为，总归有它的内在逻辑和存在的理由。去看一看吧，就当对这个世界保持着好奇心。

写戈壁，倒也不是想吹牛。我们都是平凡的普通人，那些经历虽然刻骨铭心，但也到不了宏大叙事的层面。到了知天命年纪的我，只是想把过往记录下来，把心整理一下，带上这段经历所赋予我们的勇气，再上路，去做那些我想做还没做的事，把那些年吹过的牛一一实现。古有明训，尽言招过，所以很多善行义者必不尽言，留个半截，为将来见面留点余地。行文也须多用"然而""假如""亦可"等字样。左之左之，君子宜之右；之右之，君子有之。但我还是不改初心吧，既然是回忆，就老实一点，坦诚一点，不圆滑，也不矫情。

千言万语，汇成一句：

说真话，做有趣之人。

生命的意义不在于发现自己，而在于创造自己

戈11：逆旅

经过大半年的选拔和艰苦训练，我顺利入选浙江大学管理学院 A 队并担任队长，参加于 2016 年 5 月底在瓜州举行的第十一届"玄奘之路"商学院戈壁挑战赛（简称"戈11"）。我把这看作是就读商学院而得到的一次独特机会，感到很幸运也很兴奋。

戈壁小沙尘暴（戈友映像供稿）

▲ 戈 11 日常训练

▼ 戈 11A 队集训

殊不知，所有命运赠送的礼物，早已在暗中标好了价格，茨威格先生的话一点没错。

人的成长，是一个不断输出、沉淀，然后输入的过程。人会灯下黑，一个人在圈子里转啊转，却不知道自己的短板在哪里。所以要寻求输入，这样就会与别人产生思维碰撞，与高手对话时，甚至会颠覆自己的认知。只是这一次，我万万没想到，这个高手叫戈壁，叫大自然。

戈赛有一个特殊规定：一个人一生只能参加一次 A 队。简而言之，这是一张单程票，没有回头路可以走。成功也好，失败也罢，都是一次性的。这种唯一性和不可复制性使得戈赛变得更加残酷，失败者连卷土重来的机会都没有。因此，要想在比赛中不留遗憾，就要减少自身失误等意外状况发生的概率。

可是，事实上，每一届比赛中都会发生各种此起彼伏的意外和失误，都有一些队员带着深深的失落感和不甘心离开赛场，很长一段时间里都沉浸在后悔和遗憾中不能自拔。

戈11也不例外。只是这一次，我成了失意者群体中的一员。

我是队长，在一年的备赛期里训练正常，发挥稳定，从未出现意外。因此，全队上下包括我在内都理所当然地认为自己的任务就是带领前队 3—4 位男队员每天拼命跑，越快越好。在赛前的无数次讨论中，我们针对可能出现的意外情况做了不同的预案，唯独没有针对我的 plan B。可是，事实就是这么讽刺，比赛期间，唯一出状况的恰恰就是我，每天都崩溃在半途中，三天下来，没有为团队贡献一个有效成绩，堪称完败。而且，更离谱的是，我还在最基本的导航上出了大问题。情急焦躁的我急于追赶队友，完全没有意识到已经偏离正常轨迹达 7 公里，导致竞赛日第二天全队还得分心解决我的安全问题。

比赛结束后，我写了一篇路志，详细记述了当时的情景。

致：那些在戈壁的日子

5月25日上午9点25分，打卡，摁表，报告到达时间。天空很蓝，终点处人山人海。

四天三夜，116公里，连同那一脸盐渍，胡子拉碴，成了我的戈壁记忆。

仿佛被戈壁掏空了身心，提笔，却久久无法落下写一个字。

既如此，就先写写自己这"魂飞魄散"的经历吧。

戈壁，真实得尖锐，让人无处逃遁。竞赛日第一天，10公里后，背部疼痛加剧，最可怕的事情还是发生了。大概在半个月前，我发现自己腰椎附近的韧带拉伤。虽然平时路跑训练时一切正常，可我还是从医生欲言又止的表情中隐隐觉得情况有些不妙。没完没了的黑戈壁，崎岖的车辙道，还有那松软的盐碱地和小土丘，最终还是让这点小伤原形毕露并不断放大。

有时候，困难就是这样突兀地横亘在你的面前，躲不开也放不下。现实如此，那就扛着它前行吧。于我而言，就是学着与伤痛共处，继续跑下去。有时候，征服自己比克服困难更重要。

止痛药依然无法舒缓背部疼痛，我的配速开始掉下来，与队友渐渐拉开了200米差距。锤子，赛后你问我，当时要是慢下来，带我一阵会不会更好？我说，这肯定不行。记得吗？咱们队在之前的几次拉练中，拉带落单前队队友最多的就是我。虽然每次都能把队友带起来，可是自己的节奏被打乱是有风险的，更何况是在戈壁这样残酷的

▲ 戈壁小雅丹（戈友映像供稿）

▼ 戈壁地貌

情景下，搞不好就要爆掉。我知道你，还有文龙和叶志都跑得很辛苦，无论是出于成绩还是兄弟情，我都没有理由要求帮助。全队战术我很清楚，前队 3+1 的组合，保证三人出成绩。而此时此刻，我就是这个备份的"1"，必须独自担当落单的困境，虽然一个人在山谷、盐碱地和骆驼刺中穿行，没有队友在身边，分分秒秒都是煎熬。

接下来，怎么跑下来的已经记不清了，只记得自己一直在追赶前队，拼劲全力缩短距离差，绝对不能落下一公里以外，因为，离队友近一米，就为团队增添一份保障。腰背疼得像随时要垮掉时，就对自己吼叫，前队队友在拼命，不可以懈怠；无人相助，那就自己爬着钻铁丝网；状态稍有好转，就发足提速。拼过了，尽了力，当最后的终点在眼前的时候，我了无遗憾。

竞技体育也好，生活也罢，总有遗憾和不如意，不能做到曾经的最好，那就竭尽全力做当下最出色的自己。唯如此，那些不曾战胜你的困难才能成为一生的财富。

戈壁无垠，拷问着我，也逼迫我去审视一个不完美的自己。无论是伤痛还是失误，抛却所有外在理由，都坚硬地直指内心——你，其实没有那么强大。

感谢队友！是你们，用出色的发挥成就了我的戈壁梦。

三天的竞赛，我们 A 队的成绩定格在第 14 名，所有人都拼尽了全力。谢谢文龙，稳定发挥；锤子、叶志，我知道你们都吃了止痛片上场，咬牙顶了三天，不容易；姚大大拖着被骆驼刺扎伤的脚硬是率先冲线；澎涛、叶叔、燕莉、翠萍和晓红，你们组成的后队总是那么让大家放心，每天都为全队贡献出有效成绩。在戈壁的每一天，我们都在互相陪伴，成就着彼此，澎涛抱着翠萍跨过壕沟，叶叔为晓红递水，锤子推着叶志爬坡……何其有幸，我遇到了最好的你们。

时光回溯，戈11A队一路走来，真的很不容易。记得我们是去年11月开始正式训练的。那时候，叶志还是个白嫩得一塌糊涂的酷哥，文龙呢，总是琢磨着怎么跑得更快，姚哥眯缝着小眼，嘴角一咧，坏笑中透着一股子刚烈。晓红还是个爱哭的女孩，翠萍已然是个跑过多个马拉松的"老江湖"，燕莉不紧不慢地在操场上弹啊弹……

　　就这样，来自不同班级和年级的同学，60后到80后，为了A队的梦想，一起跑了起来。

　　教练在上海，我们在杭州，平时只能是自个儿按照计划训练。即便是凄风、苦雨、飘雪的日子，也总能在跑道上找到兄弟姐妹的身影。因为承诺，所以自律。姚大大，多少次，哪怕再晚，你都会默默跑到操场刷圈。谢谢你，让场边的我知道什么叫坚持到底；锤子，那时候你在武汉工作，至今没搞明白独自一人何以准时准点完成训练，你是瑞士钟表吗？

▼ 浙大戈11A赛前合影（曹洗建摄）

我们都是业余跑者，练狠了自然有伤病。翠萍、澎涛、锤子、燕莉、叶志，还有我，新伤老伤此起彼伏地发作。没有专业指导？没事儿！大家自助，各种招数一起上。曾几何时，同德医院的运动康复诊疗室被咱们包场了。有过泪，有过痛，可还是欢乐的，因为，我们在一起共渡难关。

就这样，冬去春来，转眼就到了5月，我们跑着跑着就跑到了戈

◀ 戈11比赛中

壁，收获满满的感悟和感动。多年以后，我想大家依旧会记得曾经放肆地一起穿越荆棘的日子和那一份奔跑的记忆。

感谢戈壁，让我遇见一个更真实的自己，一个缺点和错误被放大了的自己，学会接受他，继续前行。最终塑造自己的，一定是所经历过的那些艰难时光，而非浮名虚利。每一次挫折和苦难，都会在灵魂深处埋下坚韧的种子，都会在日后成为支撑我走下去的力量。无论

遇到多么不如意的事，有多少遗憾，都要学会与自己相处，包容一个不完美的自己，不要停下脚步，坚持走下去，总有成功的一天，所有的经历也都会成为财富。Even the shadow is luminous.

崔予缨

2016 年 6 月 23 日

今天再看这篇总结，我觉得当时的自己还是刻意回避了最本质的问题。没错，比赛中好像是发生了背痛的问题，但归根结底是自己实力不够，这才是本质。虽然每一届比赛都有类似的例子，但和那些戈壁传奇队长跑界大神不一样，人家跑爆是意外，我是能力不够，两码事。首先可以肯定的是，当时的我有氧耐力并不好，也就是说并不具备在戈壁连续高强度奔跑的能力；第二，自身身体条件和力量方面存在明显不足，对壁崎岖不平的路况感到极度不适应。综合这两个因素，才导致每天都在二十多公里处跑崩。一个残酷的事实就是，我的跑步能力并不如自己想象中那么强大。同时，由于赛前从未实地拉练，我低估了戈壁严酷环境对身体力量的考验。如此一来，比赛的时候崩盘是必然的，只是时间早晚的问题。回头想想，当时的我是否也意识到是实力问题呢？答案是肯定的，只是自己不愿意承认和面对罢了。毕竟，比起挖掘别人的缺点，挖掘自己的短板往往难得多，这跟人性有关。人们对于否定自己总是有着本能的抵触。要想发现自己的问题，就要放下身段，直面出丑和丢面子的结果。而这些，都是不容易做到的。坦率说，我也是直到两年后才真正有勇气公开承认戈 11 跑崩的原因是实力问题而非伤病意外。又过了一年，当我可以坦诚地拿自己做例子告诫队员不要重蹈覆辙的时候，我才算是真正放下了。被人揭下面具是一种失败,自己揭下面具却是一种胜利。人最困难的是认识自己,这需要不断地去颠覆,哪怕不是颠覆,至少也是不断否定自己的固有认知。而且,事实上,自我认知没有止境,我们都会不断犯错,会不断发现自身的不足,我们需要有一颗勇敢的心去面对自我。古人说,君子之所以贵于智者,自知也,知人也,知天也。在这里,自知是摆在第一位的,无自知,则无法实现自我精进。

最难忘的时刻是最痛苦的时刻,失败有它自身的科学价值。戈11的失败经历,抛开各种客观困难和自身实力因素,背后的原因就在于自我认知出现了问题,不清楚能力边界在哪里,用盲目自信代替了谨慎,因心理包袱过重而不愿客观看待自己,忽略了本应该做好的事情和对可能出现在自己身上的意外状况的应对措施。队长首先是团队中的一名成员,把自己的事情办好了才能担起全队的责任。没有人是无所不能的。无论是赛前还是赛中,都要对身体状况出现的警示信号给予足够重视并尽快解决,而不是忽略。同时,出现困难情况,如果抗压能力足够强,放低自我期待而选择坚持到底可能也不至于导致脆败。

清晰的自我认知和严谨的自我反省能力对能否务实地看待自身能力极其重要。但是,要做到有自知之明从来都是艰难的,也可以说是人生中的最大挑战之一。现实是,我们常常把自我当标准,无法正视自己的脆弱和不足,我们总是认为自己经历了太多,了解了太多,因此自信见识广博。可是这些所知其实是非常有限的。自知之明就是要突破自我内心的界限,面对任何人任何事,都要用一颗谦卑的、敬畏的心去认真对待,而不是盲目膨胀,刚愎自用,无知无畏。这里的自我认知包含能够理解自己的有意识、潜意识,甚至于下意识的动机和行为。你需要知道自己的优点是什么，局限是什么，盲点在哪里，你需要什么样的帮助和资源。这些都是个人修炼中最难的一部分，而能够做到正确看待自己，更是一种难能可贵的品格。曾子曰"吾日三省吾身"，子曰"知之为知之，不知为不知，是知也"，钱穆先生认为这两句话实为中国传统知识论奠基。我们之所以能知，正是因为我们的有限。因此对于自己局限性的认知，也就是对于自身所"缺"的认知是极其重要的。应承认自身短板的存在，并时刻保持警惕，随时检讨自身行为，防止忘乎所以迷失方向。唯有真正体认到自己的局限，才可以去真正理解无限。

著名组织行为学和领导力学者陈春花教授对自我认知的问题

▲ 浙大戈 11A，出发（曹洗建摄）

也有过概述。她认为，自我认知有三个障碍必须解决好，否则一个团队、一个人都无法取得成功。第一个障碍：自我——无法摆好对别人、对外界的关系。"太过自我"是第一个障碍。能完成赛事的人，一定是忘了"我"，突破了自己极限的人；无法完成赛事的人，往往太过在意"我"的感受，这是一个认知的障碍。第二个障碍：事实——我们依照自己信仰的真理，但信仰真理与真理永远有差距。我们太过相信自己的认知。在现实生活中，每个人都在依照自己信仰的真理判断外界，进行选择。对于我们所信仰的，我们认为就是真理。可事实是，你信仰的真理和真理之间是有差距的，这是一个认知上的根本性差距。第三个障碍：经验——当经验不变而事物改变时，经验就成为绊脚石。陈春花认为，这三个最重要的、影响自我认知的障碍会带来一个结果，这个结果非常可怕，那就是一个人本来的潜力是非常大的，可是因为有这些东西——固有的习惯、态度、观念，导致一个人能取得的成果反而会非常小。

自我认知问题概括起来可以归结为一句话：你决定你的结果。要提升自我认知的水平，就要从能力和自律两方面入手。首先，人都是有能力边界的，不可能做到无所不能。对自身能力边界有充分清醒的认识和判断，就意味着在决策的时候不会过度自我膨胀导致对目标的设定严重脱离实际。同时，永远都会有备案，朝着最好的方向努力，同时也为最坏的结果做充分准备（Always be plan B, hoping for the best, preparing for the worst）。其次，正因为对能力边界有客观认识，我们就会更加自律，在努力拓展能力边界外延的同时谨慎认真审视任务清单，严格执行。

了解自己是追求梦想及目标的第一步，也是最重要的一步。因此，我们要学会评估自己，对自己有一个清晰的了解，也要学会找到真实的自己，学会控制自己，包容他人。人如果不知道自己身处何处，是无法前进的。生活也好，事业也罢，每个人都有自己普通意义上的短板。当想去突破自己的短板，攻克一个难题的时候，我们需要直面自身的不足和不断挑战自己，超越自己的毅力和勇气。唯有如此，你才会专注地审视自己，暴露自己的缺陷，因而放下自我，因而自我认知，因而不断提升。

戈壁挑战赛，真正的战场不是四天的比赛，是我们的心灵。除了自我认知以外，还要心存敬畏。敬畏跑步运动本身，敬畏大自然。

电视剧《大长今》里有一个情节很深刻，当大长今考医女的时候，老师没有给她及格，原因是她太过自信，敢于为任何人做疾病诊治。当时，大长今觉得委屈，但是当老师把真实的原因告诉长今的时候，长今被震惊了。老师说："一个医生必须要怀有恐惧之心，这样他才不会被自己的医术蒙蔽。而长今你太自信，没有恐惧之心，所以你不具备做医生的资格。"

医生为病人诊治不是基于医术，而是基于对生命的恐惧。那么，跑者对待比赛也应该是这样的道理。我们不是基于运动能力，而是基于对跑步运动和生命的恐惧，才具备做跑者的资格。

跑步是一项诚实的运动，跑过的每一步都算数。没有辛苦的跑量积累，就不可能在跑道上坚持到底，心存幻想，投机取巧或走捷径都会以失败告终。戈壁更需要我们用一颗谦卑的、敬畏的心去认真对待。在大自然面前，人类是渺小的。严酷的自然环境和变幻莫测的天气随时都可能给那些盲目膨胀无知无畏的人以巨大打击。

▲ 戈壁清晨（戈友映像供稿）

戈11的经历给我带来的冲击是巨大的，这不是一次简单的戈壁户外比赛，而是一场与心灵的对话，是一个重新认识自己的机会。它让我在极端环境下直面自己，看到自己的脆弱和不足，更让我深切地感受到超越限度的代价就是失败。要避免这样的局面，我们就要具备洞察自我极限的能力，并能够以此为依据制定出相应的策略。同时，还要有果敢和魄力，毫不犹豫地将这些对策付诸实践。

由于A队只能参加一次，事实上，我已经没有了卷土重来证明自己的机会，种种不甘和失落也就定格在我的人生篇章中。只是不曾料到，为了弥补戈11的遗憾，我整整花了五年的时间。

天上有星光闪耀　地上有心灵跳动

戈12：圆梦

你得在向前走之前放下过去

戈11结束后的一个月时间里，我把自己封闭了起来，后悔、失望、沮丧和愤怒的情绪轮番控制着我，这一场从未预料到的失败深深地伤到了我的自尊心，以至于在很长一段时间无法接受这个结果，也无法理性地去思考和总结这场比赛。

当时的我，面临两个选择：一、就此结束，和戈赛说再见；二、挑起传承的担子，带领戈12杀回戈赛，拼一个好成绩，弥补自己的遗憾。

就此结束也挺好的，毕竟这只是一场比赛和体验，经历过就好了，回到现实中，该干啥干啥。

可是，这样一来，我的戈壁经历就被定格在失败上，遗憾也永远无法弥补。自己连挣扎反抗一下的勇气都没有。这是我断然无法接受的。

那么，没的选，就第二条路，重新开始，继续跟戈壁耗，争取把自己找回来。

但是，在开始前，我必须先放下过去。

郝胥黎说过，所谓生活经历，不是指一个人遇到过什么事情，而是指他如何面对这些事情。既然戈11的失利是事实，而现实永远不会消失的，那干脆就不要逃避。因为一个人如果逃避他所惧怕的东西，到头来会发现自己只是抄了条近路去见它。懊悔也是没用的，很多事情发生了就是发生了，没有"如果"，更不能靠"如果"来过自己的人生。学会承认自身的不足是心性成长的很重要的一个部分。戈壁之行，暴露了自己的局限性，那就正视自己，接受一切，放下我执，努力去改变。

是的，因为这样的失败经历，我难免会被轻视甚至嘲笑。但那又怎样？我觉得应该这么想：真正长见识、添阅历的时候，一定是惨败，跌倒谷底、破鼓众人捶、破墙众人推的时候，这就是所谓痛彻心扉的领悟。逆境嘛，就是用来修心的机会。把心安住，修好了，就能学着放下过去，let it go；就能逆境坦荡，任外界起伏轮回而笃定从容一心不乱，补短板，静待机会，再出发，成事。所以，对一个人的勇气的最大考验是承受失败却不失去信心。一定要记住，过去和风评都是死的，但我是活的，不能被它们影响，不要回头。我要变得比现在更强，这才是对讥讽最好的回答。

关于如何看待失败，丘吉尔说："没有最终的成功，也没有最致命的失败，最可贵的是继续前进下去的勇气。"乔丹说："在我的职业生涯里，我投丢了超过几千个球，输掉了差不多三白场球，有二十六次我被托付完成制胜的球，但我投丢了。我在生命中一次次失败，这就是为什么我会成功。"失败并不意味着你是一位失败者，失败只是表明你尚未成功。你认为那个真实的自己，无非是过去的自己，只要不离场，不放弃，就有扭转局势逆势翻盘的

◀ 戈 12 报名单

那一天。

说实在的,在那个时刻,很难讲我真正把戈 11 放下了,但至少我已经从失败的泥坑里爬出来,因为我还有没完成的使命,我必须继续往前走。

做决定的那天,我随手写下了这段文字:

You are what you think. You are what you did, no matter what were right or wrong. What you did makes who you are. 我知道事不尽如人意,但今天也许是完美的一天。虽然难事接踵而至,也许幸运女神此时并不向我微笑,但只要努力面对现实,幸运也许就在不远处。虽然此时乌云密布,虽然暂时有无法逾越的坎坷,但是阳光总在乌云后。所以不要灰心丧气,给自己一个机会重新开始。

在孤独中,一个人要像一支队伍

2017年8月,担任浙大戈12领队还不到一周,我就接到了戈10一个队员的电话。对方支支吾吾了半天,总算挑明意思:戈11成绩差,你也没啥经验和能力,不适合担任领队。戈9和戈10在这方面比较有经验,希望你能主动让位。

印象中,我不置可否地回答了几句就放下了电话,没有生气,也没有怨恨。因为我有很多事要做,没空愤怒。

的确,当时是挺困难的,可以说是在履职之初就迎头撞上了第一个至暗时刻,面临着没团队,没队员,没资金的三无状况。另外,自己也确实没经验,彷徨、焦虑,但更多的是不服气和不信搞不好的倔强。我告诉自己,有害怕和恐惧的勇敢,才是真正的勇敢。如果面前是阴影,那背后一定是阳光。只要不服输,一直在战斗,就会成功;只要肯坚持,只要还在路上,就能看到明天的太阳。人世间很多事,不是因为看到希望才努力,而是努力了才能看到希望。

但凡做一件事,什么样的状态和境界才是完美的?高僧向智尊者说:"能保持不动而单纯地专注于其上,或暂停而作明智的反思,常常会使贪欲的最先诱惑,愤怒的最初浪潮与愚痴的首阵迷雾消失,不会造成严重的缠缚。"是的,玄奘就是单纯地专注于西行求经之上,17年单纯地专注于这件事上,千难万险也就无法对其产生根本性的影响了。鉴真和尚说:"不要阻挡风,愿将此身化为风;

▲ 浙大戈 12 的愿景

不要阻挡雨，愿将此身化为雨。"一步一脚印，一步一慈悲。他们都是专注坚毅的最好诠释。凡夫俗子如我们也一样，生活中很多事，并不需要刻意去设计，简单去做即可。在特定的时间段里，专注于目标，锁定任务，这样就能使人生变得简洁利索。

林徽因说，温柔要有，但不是妥协，我们要在安静中，不慌不忙的坚强。对，就该不慌不忙，慢慢地坚毅下去。尤其是当没有人相信你的时候，沉默和坚持就是最好的反击和证明。专注当下就是最好的坚持。Trying to do something, not trying to be someone。

感谢加诸我身的质疑、不看好和傲慢，这些都会成为我前进的动力。一切荣辱皆为云烟。当领队，组建戈12，我义无反顾，不回头。一个人,也要像一支队伍一样去战斗。

I jump you jump

2020年夏天去交大安泰参加戈15分享会时,我跟吴践道和姚渊提到,电影《泰坦尼克号》中有个著名桥段:Jack在船头,为了劝阻欲跳海的Rose,说了一句感天动地的话:"You jump, I jump."但是在戈赛这件事上,这句话恐怕得换个次序,改成:"I jump, you jump."管理学上有个词汇叫"行愿",就是以行动实现愿景。在戈赛这样一个无约束力纯付出的理想主义色彩浓厚的组织里,相比企业,行愿就显得格外重要。领队必须自己先入坑干活,行胜于言,才能鼓励更多伙伴加入队伍。因此,真诚很大程度上就体现在这个"I jump"上,身教大于言传。万事开头难,在起始阶段,语言常常是软弱无力的,因为人们以言语行的事也包括遮掩。哈佛大学心理学家史蒂夫·平克说:"人们会在交谈的过程中彼此含糊其词,变着法地扮演各种角色,他们时而拐弯抹角,吞吞吐吐,时而又含糊其词,旁敲侧击。他们不仅自己这么做,而且希望他人也这么做,不过,有趣的是,人们一边这么做,一边却又口口声声地说自己渴望坦诚相待,渴望他人言简意赅,直截了当地表达意图。事实上,虚伪是人类的一种共性。即使在最愚钝的社会中,人们也不会不假思索地说出自己的真实意图;相反,他们会利用各色各样的礼貌、托辞和威望将自己的意图巧妙地包装起来。"因此,与其千言万语描绘锦绣前程,不如把自己先挪到起跑线上去。

带队伍是一件苦活儿累活儿,没有一批志同道合的同伴,没有奉献精神,不付出极大精力和物力财力根本干不成。梦想、团队与行动，这是人成长的三要素，也是戈赛组织成长的三要素。领导力是把这三要素串接起来的唯一手段。从这个意义上说，领队还真得有很强的领导力才行。基辛格所定义的领导力，是一种带领人们去到他们从未去过的地方的能力，就是一种激励和带领他人的能力。在戈赛中，领导力就是坚定的信念和为了坚守这份信念而展现出的毅力。而 I jump 就是对信念的宣誓和向同伴们纳的"投名状"。

Leadership on the edge——戈赛与领导力

戈赛发展到今天，表面上是各支 A 队的激烈竞争，背后比拼的其实是院校的综合实力，包括组织架构、制度建设、团队建设和支撑保障体系建设等。我们以前那种简单的师父带学徒的手工作坊式做法已经大大落伍了，制约了发展空间，因此必须从观念上来一次变革，把戈赛当作一场以团队领导力为灵魂的综合竞赛。

事实上，戈赛有目标，有行动，有组织，有理念，一支戈赛队伍就是一个 task force，一个系统工程。如果把戈赛当作一家企业或公司来做，组委会就是公司，领队是 CEO，有了领队之后，设立目标，建设队伍，细致分工，负责竞技的就是 A 队教练组，负责 B 队和 C 队的就是群众事业部，募集资金的就是 CFO。启动日是公司的揭牌开业，回归日就是公司的年度总结。今天的戈赛已经是一家公司的完善模型。

戈赛将每一个已经习惯了"独断专行"的"老板"和高管，成功地"挤压"到团队之中，引发了每一个人对自我与团队关系的深层次体验与思考。经过十多年的发展，戈赛已经不再纯粹是一场比赛，其最大的意义是被商学院师生共同打造成了一门职场团队领导力的实践课程。在西方，关于领导力的实践往往就被称为"Leadership on the edge"，就是极限状态下的领导力和决断力，这也恰恰就是戈赛的场景特点。这种脱离了平时生活常态的磨炼和考验，尤其是在逆境和不确定性环境中如何引领团队生存和发展，并做出各种艰难的决策，让大家对团队、管理和领导力等有了更深刻的认识。参与者的改变，更多地表现为思维习惯和思考深度的极大提升，这不但提高了他们自身的综合性领导力水平，也提升了他们对自我认知的理解，使自己的内心变得更加强大。中欧管理学教授忻容博士认为，戈壁挑战赛是修炼领导力的最好道场，没有之一。团队领导力涉及的六大要素——远见、沟通、动力、控制、情境和自我无一不在戈壁挑战赛中得到充分而具体的体现。

远见　它有导航的作用。在茫茫戈壁中，怎么去找到方向，怎么去找到这样的定力去指引方向，这是领队必须经历的抉择和挑战；

沟通　领导力需要沟通，需要对话。这里说的不是指令，而是双向的沟通，也是心灵的互动；

动力　领导力是一种动力和激励，当队友有放弃的念头，领队怎么去给他力量，让他坚持，怎么去激励所有有着不同需求的队友，在比赛中坚持下去；

控制　领导力也包含着控制。谈到控制，谁都不愿意被控制。但这是永远两难的挑战。领导者要用指导的方式去控制。控制节奏，控制时间，同时也要控制人的情绪，这些都是领队的责任；

决策　在戈壁上会碰到太多意想不到的情境。我们现在处在一个变化多端的时代中，而戈壁是这种大时代环境下一个具象的缩影，不确定性给人带来的冲击感更加强烈。现在是晴空万里，下一秒是一路风尘。现在所有队员一起正常，下一秒就出现状况乃至崩溃。在这样的情形下，人与人、人与自然之间的互动，队员自身的感受，团队中队友之间的互动，这些都是导致不确定性的变化因素，需要我们做出决策，起到一个领航的作用。

全体队员在戈壁上一路走过来，处处触碰到发展自身领导力所需要学习的内容，包含了冲突中的决策力、变革领导力和危机领导力等多个维度。团队领导力要求领导者有以下一些能力：自我认知能力——不断学习，加强个人道德意志品质修养，严谨自律；战略思维——头脑清醒，能够集合所有人力物力资源向预定目标迈进；魅力——有给予团队成员信心和力量的能力，激发所有人的潜能全心投入，以及道行——拥有谦虚+坚毅的品格，以自身的言行举止影响者团队追求持久卓越。不难看出，拥有卓越的团队领导力，就必须具有以下关键品德：谦虚的人格——不以自我为中心，有良好的倾听能力；坚毅的行动——无论困难有多大，都会一意孤行般地走下去，为了实现愿景目标，不惜战斗到底；直面冲突的能力——有足够的勇气面对反对意见和指责，做出正面回应；积极乐观的心态——不怨天尤人，面对挫折，不找客观外部因素，积极自我反省，找寻解决之道并不断修正自己以及无私无畏的精神——无私才能无畏，有担当，能够承受决策所产生的后果和风险，行为方式从容并坚定。

忻容教授指出，领导力是一项行为技能，本质上是一个人格修炼的过程。戈壁挑战赛作为一项类极限团体赛事，无论是自然环境还是物理现实的挑战都是巨大的，从而在客观上可以帮助参与者在逆境中修炼坚毅，这也是领导力素养中很重要的一个组成部分。忻容教授认为：成功的领导者，需要具有三商：智商、情商、逆商。智商来自于先天，情商来自于学习，而逆商则来自于修炼。逆商就是能在逆境中坚持的能力。逆商越高的人，遇到挫折时，越能以弹性的方式面对逆境，并积极乐观地接受困难的挑战，找出方法，不屈不挠，愈挫愈勇。这就是领导力中最重要的，可以使你成为卓越领导者的至关重要的一个能力。领导力的修炼本身就是聆听自己的反应，凡事不抱怨，积极乐观地去解决。看事情总是看到最光明的一面，然后勇于担当责任。在行动层面上，要想清楚先做什么，怎样做，何时做，怎样去相互帮助，最终得到更好的结果。成功的人找方法，失败的人找借口。对于逆商的修炼来说，不忘初心、勇于行动是最核心的基础。戈赛中，参与者修炼的就是坚毅和逆商。

大家通常会面对非常多的两难选择和考验。比如个人和团队：个人的利益和兴趣需求与团队所想达成的目标是否不一致？比如分工和合作：怎么让个人统一为集体？比如民主和集权：怎么让大家参与进来，怎么做到坚持和妥协兼容？比如如何面对挑战如何实现快速执行，同时又允许大家不断试错？等等。有很多这样的两难选择，这些都是对领导者的坚毅和逆商的最大考验。这个挑战没有完美的结构性解决方案，也没有公式可循。逆境在戈壁是一种常态，而坚毅则是真我的法宝。戈赛是领导力人格修炼的最好的道场。领导力最终能带给大家的是什么？是希望，是激情，是一种价值观和一个意义。

事实证明，单纯就戈赛而言，凡是体系建设完善、分工明确、规章制度健全的院校，无一例外都是戈赛强队。在这里，领导力因素起到了关键作用。

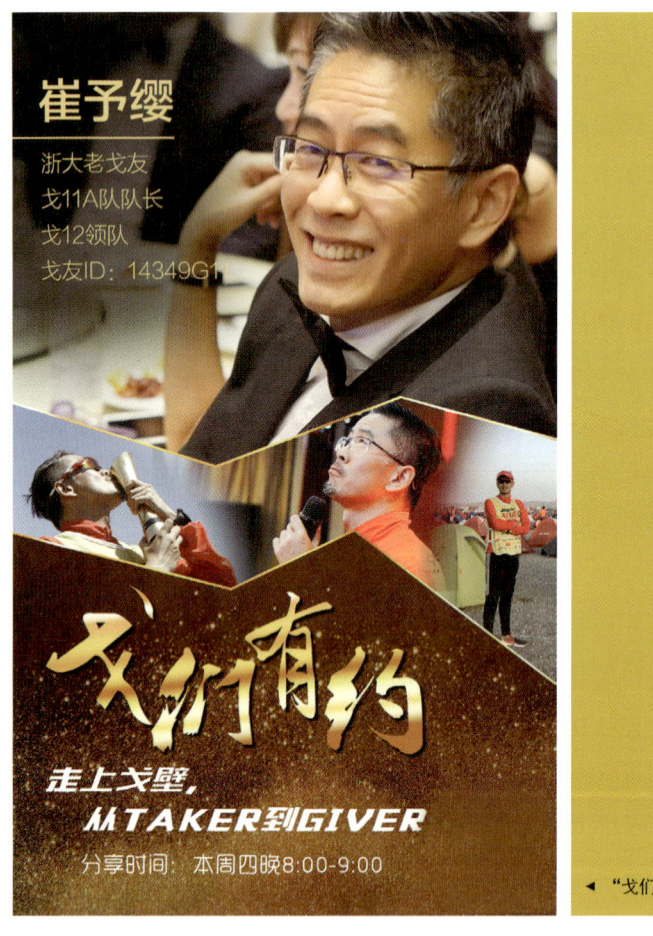

崔予缨

浙大老戈友
戈11A队队长
戈12领队
戈友ID：14349G1

戈们有约

走上戈壁，从TAKER到GIVER

分享时间：本周四晚8:00-9:00

◀ "戈们有约"分享会

既然戈赛的深层次原动力来自领导力，那么，方向就很清晰了。作为领队，首先要做的就是修炼自身的领导力。怎么练？在具体事上练，就在建设戈12团队和打造戈赛组织体系的过程中练。难不难？难。因为推进戈赛体系化建设这事儿，在浙大是个从0到1的过程。没有经验可借鉴，只能摸着石头过河。

难做的事和应该做的事,往往是同一件事情。

一路相伴,让梦想更有方向

该怎么描述我这一年的带队经历呢?就从戈12结束后的2018年初,我受徐欣邀请在"玄奘之路"组委会发起的"戈们有约"论坛上与各商学院戈友们的一次分享开始吧。

走上戈壁,从 taker 到 giver

各位戈友晚上好。我是崔予缨,浙大管理学院15春季班学员。平时,跑团的年轻朋友们叫我崔叔,大概是觉得我年纪一大把还跟小朋友们混在一块儿,大家觉得叫伯伯太伤我自尊了吧,崔叔比较有亲和力;浙大戈友们叫我老崔,因为我总是一脸苦大仇深的样子,无论是当队员还是领队,准备戈赛的时候总是很焦虑;戈12的时候,全体浙大ABC队友送我一绰号:崔妈,大概是我唠唠叨叨了一整年,管这管那没完没了的缘故吧。总之,我都笑纳了。我注意到,被称为妈的伙伴还有好几个,其中一个就是饶南,南妈,我知道你也在。你跑得飞快,我今天在这儿谈跑步,希望你别笑话我。

今天有幸跟戈友们分享,既紧张又兴奋。许多未曾谋面的戈友们,希望借此机会能够跟大家认识。当然,还有很多我熟悉的戈友们,比如"戈们汇"的兄弟姐妹,都是自律勤奋的队长们。我至今没有被你们抛弃,全赖大家宽容;还有A02小二班的伙伴们,我知道,无论我讲得多烂,你们都会为我鼓掌,谢谢。浙大的新老戈友们,如果你们也在,那就一起叙叙旧。戈12过去大半年了,可我依然很怀念,借此机会,让昔日重来。

坚持的勇气和价值观的重要性

做队员的时候，对坚持的理解就是跑到底。做传承的时候就复杂得多，革新、建章立制、突破习惯做法等，都会遇到阻力。戈赛也是江湖，每个人的出发点和目标不一样，要承认多元化。但是，团队合作精神是红线，不能触碰。这就要求全队有基本的价值观：诚实和团队至上。

给予，是让生活更有意义的方式

戈壁的经历可谓刻骨铭心，正是戈赛，让我体会到 giver 的快乐。戈12这一场长达一年的彻头彻尾的付出，成为一个 giver，是戈赛给我的最大收获。

所谓 giver，就是命运在某个时刻造访你，让你抛却功利，单纯地、热情地去经营一件事儿，去爱一个人或者一个团队。

有了真诚付出的心，才有全情投入的可能，才能同频共振，把所有愿意为戈赛付出的人聚拢在一起，以创业者的热情去做这样一件纯公益的事儿。

所谓 giver，就是真心换真心。参与到戈赛的都是同门学长学姐学弟学妹，大家都是凭着热情在坚持。真情流露自然会得到响应，才能有领军的威望。在正赛期间，虽然每天都要陪跑 A 队，但我坚持，无论多累，都要站在终点等候徒步归来的 B 队和 C 队队员，真诚和感情，需要行动来体现。

学会关心他人，学会换位思考

当一个团队领导者的"小我"思维成为习惯的时候，善良就成为自己的一部分，遇到的善意也会越来越多；要有足够大的格局去包容

▲ 在终点迎接每一个 B 队队员归来　　　　　　　▲ 第一次有了冠名主赞助商

不同意见。当一个人格局足够大的时候，眼里看到的是所有人的优点。如果人家把所有这些优点发挥出来，这个团队是不可战胜的。君子和而不同，小人同而不和。不要害怕争执和不同意见。目标一致的团队，"不和谐"才是好事。

真诚是一种感召力，会传递到团队每一个成员的心里。当我走上赛场，整个浙大戈12团队迸发出来的战斗力和温暖的氛围让我觉得

▲ **体验日**（戈友映像供稿）

这一切都是有意义的。

  戈 12 组委会是浙大自参加戈赛八年以来第一个真正意义上的组委会。在一年的时间里，这个组委会实现了从 0 到 1 的跨越，不断创造浙大戈赛史上的第一。第一次正式有了冠名赞助商；第一次完成了戈赛组织工作的系统化建设，制定了一系列规章制度，建立了一套真正可以传承的体系；第一次实现了赛前上戈壁实地拉练，向一流院校的做法看齐；第一次利用探路实现了线路优化，为之后的胜利打下了坚实的基础。

以真诚为基础，整个组委会团队对目标高度认同，价值观趋同，在坦诚相待的基础上建立了互相理解互相信任的关系。这是一支梦之队，大家各司其职，脚踏实地，执行力到位，注重细节，携手前进。事实证明，有一个使命和理想，有一个团队的努力，有一段持续的时间，是可以完成目标任务的。

得到与付出，究竟应该如何平衡二者的关系

这似乎是个难以回答的问题，事实上，生活中也确实经常遇到这样的选择困境。戈壁的经历慢慢教会我，这二者是你中有我我中有

▼ 终点旗门和营地（戈友映像供稿）

你的关系，得到的同时就是付出。付出的同时也意味着得到。得到＝付出。关键在于自己对待收获和付出的态度以及躬身入局的行动。对收获心怀感恩，自然乐于付出，付出的过程就是历练，历练就是得到。当你学会面对质疑、忍受委屈、善待指责的时候，你的格局也就越来越大；当你耐得住寂寞，躬身去做一些琐碎小事的时候，你就有了脚踏实地的作风。点点滴滴都是成长。所以，认真付出就必然有不同凡响的收获。因此，付出和得到是完美的统一体。

我们将永不懈怠地追求完美，即使明知永远不可能得到，因为世上没有任何事是完美的，但我们仍然要不停地追求，因为过程可以创造卓越。我丝毫不希望自己的表现只是不错而已。

崔予缨

2018 年 1 月 12 日

真心换真心，这就是我的戈 12 之旅。有心，就能发心，才能坚持。初心不改，事儿不会办歪，路走得正，有始有终。团队不是人多，而是心齐。

真心就是真诚。真诚即信仰，真诚就是领导力。真诚的核心：第一，光明坦荡，第二，不怕暴露自己的缺点。胸怀坦荡就是不做见不得人的事，没有见不得人的心机，什么事都能拉出来晒晒太阳。而对待自己缺点的坦然态度，乃至于敢于自嘲，意味着清醒更意味着自信，意味着活泼更意味着真诚。缺点就是缺点，弱点就是弱点，不想否认，不想掩盖，因诚得诚。做得到这两点，就能真心换真心。毕竟，人不可能以虚伪换得真感情，不可能以严防获得信任。君子坦荡荡，小人常戚戚。这话算说对了。

真诚的另一层意思，就是不欺，诚心正意。子曰："人而无信，不知其可也。大车无𫐐,小车无軏,其何以行之哉?""人之生也直;罔之生也,幸而免。"孔子提倡"仁",首要的条件就是有真性情,恶虚伪,尚质直。一个人欺骗自己多了,最终会被自己欺骗;欺骗世界多了,最终会被世界抛弃。首先你得相信自己,然后别人才会相信你。千万别忽悠,也别言过其实。真诚的重点不在于你说了什么,而在于如何去做,以什么样的方式去履行诺言。我坚信自己定下的戈12愿景和目标一定能实现,愿意为之付诸艰苦努力,临深履薄,用尽笨功夫。我相信成事=诚*(勤+慎)。打硬仗,自己上。一个人,也要扛得住,罩得住,诚心诚意,对梦想坚信不疑。

曾国藩说过,凡办一事,必有许多艰难波折,吾辈总以诚心求之,虚心处之。心诚则志专而气足,千磨百折,而不改其常度,终有顺理成章之一日。心虚则不动客气,不挟私见,终可为人共亮。做事儿难得很,就像度劫。想要在重重险阻中突围而出,就得靠诚心虚心,也就是真诚的态度。第一,诚心做事,就是保持初心,而不是为了钱,为了名,为了美女;第二,虚心,就是团结大家一起做事,不狭隘,不带成见,不夹带私心,不要小心眼,功劳属于团队,有分歧摆在桌面上。做事有这两个心,只要不见异思迁中途换赛道,遇到困难不绕道,成功的概率就大。能做到这两个心,时间才能真正成为朋友,坚持得越久,成功的概率越大。

真诚换来信任,信任就是信心。有了信任,我从上海请来了98跑专业教练团队。因为相信,所以简单,于兴波教练尽职尽责,我俩以诚相待,那种坦率互信的氛围至今难以忘怀;念念不忘必有回响,有了信心,队友们都聚拢起来,成立了组委会。王文龙和我管A队训练、翠萍、张锤负责保障后勤,姚振华担任B队队长,无论是拉练还是正赛期间都全程陪走并负责收尾,为所有B队队

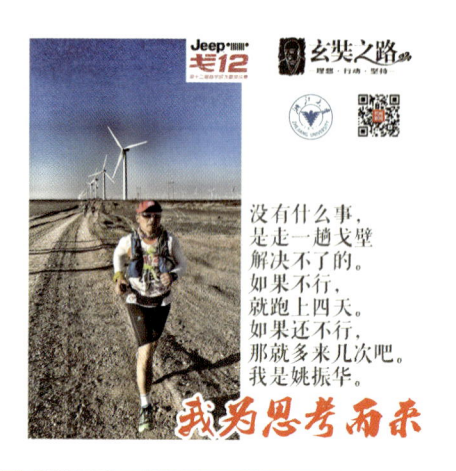

没有什么事，是走一趟戈壁解决不了的。如果不行，就跑上四天。如果还不行，那就多来几次吧。我是姚振华。

我为思考而来

我想飞但是飞不起来
我想是因为背包太满
风车阵走不完，戈壁又太晒
我是林琳

我为不可能而来

▲ 姚振华（林琳摄影制作）　　　　　　▲ 林琳（林琳摄影制作）

员安全完赛，拿下萨克尔顿奖杯立下了汗马功劳。赵澎涛和叶志勇敢地进了 B 队，茫茫戈壁四天三夜，两个习惯了奔跑的人为所有 B 队队员当导航员和陪走员，一路励志鸡血，造就了一支快乐的 B 队。俞晓红组织 C 队，给了很多同学非常深刻的戈壁初体验。大家就这么默默全力以赴运转起来。要强调的是，这不是一个因循守旧的团队，大家互相充当对方的安慰剂、遮羞布，一起沦陷在平庸的道路上不能自拔，从而失去了动力和进取心。恰恰相反，这是一支生机勃勃锐意进取的团队，每个人都相信自己的努力会为浙大戈赛带来有价值的改变。大家做事情抢在前，争利益躲在后面，重事实，说实话，不作假，不拍马屁。这样的人构成了团队的核心。有了这样的核心，经历再大的风雨，走过再曲折的道路都不怕，变革创新一定是能做成的。

　　说到创新，必然涉及到一个关键问题：重不重视外脑。闭门造车，就是夜郎自大，更何况在戈赛这件事上，我们浙大管院代表队需要向先进院校学习的地方太多了。要有成效，要成就大格局，就要开门办事，必须海纳百川，虚心向友校取经，认真当学徒。组委会的伙伴们分头拜山头拜码头，向各大院校学习戈赛的组织和制度建设经验，理解不了的就先抄作业。就这样，我们像小学生一样一点一点地模仿和借鉴，慢慢地完成了自己的第一个组织体系建设，制定出了包括选拔在内的一系列规章制度，建章立制的梦想就这样在学习中实现了。

　　制度管人，文化管心。文化就是团队价值观，即：真诚和团队至上。这个问题已经解决了。而制度就是规矩，无规矩不成方圆。A队的选拔评分标准、规范训练体系和纪律、安排集训拉练

▶ 赵澎涛（林琳摄影制作）

把跑过的戈壁再走一遍
痛苦和欢乐都是崭新的
这一次，我想飞过夕阳
我是赵澎涛

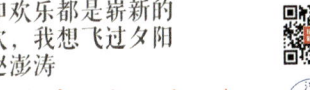

我为超越而来

▶ 叶志（林琳摄影制作）

重走茫茫戈壁
每一寸土地
用脚步再次丈量
痛苦再来一次
快乐再来一次
我是叶志

我为兄弟而来

▶ 陈燕莉（林琳摄影制作）

戈10C
旅行、体验
戈11A
磨砺、超越自我
戈12陪伴 传承
我是陈燕莉

我为传承而来

计划等等，这一系列操作手册让组委会和队员都有据可依，尊重游戏规则。随着这些规章制度的推开，前来报名参加训练的队员越来越多，训练积极性反而更加高涨，原先基本靠哄靠骗才能来训练的情况消失了。演绎到最后，A 队选拔竞争越来越热烈，直到最后一次戈壁拉练才以微弱的 0.5 分之差确定了第十个入选的队员。这样的激烈程度是前所未有的，也大大出乎我们这些组织者的意料。规范带来标准，标准带来压力和动力，一个有着准入门槛的团队反而更有吸引力，也更高效。在这里，规范化团队建设比什么激励手段都有效。同时，有了制度，组委会也就能分工明确，目标和任务分解到位，整个戈赛的准备工作能有序开展，逻辑性更严密。我提出戈 12 的总目标就是 A 队排名冲进前十，确实有一定挑战，但只要把团队体系建设好，这个愿望是能够达成的。

引入赞助商制度是我担任领队时许下的诺言。由于没有先例可借鉴，寻找赞助也是从零开始，比较艰难。但这事儿又不能久拖不决，我只好再次"I jump"，从自家人身上打主意。感谢太太的支持，最终解了困扰我的资金问题。她属下的新通教育集团出资成为浙大戈赛史上第一个官方冠名赞助商，帮助我实现了筹款制度化建设的目标。

德不孤，必有邻。有了诚意，就会有志同道合者一起奋斗。至此，我上任之初面临的没队员、没团队、没资金的困难局面已经全部化解。真诚作为团队领导力的核心要素，确实能起到化繁为简、激活团队、激发潜能和效率的神奇作用。不管领导力有多少表现形式和定义外延，诚心正意永远是其底层逻辑和关键。看清楚并做到这一点，则无论是带大团队还是小工作组，都能达到一呼百应的执行力效果。

一扫履职之初窘迫境地的阴霾，戈 12 开始了向目标迈进的征程，组委会更是仿佛打通任督二脉一般，一路开挂，以创业的心态，从零开始，建章立制，开疆拓土，制订了全面规划整年的拉练计划，行程南到海口，西到成都，北至戈壁，同时完善了路线和流程设计，戈赛拉练从此开始有了固定成熟的线路。一年不到，戈 12 组委会完成了浙大戈赛制度化和体系化建设，这是一次从无到有、从 0 到 1 的创造和跨越。所谓的传承，从此有了一套看得见，可操作性强的规范流程。

不仅如此，风物长宜放眼量，组委会的伙伴们从长远发展的角度出发，陆续干了几件事儿，为浙大戈赛做铺路石：一：重塑戈赛文化，宣讲动员更多同学参与到跑步锻炼中；二：搭框架：做大 B 队和 C 队，为将来的 A 队输送合格的队员；三：做铺路石：根据戈赛规则的改变，着眼未来，不断挖掘新生中的好苗子和潜力选手，组建戈 13 预备群，组织训练，并鼓励他们上戈 12B 队，为来年的冲 A 打下坚实基础。我们的想法是，只要体系建立起来，文化传承建设好，那么，只要坚持下去，经过几届队伍的努力，浙大在戈赛上就一定能向上突破达到一个新高度。

事情往往就是这样，理顺了就一通百通，整个组委会心情舒畅，团结一致向前走。在每一个困难里都会出现机会，原先以为的畏途成了坦途。当然，一路走下来，说不辛苦是假的。一个月一场小拉练，两个月一场大拉练，还要全国各地跑，这其中的组织工作可谓巨大而烦琐，牵涉的精力非常多，甚至会影响到工作和生活，可是大家还是乐在其中，因为有目标，有使命，即便没名没利也可以在精神层面成就感满满。这大概就是戈赛的魅力吧，让人们在一个特定时间段里体验奉献和向善带来的幸福感。

下面是写于第一次拉练后的感谢信，整个团队快乐进取的状态在整个戈12备战周期里一直保持着。

午后，彩华姐站在山庄门口，执意目送我们每个人返程。感谢的话说来说去就那几句，那么，来一个大大的熊抱吧，一切尽在不言中。戈12首次拉练，彩华姐功不可没，从赛道设计到后勤补给，所有的工作堪称完美。

戈12很幸运，第一次拉练就得到了浙大宁波校友会的全力协助，管院吴书记也来了。有了学校和校友的支持，我们心中那个塑造浙大戈赛文化，推广健康生活的理想就有了落地的可能。

戈6杨云，戈7余文卫，戈8沈敏伟、卢莉、高建明，戈11翠萍、张锤、燕莉、姚大大、文龙、澎涛……戈12的拉练，也成了戈友们的聚会。

都说走过茫茫戈壁就是姐妹兄弟。既如此，戈友就是一个大家庭，就得常聚聚，开个Party啥的，让生活中多一些快乐。戈12的每次拉练都欢迎老戈纷至沓来，陪跑，聊大天，哪怕只是喝杯酒，都是极好的。

感谢我的戈11队友们，一如既往地把责任扛在肩上，默默支持着新戈们。

谢谢戈12队员们。你们这两天的表现堪称惊艳。当于教和我从成绩表上移目对视时，都从彼此的眼睛里看到了狂喜。成绩是你们的，快乐是大家的，是戈12组委会的，是老戈们的，是浙大管院全体师生的。继续努力吧。

最后说说我。这几天颇有一些谬赞之词送给我，惴惴不安。其实，本人只是在践行诺言，为戈12尽一份力而已，战战兢兢，如履薄冰。

但愿不辜负大家的努力。

最感谢太太,容忍我继续在节假日忽视她。几天前,她说:"你还不错,不是那种无利不起早的人。"

得此评语,甚为荣幸。

定当自勉。

2016 年 12 月 13 日

拉练是戈友们的节日,人多热闹特别嗨。可是平时日复一日地安排和监督训练就没那么有趣了。尤其是冬季,下午 6 点开始训练的时候就已经天黑了,往往要到八九点才能结束,真是又冷又饿。记得那是 2016 年 11 月底,我周末刚干了个 50 公里越野,周一晚上去操场执勤的时候实在跑不动,就裹着大衣坐场边监督队员训练,一边瑟瑟发抖。正好老友徐锦祥来探班,远远随

▶ 冬日夜晚在操场执勤督训

手拍了一张。照片中在昏暗的灯光下，一个剪影蜷缩着，特别孤独特别可怜。被发出去后，有说是操场卖红薯的，有说是卖火柴的老头，反正怎么看怎么心酸。我留言："也许，今天的坚守会换来明年5月戈壁之花的盛放。"回家后，太太为此好一通数落，然后，给买了一件厚厚的羽绒衣。那张照片后来也成了戈12共同的记忆，代表着倔强和坚持，承载着大家一起卧薪尝胆，默默奋斗的日子。

君子和而不同

戈12组委会是一个强势的组委会，打破了以往集体负责等于谁也不负责的怪圈，建立了规则和传承机制，开启了浙大戈赛从无到有的精细化管理模式。A队采用了严格的管理制度，令行禁止。组委会每个人各司其职，认同沟通是基础，理解是桥梁，互相尊重的原则，创造一个平等相处的氛围。大家实话实说，说错了也没关系，各人都可以说各人的，但最后要统一起来，议论以后达成共识。有共识才有凝聚力，集体项目的战斗力才能体现出来。实在遇到无法解决的争议，我拍板。一个人拿主意不是压制别人，恰恰相反，拿主意的人要承担最终的责任，在其位谋其政，这是担当。我们都是志愿者，承担的这些责任是我们愿意给予的担当。领队这个身份并不是权力的象征，而是责任的象征，必须有自我约束的意识，没有敬畏心，自律和慎独是不行的。激发潜能和实现目标也可以得到完美的统一，但绝对是一个永远的平衡游戏和两难的选择。

作为领队，如果没有激情，团队就没有斗志。激励他人，也能激起自己的干劲。"鼓励"能改变他人，也能改变自己。而要保持激情，非常重要的一点就是要有坚毅的品格。坚毅是对长期目标的持续热情以及持久耐力。在持久这一点上，要学司马懿，不能学诸葛亮，要会熬。干事的过程也是个马拉松，不是 100 米短跑，三分钟激情一点用没有。在漫长的备战过程中，整个团队和个人都难免会陷入生理和心理的疲劳期，越是这种时候领队越需要坚持自我激励，在欲望不高的时候调动积极性，下决心有强烈的欲望去争取胜利。这样才能克服困难，不留退路。袁伟民就曾指出，体育比赛没有精神不行，精神状态起来了，才有可能去较量。

一个再团结的队伍，也不可能在每一件事情上观点一致。对于领队来说，更多的时候要面临怎么在坚持原则和懂得妥协之间平衡，怎么在不同的角色中，不同的情境中保持初心这样的问题。这些课题，都没有现成答案可以借鉴，只能边修炼边摸索，不断进行自我调整。

事实上，A 队队员之间也好，组委会成员之间也罢，很多时候都会有不同意见出现。我虽然是领队，却也时不时被组委会老戈批评和质疑，再加上队员的意见和不理解，经常让我有一种坐在火山口的感觉。最激烈的一次爆发就是在决定带队去戈壁拉练的时候。这是浙大戈赛史上第一次戈壁实地拉练，步子迈得有点大，因此反对声也多，压力随之而来。部分老戈认为戈壁拉练没必要。有些队员不理解，觉得路途遥远，既然以前都不实地拉练，那就继续按老办法来就是了。组委会也犹豫，觉得队员和老戈都反对，很可能吃力不讨好，因此倾向于取消拉练计划。这么一来，本来雄心勃勃开创浙大戈赛改革新局面的想法就要成为空谈，无法落地实现。一时间，我似乎成了坚持进行拉练的孤家寡人。

是取消还是坚持？

我觉得，越是这种时候越不能争吵和压制。在戈赛这样的自愿自发的组织中，热情是最宝贵的财富。失去了热情，团队的精气神也就散了。一言不合拂袖而去的例子在各个院校戈友组织中屡见不鲜。如果我们反向思维，把冲突看作是一次沟通的机会，结果会怎样？我们要考虑的不是避免冲突，而是如何转化冲突，让大家畅所欲言，充分沟通，坦率表达意见，将其转化为团队前进的动力。这也是领导力的一个重要体现。

为了摆脱僵局，我做了两件事：

一、给A队写了封公开信，把目前面临的困难、组委会的初衷和立场看法开诚布公地摆在大家面前：

各位戈12A队伙伴们，时光荏苒，转眼就要上戈壁了。我们一起相处了大半年也是一种缘分。既是有缘，那就说点儿实在话，真心话吧，跟大家说说戈12的运作方式和组委会的工作。

其实，组委会就是一个由热心戈赛传承的老戈自发组成的团队，负责浙大戈12的组织和比赛，以戈11队员为主。我们做不到无所不能，但决心竭尽所能。自去年9月开始，筹款，新班级宣讲发动，冲A队伍的组建，拉练选拔以及目前日益繁重的交通食宿等各项戈赛安排等，组委会一直在全力以赴。由于往届没有留下可供借鉴的经验，戈12组委会一直是在创新中摸索前进，有所不足在所难免，大家可以向组委员会指出来。时至今日，好与不好，是非功过交给戈12评价，一切但求问心无愧。还是那句话，我们做不到无所不能，但已经竭尽所能。

关于经费，这一直是个难题。戈12自去年9月组建后，组委会通过努力获得了新通教育的赞助。那么，这些钱去哪儿了？教练费用、拉练费用、拉伸团队和队医的报酬、报名费以及戈12官方视频等等是主要支出项。这里顺带说一句，每一次拉练，组委会成员和其他老戈都是照章缴费，没有例外。我们每个上戈壁的组委会成员和老戈还要缴纳包括报名费在内共3万左右的费用。传承的责任和情怀不仅意味着时间和精力的付出，同样也是财力物力的奉献。4月的戈壁拉练，我何尝不希望更多组委会成员陪着大家伙儿去。可是，我实在不忍心让这些5月就要二上戈壁的兄弟再次牺牲时间和工作了。

再把话说回到戈壁拉练，正是因为戈12的成绩不错，我们才鼓起勇气要带大家去戈壁探路实战。自从戈11的竞赛规则改变以来，是否去戈壁实战差别太大了，也许你们还无法体会，但我要说的是，戈11在这个问题上吃了大亏。

也许组委会的想法与你们有出入，这个很正常，你们可以自己决定去与不去。要说到费时费力，我们组委会何尝不是？

今天跟大家说点实在话，也是想彼此多了解一些，同心协力搞好戈12。无论如何，我都觉得，为了戈12，付出还是一件幸福的事情。

崔予缨

2017年3月25日于杭州机场

二、向组委会的同伴们坦率说了自己的意见：要创新就一定会有阻力，有不理解很正常，有各种不同意见也不可避免，但我们无论如何都要坚持下去，行百里者半九十，不要半途而废。善意的付出终将得到认可，不会缺席。

这两件事其实是一件事，我尝试着用最简单的办法把事实和想法和盘托出，还原做决定的初衷，鼓励大家换位思考，而不是去评判谁说得对，谁不对。我认为倾听、沟通和理解才是解决问题的关键。只有不思考的人，才不愿意倾听别人说话。孔子在解释怎样践行"仁"的时候，提出要推己及人，"己所不欲勿施于人"。我觉得这也是解决分歧的方法论。事实上，当我如信中所说，把所有问题都摆在桌面上的时候，大家也开始试着去倾听不同的观点，换位思考成了解开争执的钥匙。没两天工夫，争议如愿平息，拉练如期举行，彼此的了解也进一步加深了。很多时候，在纷纷扰扰的环境里，大家其实就是因为看问题的角度不同而引发了各种杂音。这时候，直面问题，直截了当坦率地说实话，简单、真诚地沟通往往可以解决那些看起来很复杂的事情。

如果，我们换个角度处理这个争议，把分歧掩盖起来，对问题讳莫如深，然后和光同尘，一团和气，八面玲珑，左右逢源，会是一个什么结果？大概率就是各说各的理，议而不决，问题没解决，拉练也不去了，大家都不满意。整天想着让每个人满意，今天这个指鹿为马，你说对，明天那个说此鹿非马，你也说是，这样非但无法有效解决问题，反而助长了"同而不和"的小人习气。时间长了，当你自己都分不清鹿和马的时候，就是最糟糕的时候。在戈赛中，你是否拥有在艰难的情况下做选择的力量极其关键。毕竟很多时候，选择带来的可能是别人对你的不喜欢，因为选择的过程伤害一些人的利益。但是，你一定要坚信，这个选择在将来的某一个时间点一定能得到更多人的理解和尊重，暂时的非议和质疑是领导者必须扛住的压力。对我来说，带队伍上戈壁，就跟带兵打仗一样，要的是勇于担当，有霸气，如果主帅是个墙头草随风倒，队伍也就没了精气神，没了血性。

戈壁拉练很成功。队员们也体会到，确实应该在赛前实地体验和熟悉一下环境和赛道，做到心中有数，这样到正赛的时候就更有

▲ 戈12A队奔赴戈壁拉练

▼ 2017年4月第一次戈壁实地拉练

把握。从此，戈壁拉练成了浙大的惯例，是每一届队伍的必修课。

你问我要去向何方，我指着戈壁的方向

4月16日19：00，一天的奔波后，飞机降落在杭州机场。

到达大厅，刚刚忙完B队和C队湘湖拉练的姚振华、燕莉、澎

涛带着鲜花和奖牌迎候着出色完成浙大戈赛史上首次戈壁实战拉练的Ａ队队员们。兄弟姐妹情谊，尽在不言中。

时光回溯，从去年9月组委会提出戈壁终极拉练的设想到今天带着队员站到戈壁滩上，我们终于实现了这个目标。虽然很多院校早已经把戈壁训练当作必备课，但对于浙大来说，这是第一次。万事开头难，从动员队员到安排行程和拉练方案，整个过程还是很艰辛的，可谓一波三折。我们最终兑现了诺言，顺利地完成了首次实战拉练，更重要的是，为将来的戈赛队伍积累了实战演练的经验，这应该就是传承的意义所在。

这是一场新老戈们合作完成的磨炼意志的仪式，也是接力棒移交的神圣典礼。在骆驼刺中，在风车阵里，老戈们渐渐放开了紧紧抓着新戈的手，让他们自己在烈日和大风中砥砺前行。

历经大半年刻苦训练的新戈们不负众望，以搏杀的姿态和强悍的意志力完成了训练任务，诠释着"只要出发，必定抵达"的信念。

茫茫戈壁，让我们褪去了装扮，在这个天然的舞台上不加雕琢地出演最本色的自己；漫天风沙中，我们互相陪伴，成就彼此。无论每个人的感受和收获是什么，有一点一定是共同的，那就是：一个短暂的瞬间也将拥有丰腴的回忆。

戈12，浙大人来了。

崔予缨

2017年4月16日

在一个坦诚相待的团队里，信念和确信感会在团队成员中扎根，产生合力，为团队实现愿景和目标持续输出强大的正能量。信念和确认感合二为一成为信仰。大家对团队的信仰的坚信不疑将是决定团队可以走多远的重要因素。

信念，表现为对于目标愿景的认可及忠实程度。信念的存在对于个人以及团队的表现，尤其是在极端情况下激发战斗力和潜能，具有极为重要的意义。信念是团队目标的延伸，是团队可以存在的"最重要的原因"。

确信是一种恒久的力量，一种处乱不惊坚定朝前走的力量。把自己交给伙伴，确信自己能够达成所愿，确信无论出现任何情况，只要团队在，就总会有解决之门，也总会达成内在力量的沉淀。

在一个有信仰的团队里，成员之间的沟通成本几乎消失了，取而代之的是默契和理解。这是一个团队能够达到的最好的状态。戈12结束后，队员慧兰曾动笔写了一篇关于我的文字。让我有点意外的是，我们互相之间除了训练和比赛，交集并不多，但她对我的描述却基本符合我对自己的判断。这大概就是默契和理解吧。

海是藏不住的

周四听了《戈们有约》崔予缨（简称老崔）关于 taker 与 giver 的戈壁分享，一直有一种想写下什么的冲动。当然我对老崔是属于那种一部分熟悉、一部分陌生的交情。熟悉是因为他是我戈12的领队，在一起的八个月里，共同经历了跑步的辛酸苦辣。陌生是因为除了跑步没有其他更多的交集。但不知何故，在老崔身上我不时感受到那种我所熟悉的西方气质，其实坦白地说是一种有点简单执著的"傻帽儿"。

带领戈12的这一年里，有时也会觉得他有孩子气的男人情结，是孤独的，是焦虑的，是担忧的，是自信的。感到他面对戈壁的敬畏。当他把自己的人生以如此丰富而透明的方式打开的时候，是与"不知道"对抗的坚决和快乐。可能，我对老崔的这些解读大概是不准确的。但当他如此坚毅地在戈壁这条路上奔跑的时候，我深信他代表着另一种生活的姿态。我与老崔的每次见面都是以拥抱的方式来say hello，这大概是与我们在欧洲生活过的原因有关，总觉得拥抱比握手更能让人的距离拉近。事实上，在他的身上散发出那种traditional的西式骑士精神。无论是他对团队的信任也好，还是在戈壁赛时每天站在烈日下绅士式地拥抱每位队员也好，越来越浓地呈现西方式的待人处事风格：信仰、逻辑、坚持、信任、简单。

在taker和giver的演讲中，老崔用自己的经历提出了一些得到和给予的感想和建议，它们包括"小确信、修行、友情……"，这些话听起来很容易，但要做到，很不容易。凡尘俗世，谁不是普通人？看老崔敞开皮囊，感性分享人生，所以共鸣。海是藏不住的！以《笑傲江湖》的主题曲《沧海一声笑》祝愿崔队2018继续前进！

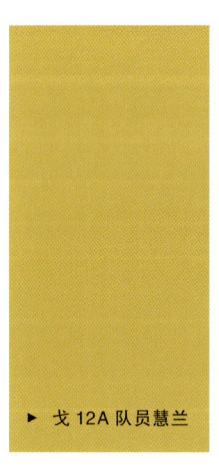

▶ 戈12A队员慧兰

沧海一声笑

滔滔两岸潮

浮沉随浪

只记今朝

苍天笑

纷纷世上潮

谁负谁胜出

天知晓

江山笑

烟雨遥

涛浪淘尽红尘俗世几多娇

清风笑

竟惹寂寥

豪情还胜了一襟晚照

苍生笑

不再寂寥

豪情仍在痴痴笑笑

陈慧兰
2018 年 1 月 20 日

灵魂没有假肢——正直的勇气

Do what you feel in your heart for right, you will be criticized anyway. 我特别喜欢这句话，换成中文说法就是：有理三杆子，无理三杆子，你总会成为被议论被挑剔的人物。

在戈赛这件事儿上，干组委会带队伍，大概率会得罪人。一大堆老戈友，有的出于关心，有的喜欢刷存在感，不论出发点是什么，每个人立场不同，看问题角度不同，各种意见众说纷纭，莫衷一是。集思广益本非易事，要当内持定见而六辔在手，外广延纳而万流赴壑，乃为尽善。看，连曾国藩都说了，团队领导者要有主见，并有控制方向的手段，不能什么意见都听，如果都吸收听取，基本就没方向了。时然而然，众人也。己然而然，君子也。事实上，每个人的心思都不一样，同一个人不同时候的心思也可能不一样。作为团队领导者，要尊重以上事实，不要企图改变每个人的想法，不要妄图在每件儿上达成共识，更重要的是，不要让这些不同的心思（尤其是基于个人成见的无差别反对）影响到自己。要笃定，要有定见。无私才能无畏。如果有意见分歧就不敢坚持己见，这是不敢承担责任的表现。什么时候不考虑个人利益，什么时候就拿得出来，就有一时之毁誉不关于虑的气度。

有时候想想，做人实在是很不容易。人不能够以获得好评价时就继续保持，受到批评就立刻放弃这样的思维方式简单地去做事情。当你得到好评而继续保持时，你可能会突然意识到人们其实早已厌倦你的做法了。同时，因为受到批评而放弃原有的做法并代之以相反的做法时，曾经提出尖锐批评的人不知何时忽然意识到原先的做法其实很有必要，并转而又希望恢复原来的做法，等等，类似的情况变化层出不穷。做事就会有褒贬，就会有闲话和非议。还有一句话：做事越多，噪音越多。和噪音，不要讲理，要讲不理——去你的，你能你上。没上就闭嘴。谁带队伍谁负责，只要不是刚愎自用，那该坚持的就要坚持，该拍板就拍板。反对声总会有，闲话也不会销声匿迹。你不是人民币，做不到人人爱。

是个人就有缺点，做事也不免挂一漏万。我想起多年前采访中国前驻联合国日内瓦办事处全权大使、前联合国副秘书长沙祖康时，他说过："这世界上没有累死人的活儿，只有气死人的活儿。"说的也有这一层意思。面对闲话，不能动气，只能一笑置之，舍此别无良策。

即使在戈赛这样一种比较纯粹和理想主义色彩浓厚的活动中，有时候也会碰到无底线的人和挑战处事原则的事，那就不能一笑了之，不能随大流甚至默许纵容，要寸步不让。很多人对我说，不就是个玩儿的活动嘛，不要那么认真。你这么较真，搞得有些人不开心，你有啥好处？最后落得个孤家寡人，吃力不讨好。这就像胡适笔下的那个"差不多先生"，口头禅是："凡事只要差不多就好了。何必太精明呢？"但我还是觉得，君子有所为有所不为，不应罔顾正确与谬误之界限，做事要有敬畏心，头上三尺有神明。也许，顶着压力，选择正直和担当，坚守真诚和善良的代价就是孤独。你未必能得到大多数人的理解，也可能与很多人为敌，即便一切尘埃落定，也不太可能获得别人真正的认可，只能带着一身非议离开。事了拂衣去，不留功与名。这样的孤独也是一种境界。边缘化不可怕，秉持独立的人格和品格，好过在庸俗的圈子里敲锣打鼓刷存在感。守住真诚和善良的底线，就是守住了灵魂和信念，就是勇敢、正直和担当。写到这里，我耳边又回荡起电影《闻香识女人》结尾处上校为查理做的辩护词，那句"灵魂不可能有假肢"，荡气回肠。

这是一个中学生和退役军官之间互相救赎的故事。查理是一所名校的中学生，他无意间目睹了几个同学谋划恶作剧戏弄校长的事儿。校长经过调查认定查理知道事情真相，执意让他说出主谋，否则将面临处罚。查理不想出卖朋友，于是面临着一道艰难的选择题——要么坦白，要么被学校勒令退学。退役军官史法兰最后在学校礼堂激昂演说，挽救了查理的前途，讽刺了学校的伪善。

Hoo-ah!

这个学校的motto（座右铭）是什么？是让孩子们出卖朋友求自保？

你们在这儿培养的是一支老鼠队伍，一堆卖友求荣的家伙。

如果你们要培养领军人物，那你们最好三思而行。因为你们现在的所作所为正在扼杀这所学校所坚持的精神。真是耻辱。

你们今天给我看的是什么秀？

我可以告诉你，我身边的这孩子的灵魂没有被污染。

毋庸争辩。你知道为什么我知道吗？有人，此时此刻就坐在这个礼堂里，曾尝试收买他，但他不为所动。

我来告诉你什么叫过分。

你以为你在跟谁说话？特拉斯克先生，我老了，太累，又他妈的瞎了。如果是五年前，我会带着喷火枪来这里。

我是见过世面的，你知道吗？

在我还能看得见的时候，我曾看见，很多很多更年轻的孩子，手臂被折弯，腿被炸断，但那些都不及灵魂的丑陋更可怕。

灵魂不可能有假肢。

你以为你只是把这个好青年像流浪狗一样赶回家？我认为你处死了他的灵魂。

为什么？你们伤害了他，都是孬种。

哈瑞、吉米、特伦特，无论你们现在坐在哪里，都去他妈的。

我来这儿的时候，我听到类似"领袖摇篮"的字眼。

但是，如果支柱断了，摇篮就垮了。它已经垮了。

你们自诩为人类制造者、领袖创造家，但请当心，你们创造的是哪种领袖？

我不知道查理今天的缄默是对是错，我不是个裁判或者评审员。

但我可以告诉你，他绝不会出卖别人以求前程。

而这，朋友们，叫作正直，叫作勇气（integrity and courage），这才是领袖的必备条件。

如今我走到人生的十字路口，我知道哪条路是对的，毫无例外，我一直就知道，但我从不走，知道为什么吗？

因为这条路实在他妈的太辛苦了。

而现在的查理，他也走到十字路口了，他选择了一条路，一条正确的路，充满原则，塑造完美人格之道。

让他继续在这条道路上行进吧。

他的前途掌握在你们的手中，纪律委员们。

相信我，查理走的是一条有价值的道路，别毁了它，保护它，拥抱它。

我保证，有一天你们会为此而自豪。

上校的灵魂拷问振聋发聩，做一个正直的、坚守价值观底线的人很难，需要勇气。这条道路充满艰险，可我们别无选择。要成事，必须先做到诚心正意，以善良为基础的价值观不能歪。子曰："苟正其身矣，于从政乎何有？不能正其身，如正人何？"正人先正己，此之谓也。

此中有真意，欲辨已忘言

戈 12 一路走过来，也有风雨，有曲折，有纷争。但最终我和同伴们都扛下来了。在出征仪式上，我公开说：戈 12 不进前十，不剃胡子。

正赛三天，一波三折。第一天排名第 12，大家有点小失望。根据以往的经验，第一天的结果基本奠定了最终的排名，想在后面两天实现大翻盘很难。所以这也就是为什么各队都会在第一天全力以赴的原因。在营地大帐，慧兰、永忠、贤斌一脸的不服气，

◀ 出征日

▲ 浙江大学管理学院戈12A合影

其他队员也是摩拳擦掌,沉默中积聚着爆发的力量。我知道,这些争强好胜的队员肯定不会就此罢休,他们一心要逆转局面。

第二天,队员们憋着一口气冲出了起跑线,但也没有逞匹夫之勇,而是非常理智地执行战术纪律和配速要求,不慌不忙。其间遇到名次接近的队伍的干扰也没受影响,你打你的,我打我的,任尔东西南北风,我自岿然不动。有勇有谋,定力十足。最终,我们顺利完成当日比赛,成绩和预期的差一分钟,可算是圆满精确。然后,对手开始纷纷犯错,好几支队伍发挥不佳。凭借第二天的出色发挥,综合前两日成绩,我们排第十。

仔细研究了排名后，我发现，形势依然很严峻，绝对没到高兴的时候。我们距离第九北大光华差了三分钟，第11是长明率领的中大岭院，离我们也就两分钟差距。而他们的实力非常强，很可能在最后一日实现反超。因此，如果想要留在前十榜单里，就要有忧患意识，只有继续死干，以第九为目标才行。保是保不住的，只有积极进取才有希望。也因此，组委会商量后一致决定最后一个竞赛日全力以赴，目标第9名。

比赛结果证实了我的预测，中大岭院在最后一天强势崛起，反超浙大和光华，最终拿到第九。所幸的是，我们的队员也没有懈怠，以置之死地而后生的勇气拼到了最后，三天总成绩反超北大光华十三秒，排名第十。保十争九的策略成功，也算是实现了大逆转。赛后，我径直回了大帐，看着很笃定的样子，其实心里很紧张，都不敢去打听最后的统计成绩。还是戈11队友晓红了解我，她大概看出了我的不安，一直在身边聊C队的各种趣闻，试着分散我的注意力，缓解焦虑，但我还是不敢走出大帐去看成绩。后来，是长明跑来恭喜，我才知道我们真的实现了进前十的目标。当时的第一反应是：终于可以剃胡子了！然后，队医壮壮果然拿着剪刀笑嘻嘻地坐过来，说：修整齐些，一会儿还要上台领奖杯。

忘不了永忠、贤斌等几个队员拼了三天的样子，更感动于彩华姐和慧兰的女中豪杰范儿，连续三天贡献有效成绩的顽强意志。谢谢大家，以拼到无能为力的勇气，以舍我其谁的责任担当勇夺第十名。戈赛竞争日趋激烈，进前十实属不易。从第一天的12名到第二天逆转翻盘，挺进到第十，再到第三天咬牙坚持保住第十，A队始终向一台高速运转的机器，这份定力必须大大的点赞。向

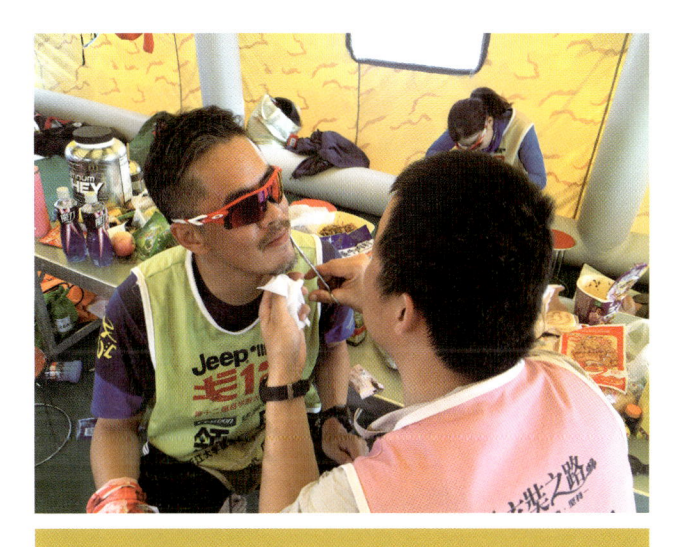

▲ 队医的额外工作

你们道一声：辛苦了。成绩的背后是辛勤的付出，这一年，你们很不容易，几乎把所有时间都放在了跑步上。我个人要郑重地感谢A队的所有兄弟姐妹们，你们帮助我实现了挺进前十的设想，也让我终于能把胡子剃掉了。还要说声抱歉，回去后就从A队集结营退群了，请相信，这是我倾注了大量心血，也是最依依不舍的一个群，不下狠心，我怕我永远无法跟戈12A队说再见。

B队的同学们，你们都是我心中的大漠英雄。在终点看到你们迈着整齐的步伐、手挽手冲线的时候，带给我的是震撼。十四位队员，只有三位是参加过A队的老戈，其余全是新戈，确实太不容易了。在烈日下，风沙里，没有一个人掉队，每个人都在做最好的自己。我在终点拥抱每个队友，默默无语，因为那个时刻，任何语言都是苍白的。每次拥抱葛林的时候，我都感慨，如此娇小甚至瘦弱的身躯是怎么扛过这116公里的；还有林琳，真的不敢相信，不仅自己完赛，还每时每刻都在用相机记录着，用温婉的文字穿透坚硬的戈壁，击中我们每个人心中最柔软的地方，成功弄哭过好多人。你做的图片和文字，在那四天三夜里就是戈12军团的精神食粮。一虎、可健、谢东、训健、立江、晓洪、边彬、朱伟、邹志，还有好多好多，因为对朋友的承诺也好，挑战自我也罢，你们都做到了，太棒了！当然还有我的戈11队友、大大、澎涛和叶志，有了你们的居中调度，B队才变得如此团结和伟大，虽然你们每天都精疲力竭，奄奄一息。

谢谢C队！在晓红的带领下给了我太多支持和感动。很多人可能认为这是一场随遇而安的旅程，可没有你们，浙大戈12军团就不会如此浩浩荡荡。是你们，在终点处热情地迎候，送上西瓜，捧上热乎乎的汤面，让所有AB队队友幸福指数飙升。

谢谢戈12组委会和ABC全体队员，在一起，我们所做到的绝对超乎我们的想象。

如果说，在走上赛场前，我把戈12取名为"荣耀军团"还只是一份内心的渴望的话，那么，今天这份荣耀已经变为现实。有一首歌是这么写的：投入蓝天，你就是白云；投入白云，你就是细雨。在共同的目光里，你中有我，我中有你。那个四天三夜，我们就是这样把自己交给团队，把团队扛在肩上、共同度过的。戈壁的夜空很美，我似乎没有时间细细打量，但并不遗憾。因为，我们浙大戈12军团的每一位队友都是最亮的星，汇聚在一起，在我的心里就是一条灿烂的星河。在我看来，戈壁意味着很多很多，最大意义的就是我们一起前行、一起流泪、一起欢笑，那种在我们

▼ 在戈 12 比赛中陪跑

成年后的岁月中很少有的卸下心防,纯粹的互相扶持,彼此成就的感觉非常美好。

谢天谢地谢大家,也谢谢努力的自己。

茫茫戈壁,我们都是过客。谢谢同行者,谢谢这一场灿烂星空下的无畏的旅程。

我不知道

穿过喧闹、鲜花和掌声,空白渐渐弥漫开来,我不知道怎样阅读自己过往一年的岁月。

是的,我唯一知道的就是:我不知道。

命运总会在某个时刻造访你,让你抛却功利,单纯地用热情和想象力去经营一件事儿。

一年前,我成了浙大戈12领队。我不知道戈12会被自己带往何方。也罢,无知才能无畏。audacity,我喜欢这个词儿。只要能够不断发现新的挑战,我的旅途就是一趟无休止的冒险。

我不知道怎样定义戈赛。我不断地说"不知道"这仨字儿,它们张着强有力的翅膀,拓展我的生命宽度,涵盖我的心灵空间。渐渐地,理想的模样开始清晰,戈赛应该是一套体系,包含了组织动员、后勤保障和训练指挥等方方面面。戈壁挑战赛,不仅仅是十个人四天的比拼,而是整套体系的较量。所谓传承,就是要建立这样一套体系,经过一届又一届的努力去完善。体系日臻成熟之时,就是浙大戈赛崛起之日。

我不知道谁是这趟旅途的同行者。幸运的是,文龙、大大、翠萍、锤子、燕莉、澎涛、晓红站了出来。日复一日,理想化作一大摊鸡毛般的琐事：操场执勤，安排补给，找场地拉赞助，组织拉练……每个人都筋疲力尽。渐渐地，A队成型了，成绩越来越出色，B队和C队越来越壮大，我们就这样带着一支近六十人的队伍浩浩荡荡向戈壁进发。

我不知道情怀是什么，只知道没有一支梦一般的团队，离开埋头实干，所有情怀注定虚无缥缈。

组委会的兄弟们，这一年，鬼知道我们都经历了什么，谢谢你，不带"们"，真心的。

我不知道戈12能否挺进前十，只知道A队的伙伴们太不容易了，不能辜负他们的努力。于是，就有了浙大戈赛史上首次戈壁实战拉练，虽然很多院校把这当作必修课，去了不止一次。可至少，这一次，我们让A队与他们站在了同一起跑线上。

我不知道探路究竟有多重要，只知道在赛前那个深夜，我们三个老戈选择消失在瓜州的夜色中，去寻找隐藏在大漠中的神秘捷径。我甚至不知道，优化后的路线所节省出来的8—10分钟时间在后来以秒定胜负的比赛中有多大意义，我只知道，520那天，戈壁那一丛小花开得分外绚丽。

我不知道如何掌控比赛，只知道，当组委会拿出为每位队员制定的详细到具体公里数划分的不同路况配速表的时候，我们第一次可以与强队一样，在赛前就能准确预估自己的成绩。结果可控，定力大增。在比赛中，A队坚定执行战术安排，任而东西南北风，我自岿然不动，荡气回肠。

我不知道在戈壁究竟发生了什么，只知道全队上下配合默契，像一台运转精准的机器，咆哮着奔向终点。

我不知道自己是否尽职尽责，我只知道，每次在终点迎候徒步归来的 B 队英雄们，带给我的是震撼，是感动；我只知道，在最后的终点，C 队的伙伴们送上的鲜花和拥抱，还有可口的汤面、丰盛的水果，让我觉得幸福。

我不知道友情是什么，只记得戈壁大帐中所有队友为叶志庆生的场面，还有庆功宴上文龙的号啕大哭和每一个落泪的队友。我只知道，自己很幸运，与大家同行。

再回首，我不知道自己做对了些什么，做错了些什么。一路走来，有分歧，有争执，有憋屈，有误解，也有不认可我的朋友，我选择放下，一次次拷问发心，然后坚定前行。我祈祷拥有一颗透明的心灵和会流泪的眼睛，给我相信的勇气，穿越纷争去拥抱每一个人。

戈壁上空，星河灿烂，照亮了与我同行的兄弟姐妹们的身影，挥之不去，永留心底。

崔予缨

2017 年 6 月 3 日

记得在比赛结束当晚的庆功宴上，我说了一句"谢谢大家"后有点儿哽住了，眼泪在打转，赶紧抬头忍住。那个瞬间被我的同学、戈 12B 队员林琳抓拍到了，打了个标题"崔妈别低头，眼泪会掉"发了出去，"崔妈"的别号就此诞生，在戈壁江湖沿用至今。

戈 12 这一年，我们整个团队彼此真心换真心，大家从无到有地搭建了团队。因为相信，所以简单，I jump, you jump. 所谓真诚，用爱默生的话说就是：从内心发展出来的最简朴最纯洁的精神，它是人类的生命法则。在孔子眼里，真诚就是君子之法，是一种荣誉感。我坚信那个前十的梦想可以实现，那些

崔妈别低头，眼泪会掉！

玄奘之路
—理想·行动·坚持—

▲ 庆功宴的瞬间（林琳摄影制作）

幽暗的时光终将过去，所以义无反顾跳进激流，奋力溯流而上，哪怕身后空无一人。我相信，唯有时间的考验，才能让真心历久弥坚——需要之时，它总在灯火阑珊处，假以时日，一定会有越来越多的同行者一起中流击水浪遏飞舟。不患人不己知，而患不能。孔子这话放到今天，也可以理解为：行动永远比口号管用，身体力行才能产生示范作用和号召力，才能赢得更多人的认同，才能激发大家的热情。

有了真诚，一个团队的使命、愿景和目标才有意义，才有组织成员相互信任的可能性。正如马云在论述公司使命中讲到的："问问自己公司的使命到底是什么，你真信吗？你信了，你的 D（Direct reporting line，向你直接汇报的人），他们信吗？你问一下普通员工，他们信吗？"真诚体现在团队领导者对使命、愿景目标和团队价值观的执著上，并影响着团队成员去塑造共同的价值观并坚守。价值观代表了人们最基本的信念和判断法则，反映出个体对正确与错误、好与坏、可取与不可取的观念。价值观是相对稳定、持久、明确的。有了共同的价值观，组织内部成员之间的信任也就水到渠成。如果大多数成员对组织的使命有同样的观点，团队的核心价值观就不仅深入人心而且广为人知，成员与组织的立场就会保持高度一致的看法。这种目标的一致性带来了凝聚力、忠诚度以及组织承诺。

真诚体现在直面冲突的勇气上。戈12的戈壁拉练纷争事件就是一个很好的案例。怎么处理其实就是一个团队融合的问题。融合得好，坏事变好事，团队成员的互信和团结再上一个台阶，反之则会进一步加剧分崩离析。在这个过程中，以真诚和善意为出发点，聆听、沟通和换位思考不仅是解决分歧和纷争的最好解决方案，还可以借此在团队内部创造简单直接坦率的氛围，为管控分歧提供基础。这件事带来的启示是：一个团队领导者要有足够的情绪勇气去面对反对和质疑，忍受抱怨和批评，不退缩不逃避并努力做出正向回应。在一个团队中，有冲突是正常的。无论是和谐还是冲突，本质上都是让团队的成员畅所欲言，充分沟通，坦率表达意见。冲突并非坏事，冲突是沟通的一种方式，我们要考虑的不是避免冲突，而是如何转化冲突，将其转化为团队前进的动力，这是领导力的一个重要体现。

真诚还体现在如何区分和谐与伪和谐上。"君子和而不同，小人同而不和。"一团和气是表面和谐，是伪和谐。所有需要维护的和谐，都是不和谐。要从避免冲突的伪和谐状态逐步过渡到彼此坦诚相见、互信互助的真和谐状态，这是团队凝聚士气、聚焦目标的基础。当所有成员为了团队共同的目标达成高度一致、高度共识的时候，团队将迸发出空前的战斗力。

建立在真诚基础上的使命、愿景和价值观也会帮助团队领导者懂得请什么样的人，团结什么样的人，激发什么样的人。把这些东西做得明明白白，就能够点燃团队的力量，迸发出持久的活力，真正实现愿景目标。这一切的基础，皆在于真诚。

如果还有什么心得的话，那就是对"大处着眼，小处着手"这个最高做事原则的深刻体会。我以为要成事，关键在这个"小处着手"。这一年来，组委会大量的工作都是烦琐的小事，比如日常训练的补给物资保障，外出拉练的食宿交通安排，活动场地和流程设计，等等，琐碎得很，但又环环相扣，一个地方没做好，就会引起连锁反应，没点儿耐心是干不好的。有了这些涓涓细流，才能汇聚成河奔向大海。所以绝不要因为一个事情微不足道而拒绝它，你不知道它可以引领你去哪里。梵高说，伟大的事业不是一时冲动所为，而是由一系列的小事共同促成的。此话不假。曾国藩说，若遇棘手之际，请从"耐烦"二字上痛下功夫。请注意他在说此番话的时候特意此针对"耐烦"二字，用了"痛"字，可见耐烦是多么不容易又是多么重要。实践中，真正能做到耐烦二字确实很难。耐冷耐苦，耐劳耐闲——扎扎实实做事，莫不如此。关键是要"耐得住"，要有日拱一卒、久久为功的决心才行。

在跟戈13组委会交接的时候，我特别提到了耐烦琐事的重要性，也算是对戈12的经验总结。

薪火相传

欣闻戈13组委会成立，戈12A的兄弟们接过了传承的接力棒，喜不自胜。你们在赛场上是骁勇善战的斗士，在后戈壁时代必将带领戈13再创辉煌。作为老戈们，戈12组委会向你们致以深深的敬意。同时，浙大戈赛队伍的壮大，离不开管院的指导和支持。

如果说戈12组委会通过一年的艰苦努力有什么最大收获和最想与戈13组委会分享的话，那就是对传承的理解。

所谓传承，核心就是老戈带新戈，是一步一步的陪伴。只有熟悉了解队员的情况，才有针对性地指定规划的可能，才有领军的威望。

传承的基础是有一支目标明确、埋头实干、不怕琐碎的团队。舍此，传承和情怀都是空谈。

传承依靠的是团队的力量、领队、教练、后勤保障等，单靠任何一个人都是不切实际的，必须各司其职，齐头并进方能成事。戈12组委会制定了许多规章制度和规划，但这一切都有赖于全体成员互相补位，通力合作才有落地的可能。团结一致，才谈得上建章立制和系统化建设,才有打磨细节的可能。

组委会面对的任务不仅仅是 A 队,还有 B 队和 C 队的建设,必须把所有队伍当作一个整体去通盘考虑。戈 12 能够取得比较好的成绩,是和整个军团齐心协力分不开的,A、B、C 队融为一体,那种真情流露的氛围至今让我感慨不已。在这中间,无论是服务 A 队还是 B 队和 C 队的组委会成员,都付出了巨大的心血,起到了至关重要的作用。

君子和而不同,小人同而不和。不要害怕争执和不同意见。目标一致的团队,"不和谐"才是好事。戈 12 组委会常常争吵,从备战一直吵到了戈壁,但大家清楚,这是为了一个共同的目标。事情往往就是这样,吵着吵着,彼此更了解了,也就更团结,友情越来越深。

拉拉杂杂写了这些,无非是分享一些经验。戈 13 组委会只要有需要,我们一定随时听候召唤,倾囊相授。传承是系统工程,只要有信心,一定是一届比一届强,期待浙大在戈赛上继续高歌猛进。

2017 年 7 月 24 日

2017 年 6 月,我参加了戈们汇在台湾组织的分享活动,简单写了一个 PPT,介绍浙大戈赛的情况。

戈壁——无畏的旅程
Gobi-The Audacity of Journey

一切从"不知道"开始

理想很丰满 现实很骨感

浙大是戈赛上的年轻队伍,积淀和经验都很欠缺

▲ "戈们汇"台湾分享会

戈 11 的反思——怎样理解戈赛

戈赛应该是一套体系，包含了组织动员、后勤保障和训练指挥等方方面面。戈壁挑战赛，不仅仅是十个人四天的比拼，而是整套体系的较量。所谓传承，就是要建立这样一套体系，经过一届又一届的努力去完善。体系日臻成熟之时，就是浙大戈赛崛起之日。

明确目标——有所作为还是随遇而安

　　卧薪尝胆，挺进前十

　　行动——以创业的心态，从零开始

　　重塑戈赛文化：宣讲动员更多同学参与到跑步锻炼中

　　搭框架：做大B队和C队，A队崛起的必要条件

　　做铺路石：建立戈13预备群，为将来的A队储备选手

从"不知道"走向"知道"

　　建章立制

　　第一次：建立了A队选拔体系和考核评价标准

　　第一次：建立了戈赛组织制度和体系

　　第一次：把A队带上了戈壁进行实地拉练，补上最重要的一课

开疆拓土

　　全面规划整年的拉练计划

　　扩大拉练队伍：A、B、C队集结，共同参与，营造氛围

把控细节

　　探路实践：优化线路，为队员节省时间

　　掌控比赛：针对不同路况，为队员制定详细的配速表

　　协同作战：把每一个服务团队成员的作用发挥到极致，成为整体的一部分

团队为王

　　我不知道情怀是什么，只知道没有一支梦一般的团队，离升埋头

实干，所有情怀注定虚无缥缈。

  小而美的组委会：各司其职，在一地鸡毛般的琐事中乐此不疲

  一支"不和谐"的团队：君子和而不同，小人同而不和

感悟

  孤独——追问发心，固执前行

  创新：意味着挑战和质疑

  领队：意味着承担责任，品味孤独和委屈

崔予缨
2017 年 6 月 25 日于台北

  写完这个 PPT，我自己都愣住了。这基本就是一个创业团队的商业计划书和层层推进的工作模式。二者看起来非常相像。那么，问题来了，是不是但凡干事情，无论大小，无论属性，只要有清晰的目标愿景和使命，再加上一支价值观趋同的团队，最后都会殊途同归？我想答案应该是肯定的，要干成一件事，其底层成事逻辑就是真诚 + 专注 + 坚持。很多事情在我们身上遭遇失败，不是因为我们的能力不够或者做得太烂，而是因为我们决意放弃。很多事情在我们身上获得成功，不是因为我们做得很好，而是因为我们比别人坚持得稍微久了一点。

  写到这里，不由得想起自己进入浙江大学管理学院后赴贵州湄潭学习浙大西迁史的情景。如今重温竺可桢校长的办学成就，对真诚在领导力实践中的重要作用有了更深刻的体会。

  抗战期间，北大、清华和南开等知名学府相继经历了内迁的艰苦过程，在师资力量和办学规模上都不同程度地有所萎缩。唯

独浙江大学，在长达九年的颠沛流离中不断发展壮大，最终在抗战胜利后，与北大、清华和南开呈四足鼎立之势。

1937年11月11日，浙大一迁天目山、建德；1937年12月24日至1938年1月20日，二迁江西吉安、泰和；1938年8月13日至10月底，三迁广西宜山；1939年11月至1940年1月，四迁贵州遵义、湄潭和永兴。回首浙大西迁史，可谓荆棘满途。而在如此艰苦的条件下，还能继续提升办学实力，可谓奇迹。奇迹的背后是教育家团队的办学智慧和呕心沥血的付出。其中，作为一校之长的竺可桢先生更是标杆人物，堪称管理者的典范。

竺可桢先生一介书生能够把一个大学办得声名鹊起，见证了文人亦可做一个出色的管理者。上溯四百余年，王阳明先生以一代文坛宗师的身份亦能指挥千军万马平定叛乱，在做学问与军事指挥这看似风马牛不相及的两方面游刃有余。这一切都指向一个定理：领导力是一项集知识、见解、胸襟和眼界为一体的大智慧，可谓大学问。

纵观竺可桢先生的办学史，首要的成功之处在于先生的真诚品格和舍得观。先生恪守就任校长时的誓词，秉持承诺即责任的信念，把全部精力投入到学校的建设中，置自己的个人学术研究于不顾。众所周知，竺可桢本人是一个出色的气象地理学专家，可是在他担任浙大校长期间，却没有出过一部专著。非不能也，实不为也。先生定位明晰，作为校长，要在其位谋其政，办好学校实乃唯一目标。唯如此，方能全心全意为目标服务；正因此，方能起表率作用，领导全体教师团队齐心用命。这就是言必信，行必果，知行合一。

管理者的目光有多远，组织就能走多远。所谓绩效，就是以

▲ 老师和同学们庆祝胜利

前瞻性思维解决事业、价值和人才的问题。竺可桢先生的前瞻性实质就在于抓住事业发展的本源性力量。"一个学校实施教育的要求，最重要的不外乎教授的人选、图书仪器设备和校舍建筑。这三者之中，教授人才的充实，最为重要。教授是大学的灵魂，一个大学学风的优劣，全视教授人选转移。本人决将竭诚尽力，豁然大公，以礼增聘国内专门的学者，以充实本校的教授。"（《大学教育之主要方针》1936.4.25）主政浙大十三年，竺校长一直坚持教授治校原则，不仅重新聘回因不满前任校长而辞职的教授如束星北、张绍忠、吴耕民等人,还礼聘了王淦昌、谭家祯、马一浮、丰子恺等知名学者。事实证明,教授中心制为浙大的突飞猛进,跃升成为中国著名学府打下了核心基础。抗战期间,全国仅20余位部聘教授中,浙大占三分之一多;抗战结束,浙大已发展到文、理、工、农、医和师范等六个学院,132名教授;1952年,浙大有94名教授、26名副教授被调到复旦、中山、南大和厦大等,成为这些高校的骨干。由此可见,正确的绩效观就是以明确的事业目标和价值观,以兼容并包的开放态度延揽聚积志同道合的人才,不急功近利,以时间换取发展空间,组织才能够根深叶茂。

作为一个团队的管理者,什么样的能力最重要?关于这一点,竺可桢先生的论述切中要害。"清醒的头脑,是事业成功的基础……无论工农商学,都须有清醒的头脑。专精一门技术的人,头脑未必清楚,反之,头脑清楚,做学问办事业统行。"(《毕业后要做什么样的人》1936.9.18)何谓头脑清楚?先生继续论述道:"凡是办一桩事或是研究一个问题,大致可以分为以下三个步骤:第一,以科学的方法来分析,使复杂的变成简单;第二,以公正的态度来计划;第三,以果断的决心来执行。"对于管理者来说,保持清醒的头脑实乃重中之重。我的理解,把复杂问题简单化,首重制度设计,从管理学、传播学和心理学出发,设计一套简洁有效的体系,让整个团队有序运行。所谓公正的态度,就是尊重规则,言行一致。第三条,"以果断的决心执行",意味着坚持自己的理念,埋头工作,无论外界如何不看好,保持定力,照着计划执行,以持久的耐力等待检验,才有制造成功的可能。

以真诚的风范和知行合一的态度,在正确的价值观下,引领一批志同道合者齐心协力实现愿景和目标,竺可桢校长给如何践行领导力提供了最生动的教材。回首戈 12 往事,与先生的论述一一印证,更觉真诚的弥足珍贵。先生大师风骨,高山仰止。

运水搬柴，即是神通

戈13：修心

戈12结束，我的使命完成，那就事了拂衣去，不拖泥带水，不刷存在感。回归日那天，我在朋友圈发了七个字：谢幕，转身，不回头。之后，我退了所有浙大戈赛的微信群，彻底销声匿迹。

彼时，我真的认为自己戈壁经历就此画上句号了。直到半年后的一天，我收到公益大使选拔通知的时候，心里又起了波澜。跑过A队，带过A队，那么换一个角度，超越院校属性去看戈赛，去为戈友服务，是不是会有不一样的体验和启发？参加戈赛让我受益匪浅，以做公益的身份再上戈壁，算不算是一种回馈？虽然还没有答案，可我还是报了名。人们总说，能够为他人带来阳光的人，自己也一定会沐浴在阳光下。我也想试试。

戈壁挑战赛中的公益大使团队，由北京市戈友公益基金会发起组织，初建于2008年。其主要目标是：为所有参加戈赛的队员尤其是参加4天120公里徒步B队（穿越组）的队员提供帮助，鼓励大家安全顺利完赛，协助组委会进行赛道紧急救援，同时在各商学院推广公益扶贫项目，为中西部中小学校以及敦煌文物保护和防风治沙等项目筹集资金。

公益大使团队每届二十人，从报名参与的全体商学院戈友中公开选拔，竞争激烈。戈13也不例外，最后入选的二十人中，一半是参加了五届以上的老公益大使，还有一半（包括我在内）是近几届戈赛中的各校队长领队和领军人物。

就这样，2018年4月我又来到了戈壁。这一次，没了队长领队的身份，只是一个普通的公益志愿者；不再是率领队伍在赛道上拼杀的主帅，而是服从命令听指挥，哪儿需要去哪儿的服务人员。

小我的喜悦

作为戈13公益大使，都有哪些事可以做呢？其实不多。说实话，随着赛事越来越成熟，专业的赛道救援和医疗团队打造并负责实施的安全保障体系日益健全，公益大使在赛道上实施紧急救援的可能性几乎为零；其次，随着运动水平的大幅度提高，参赛队员安全完赛率非常高。在协助队员完赛方面，公益大使可提供的帮助也不多。

那么，我都做了些什么？

都是小事，小到几乎可以忽略不计。开赛前，公益大使们在文博园报道注册广场开设义卖小店，卖了两天戈壁纪念品。大家利用各自的人脉资源，把所有认识戈友都拉来薅了一遍羊毛，筹集到十五万善款，悉数捐赠给西部山区的学校。这事儿，也就是个当街叫卖加忽悠的活儿。我一开始还有些不习惯，拉不下面子，可想想自己多卖一件，孩子们就多一分读书的希望，也就激情满满地坚持了下来。看着小店营业额噌噌往上涨，大家都很兴奋，感觉成就感满满。

▲ 戈壁小店开张

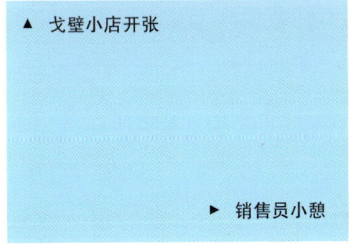

▶ 销售员小憩

比赛中，我每天在起终点和强制休息点维持秩序，偶尔赛道徒步巡逻，给队员挑脚泡，跟来自北大光华的阿丹合作，在营地搭了二十多顶帐篷，好像是在清偿前两年欠下的"帐篷搭建债"……这些事情，在我当队长和领队那会儿，都不用自己亲自动手。可以说，这一次是我参与戈赛以来最没有"存在感"的一次。从以往的主角变成了配角，每天不再队务缠身，忙得脚不点地，只需要背上包走上赛道，听从调遣即可。而且，最好的局面就是我们这类人无所事事，这就恰好说明比赛安全顺利，我们只需要安静地站一边儿做个观众就好了。当然，闲着也不好，在每天的强制休息点，我拿着急救包到处询问是否有人需要挑脚泡等帮助，大有没有脚泡也要找出脚泡的决心。不然，无事可干也太尴尬了，存在感还是要争取的。所以，当浙大 B 队队员鲍丽波（戈 12A 队队员）一屁股坐我面前，大刺刺把脚底板一亮，让我给挑脚泡的时候，我虽然嘀咕了一句："小丫头片子，现在学会使唤我了哈。我是你领队，别忘了！"但还是麻溜地把活儿干完了。起身的时候，这家伙来了一句："凑合吧。"奇怪的是，我竟然没生气，甚至还感谢她给了我干活儿的机会……就这样，四天里，我在比赛途中给包括浙大在内的不少戈友处理了脚泡和擦伤等问题。乍一看，似乎是抢了队医的饭碗，但我没觉得不好意思，本来自己能干的事儿就不多，做一件是一件。

卖东西，搭帐篷，挑脚泡，好像太琐碎太微不足道了。这一次似乎真的是平凡到了尘埃里。但事实上，这就是我，一个能力有限、能做的事儿不多、动手能力也不强的凡人，能把简单的事儿做好了也很不简单。

印象中，在那四天里，没有了往昔的忙碌，简单和平凡带来的快乐好像反而更多了。虽然所做的事儿看上去微不足道也没有多大价值，但只要认真做了，多多少少总能帮到别人，所以每一次小小的努力和付出都会很有成就感。我多挑一个脚泡，就让戈友多一分顺利完成徒步的保障；我多卖一件纪念品，就让贫困地区孩子多一分读书的机会；我多搭一顶帐篷，队友就可以多一点时间休息。我以前没有做过，不意味着这些事情没有意义。再琐碎的事都需要有人做，再伟大的事都是由一系列小事堆积出来的。平凡即伟大，小我即大我。Everything you do counts! 我们做的每一件小事，释放的每一点善意都有意义，都会让这个世界变得好一点点。

◀ 为队员挑脚泡

▼ 跟阿丹合作,烈日下一口气搭了二十多顶帐篷

第二辑 有些事儿,一旦开始了就停不下来——我的戈壁

▲ 戈壁徒步的队伍（戈友映像供稿）

我们走上戈壁是为了修心，修心是为了向善，践行向善就是修行，也即是知行合一。事上练。行善不分大小。所以，所谓戈壁精神，就是书写一个小小的我的精神。

禅家有云：运水搬柴，即是神通。以前一直不太理解这句话的意思。在戈壁阳光下往坚硬的黑戈壁打钉子的时候，好像有点明白了。

玄奘之路，一直是在彼此的关爱和帮助中完成的

竞赛日第二天，我和来自中欧国际商学院的张爱娟在风车阵徒步巡逻。远处有一个B队队员披着救生毯不急不慢地走着，一

▲ 戈赛第一天出发时（戈友映像供稿）

切正常。可能爱娟觉得他的救生毯裹得不对，生生追出去 300 米，帮他重新裹了一遍，然后又若无其事地走开。要知道，爱娟可是个狠人，是今天大碗喝酒，明天操场干趴你不带眨眼的那种角色。可是那天，她就如邻家女孩一般默默无闻。那天风很大，在巨大的风车下，她就像一团火焰在飞扬的尘土中闪耀跳动。

还有来自复旦的晓韵，默默站在赛道边，观察着经过的队员的状况，一丝不苟。戈壁的天空印衬着顾长的身影，像凝固的音符。

这些都是叱咤戈赛江湖的风云人物，都曾经指挥大队人马战斗。今天，都安静地做着一件件不起眼的小事，平凡得面目模糊，平静得仿佛从未在这个江湖出现过。

人与人之间的关系可以很简单，简单才真，简单即美；人与人之间可以非常单纯，除了做好自己之外，就是尽可能发出善心。勿

▲ 戈壁怪物养成记

◀ 与张爱娟在风车阵

以善小而不为，每日行一善，是非常了不起的成就。在充满善意的空间里，就没有克服不了的困难。当小我成为习惯的时候，善良就会成为自己的一部分，同频共振，我能体会到的善意就越来越多，遇到善良的人也会越来越多。无论工作还是生活，如果能常常体会到善意，是很幸福的。

善良就是对生活最大的敬意。常常在想，心中没有爱和善，我们可能无法听懂贝多芬的乐曲；没有对于生命的聆听，我们可能无法看懂海明威的作品；没有对于人的尊严的崇拜，我们可能无法欣赏梵高的"向日葵"。

但行好事，莫问前程。有善，就能看到人世间最美的风景。

戈壁已经存在了亿万年。一千多年前，玄奘从戈壁滩走过，一路向西，追寻佛法。盛唐之后，这里逐渐荒芜，隐没在历史的尘烟中。在寂寥了一千多年后的今天，我们今天重走玄奘之路，找寻的是什么？玄奘发愿取真经普渡众生，大慈悲根植于内心。心安则坚毅，就有宁可西就而死绝不东归一步而生的勇气和决心。今天的我们也有自己的真经要找寻，那就是人性中的良知，让根植内心的善与爱成为生命的自我支撑点，安放在生命自身之内。凡事求诸己身，则有恒心，事可成。内心笃定善意充盈的人，也会给他人带来阳光和温暖。

一个把心安住的人，就是由内而外从容不迫的人，内心向善，很多事情就看得开，不受外界环境和名利的困扰。戈13做个小小服务员的经历带给我的另一个启示就是：所谓奢和俭，都是物质层面的事。更重要的是"念"，是内心精神层面。所谓修行，就体现在这里。阿玛尼和窝窝头，鱼与熊掌，兼得与否，在乎心。就像行走戈壁，可以风餐露宿；回到城市，可以山珍海味，二者之间从容切换，丝毫没有违和感，坦然处之。因为这一切都是外表形式而已，要紧的是自己的那颗心，人世间一切的美好都来自于内心的淡定和从容。心之所安，道之所在。

修心，即修善心。何为"善心"？善心就是我们每个人与生俱来的良知。

向自己简单平凡的戈13之旅致敬。那一年，走出戈壁，我多了一分笃定和从容。

每个人都要靠自己来回答问题，自己的考卷别人代替不了

2018年——放下

戈13归来，我觉得自己戈11留下的遗憾基本补上了：戈12带队打进前十，戈13代表浙大管院服务于所有院校，成绩和荣誉都有了，可以和戈赛告别了。

但是，真的没遗憾了吗？

就像拼图，我觉得还有一块没找到，不完整。

缺的那一块就是：个人成绩。这些年来，我还没有一个可以证明自己能力的马拉松成绩。这一直是我的心结。哪里跌倒就要在哪里爬起来。

戈11结束后，我要么忙于带队，要么忙于工作，一直没找到机会好好系统训练，成绩也越来越差。有一度，我心灰意冷，打算想从此放弃跑步，向现实妥协，就让那个遗憾留在往事中吧——虽然心中哪个执念一直都在。

懂得慢的那个人，才是快的那个人

犹豫徘徊的时候，碰上小二班正在如火如荼地开始夏训，南

妈热情鼓励，说我一定行的，犹如黑暗的隧道中看到了光一样，我鼓起勇气加入了训练营。

不是没有一丝一毫的犹豫。毕竟自己四十八岁了，年岁不饶人，还要反其道而行之追求成绩"逆生长"，注定是一条艰难的路。除了决心以外，还是要考虑健康安全因素。人到中年，上有老下有小，责任是第一位的。就连我的健身教练也说，年纪越大越要 PB，不太符合规律。可是，既然整个拼图只剩这一块了，那就再努力拼一

◀ 2018 年夏训

次，只要注意守住安全底线就行。所有的不甘心，都来自于对过去和现实的不安，既然挡不住，不如实现之，然后彻底放下。

接下来要做的事情就简单了，把自己当成初学者，彻底归零，从头来过。我按照南妈的心率跑理论，严格压低心率慢跑，一周六练，清晰简洁。

刚开始的时候还真的难以适应。125心率7分配速，基本就是走了。别人一个小时解决的跑量，我要跑两个小时。我出汗特别多，夏季训练必须背上四五斤重的水袋包，以补充大量的水。就这样跑着走着，相熟的跑友路过，拍拍肩扬长而去，个中滋味难以形容。焦躁过，怀疑过，也曾想放弃，觉得这样下去看不到希望。

但这个念头很快就被压制下去了。我认为，虽然训练方法和理论有很多，但任何一套体系都需要以长期主义的眼光去对待。既然认准了一种，就要坚持下去。每一种方法都有内在的逻辑，不经过持之以恒的系统训练是看不到效果的，如果今天按这个理论来，明天换一种方式，那么朝三暮四的结果很可能就是运动水平继续原地打转。这和人生道路的选择是一个道理，最怕的是摇摆不定和不断选择，一山望着一山高，最后落得个狗熊掰棒子，两手空空。既然相信，就要坚持。坚持不需要意义，坚持本身就是意义。选定了方向，就应该一如既往地走下去，酸甜苦辣都是经历，不容易走的路上，才会有更美丽的风景。

事实上，起始阶段之所以跑得如此辛苦，慢跑都能精疲力竭无以为继，只说明了一个简单的事实，那就是我的有氧耐力其实很差。跑步嘛，每个人都喜欢快，喜欢速度感，这是天性。但是，长跑运动没有耐力做基础，是快不起来的。即便一时快，也无法持久，撑到10公里、20公里或者30公里就垮了。想提高耐力水平，就得夯实有氧耐力的基础，就得进行大量的慢跑。也就是说，要想快，先学会慢。常识和道理如此简单，可是又有多少人愿意去琢磨去遵循这个规律？拿我自己来说，虽然也知道有氧耐力有问题，可就是不愿意静下心来打磨耐力基础，总琢磨着怎么提速，甚至觉得慢跑是无效的，因为自己越慢越跑不动。直到这一次，在硬着头皮坚持低心率慢跑的时候，才真正意识到，慢跑不行的原因就是耐力太差。现实是：要练就强大的耐力，只能下苦功夫堆跑量，慢慢磨，磨得精疲力竭，磨得生无可恋。相比于跑得一路生风、风驰电掣般的酣畅淋漓，龟速跑绝对是笨办法，耗时间耗体力，还要忍受寂寞。慢和快，看上去就像是一对矛盾体，非此即彼。可是，在长跑这个项目上，快慢是个辩证统一体。慢就是快。慢得下来，才能快得起来。今天的慢是为了明天的快。有氧耐力是长跑的关键，这个常识大家都知道。可是在如何提升耐力这件事上，先慢后快这个常识和逻辑就不那么容易让人接受了。虽然"欲速则不达"这句话人人耳熟能详，可真要付诸实施就难了。人们总是希望以最短的路径、最快速的方式达成愿望和目标，效率高是能力的体现。但是如果忽视了事物的基本规律，这样的高效又有几分真正成功的把握？很多时候，走了捷径，到头来还是要回到原点，因为那些必须完成的环节是绕不过去的。还是以跑步为例，我以前也一直在找寻各种办法以快速提高耐力，到头来都没用，成绩还是在原地打转。事实就是，提高耐力没有捷径，只能靠老老实实练有氧和堆积跑量来实现，以时间换取能力的提升。所以，一言以蔽之，跑得快不叫本事，慢得下来才是真本领。这就叫兜兜转转回归本源，回归常识。万事万物都有常识和规律，这世间最不缺的就是常识，最缺的也是常识。尊重常识非常难，因为常识必然跟人性中的急功近利、好高骛远、自私偏狭相冲突而不受待见，人们会自觉不自觉地蒙起双眼，选择忽视。可是常识又是如此简单直接，无论人们怎么做，它都在那里，避无可避。要么尊重它，按规律办事，然后成事；要么抛弃它，在错误和作恶的道路上渐行渐远。要做到心中有常识，做事尊重常识很不容易，但却是成功的必要条件，也是修炼道德品质和培养独立思考能力的基本要求。感谢这个夏季的跑步训练，给我上了一堂常识课。

If you live simple train hard and live an honest life then you are free

就这样，一天天地跑了下去。跑步的难处不在于设法做别人还没有做过的事情，而是坚持做任何人都能做而大多数人永远不会做的事情。清晨5点，街灯渐次熄灭，曙光微露，自己的脚步和喘息声在空旷的路上分外明显，补水，看心率，盯步频……跑步成了一场与自己的深远比赛，是为了与天空对话而向大地不断学习的过程。累不累？当然累。背着水袋包日复一日地在这座城市的马路上跑着，10公里、20公里、30公里……汗水浸透了鞋子，阳光炙烤着皮肤。有好多次，饿得头晕眼花还不能补充食物，为的只是训练脂肪供氧能力；还有好几次，因为水分流失太快，跑到耳鸣嗓子哑，大半天缓不过劲儿来。寂寞不？当然寂寞。天天一个人刷着熟悉的线路，没有飞奔的酣畅淋漓，只有缓慢向前的气喘吁吁；没有跑友们成群结队的欢笑，只有自己与自己的对话。有朋友说，这样跑步要花费大量时间，除非衣食无忧，否则又要"搬砖"，又要跑步，不现实。其实，时间对每个人都是公平的，就看你怎么利用。我清晨早起两个小时，把午休和晚上应酬时间挪出来，这样一来，跑步时间就有了。当然，能这么挤时间也不容易。尤其像我这样习惯了晚上不到12点不休息的人，要战胜清晨的被窝是一件艰巨的事儿，养成晚9点睡觉早5点起床的习惯确实需要经过一番自我博弈和心理建设。同样，把午休和晚上应酬社交时间掐掉，也实在是一种挺费劲的牺牲。可是，舍得舍得，有舍才有得，世间万事皆如此。时间就是海绵，在努力和自律的人们面前，一定能挤出来，也更有效率。

记忆里，那个夏天很艰苦，工作和训练把时间占得满满当当，

▲ 柏林马拉松完赛奖牌　　　　▲ 生日蛋糕·翻糖跑鞋

日子单调得只有公司和家两点一线，剩下的轨迹就是满杭州城马路上"瞎跑"（太座的原话）。不知不觉中迎来了自己的生日。感谢太座，提前好多天寻找杭州最好的翻糖制作师，在我生日那天把一个惟妙惟俏的跑鞋蛋糕放在了我面前。我知道，她是以这样一种方式告诉我，坚持下去不要放弃，家人是后盾。这个翻糖跑鞋一直被我小心翼翼地收藏在冰箱里。这几年搬家和换冰箱的时候，我绝对是第一时间把它带在身边。

就这样日复一日地跑着跑着，仿佛艰苦的日子没有尽头。直到有一天，我突然感觉世界好像一下子安静下来，周围的风景和嘈杂的声音仿佛都隐没不见，看到的只有那条蜿蜒的道路，听到的只有自己的喘息声，心中清朗明净。那个瞬间，我凝视自己，感受肌肉和神经的链路，仿佛入定一般。原来跑步和参禅也有相通之处，为了全力以赴，唯有全神贯注，只有把心安静下来，才能真正学会跑步。一动一静，看似矛盾，实则合二为一，辩证统一，就跟这世上很多事一样，要成事，就要戒躁定心。渐渐地，我开始迷恋这禅意般的跑步，沉醉于那种心似明镜、神思飞扬的感觉，训练成了一种享受。奔跑的时候，我仿佛遨游于天地间，大音希声，大象无形，物我两忘，有水击三千里、抟扶摇而上者九万里般的逍遥自在，快慢胜负无足轻重，跑步成了一场心神合一的修炼活动，愉悦代替了痛苦，从容代替了躁动，乐事一桩。

就这样一路跑了下去，越跑越纯粹越跑越简单，就像吃饭穿衣一样成为生活的一部分。简单的事情反复做，也能有一番成就，因为无论何等微不足道的举动，只要日日坚持，从中总会产生出一些不一样的东西来。长距离慢跑确实是对体能的极大考验，两个月下来，我的体重从七十八公斤掉到了六十一公斤；天天背着两升水跑步很辛苦，但也在潜移默化中帮助自己矫正跑姿，原先晃得乱七八糟的上身变得稳定前倾；为了控制碳水摄入量，我戒了两个月米面；为了控制糖分，水果只吃黄瓜和西红柿；晚上9点以后，无数次饿得想翻冰箱，生生忍住了，水喝饱睡觉……时间给了我最好的回报，那些加诸自身的折磨和坚持，换来了更好的状态，造就了一个自律的我。如果说有什么必须战胜的对手，那就是过去的自己。只要我超越了昨天的自己，哪怕只是那么一丁点儿也是进步。对我来说，既然选择了去了结那个心愿，那就专心致志地燃烧自己，这是跑步的本质，也是活着的隐喻。生活，本来就该是日复一日的奇迹。

就这样，跑过了盛夏，迎来了金秋，同等心率下越跑越快，越跑越轻松，有氧能力扎扎实实地积累起来了，果然是跑过的每一步都算数。那些流过的汗，那些300公里、400公里的月跑量都变成了果实。我似乎看到幸运女神在招手，告诉我说这一次的选择做对了。运气是甲方，做事的人是乙方。只有一直和运气对赌，不离场，才有赢得运气的机会。努力做事，就是努力争取天上掉馅饼的概率。人生所有的机会都是在全力以赴的路上遇到的。

就这样，一天天啃计划课表，不知不觉中，那些以前想都不敢想的强度课和间歇跑也都干下来了。南妈说这是水到渠成，说我目前的有氧能力大大增强，只是自己没意识到而已，就像一个人口袋里揣着一大笔钱而自己不知道一样。我倒是觉得，幸亏当初不轻言放弃，耐得住寂寞，才有今天的成果。有人开玩笑说，这跟"广积粮，高筑墙，缓称王"的策略一个道理，扎实练好内功，夯实基础，才有进阶的可能。敬字、恒字二端，是彻始彻终的功夫（曾国藩）。敬就是敬天闵人，尊重常识和积累，不走捷径（所谓捷径，就是

2018 年 7 月在香港太平山顶训练

▼ 2018 柏林马拉松

绕了更远的路去遇见本就在面前的困难）。恒，在对的事儿上坚持投入时间和精力，几年，十几年，几十年如一日，不求速效。得舍得下笨功夫，而不是耍小聪明。生活中常常有一些怨天尤人的人，原因之一就是他们不明白积小胜为大胜的道理，只想一鸣惊人一夜爆红，不想十年寒窗；只想一夜暴富，不想针头线脑；只想一帆风顺，不想披荆斩棘；只想出人头地，不想埋头苦干。其实，成功的人并不是立志要超凡脱俗，而是要努力成就一番不平凡的事业。跑步是一项诚实的运动，有心就有回报。这个心，就是追求卓越的心，就是久久为功的心。

这个夏季，我心无旁骛，除了工作以外，把几乎所有的心思都用来琢磨跑步。我认为，具有正常智商的人，如能集中自己的时间和精力全力以赴做好一件事，而且是长期坚持不懈，也是能做出不俗的成绩的。人的能力其实是一个常数，大变数在于你把时间和精力集中到了什么地方。要想认真跑步，就要做一个严肃跑者，凡事知其然还要知其所以然，不能仅仅停留在穿上跑鞋呼朋唤友热闹一番的境界上，那是把跑步当作"人生中必做的××件事"来对待了，一日跑讨一次马拉松，就此勾销。跑步既然是一门学科，就必然有自己独特的知识体系。为此，我买了好多跑步书籍，开始恶补理论知识，试着一点点弄明白诸如汉森训练法、丹尼尔斯马拉松宝典、快慢肌肉、线粒体、乳酸阈值、糖源消耗、身体质量指数（BMI）等理论和专业词汇的涵义与逻辑。有了初步的理论基础，我开始学着看训练数据，分析心率曲线、左右平衡、步幅步频等，找出自己需要改进的地方。怎样增强营养促进运动表现也是很关键的，因此运动营养学也成了我关注的领域，如何分析食物中的糖含量，控制碳水摄入量和调配蛋白质与蔬菜配方等，学得也是津津有味而且行之有效。跑步免不了会受伤或肌肉疲劳，运动恢复领域的学问也是必须知道的。所以在按摩的时候，我跟着康复师学人体肌肉和经络图，把股四头肌、股二头肌、阔筋膜张肌、掐腰肌、比目鱼肌、非常肌、胫骨前肌等的位置和功能都一一搞清楚，这样一来，一旦出现一些疲劳的征兆，我自己就能及时处理，防止出现伤病。听说调整呼吸的方法也能有效提升跑步效能，我甚至打起了横隔膜肌的注意，买了呼吸力量练习器，招来了家人异样的眼光。从理论到实践一通折腾后，我深深体会到，跑步涉及的是一个关于人体的综合知识体系，钻进去博大精深。我们平时对自己的身体了解得实在太少了，也把跑步想得太简单了。此外，除了身体方面的要素，影响跑步的外部因素也不少。跑步装备就是需要重点研究的领域。事实上，跑鞋已经是一个细分领域，品牌和功效门类繁多，眼花缭乱。这就需要我们耐心仔细比较，结合自己的跑姿和脚型等因素，找出最适合自己的那双鞋，同时，根据不同的训练内容选择对应功能的跑鞋。细节无处不在，你需要的只是一双善于发现的眼睛。极致就是把每一个微小的地方都做到最好，不留死角。凡事一旦深入探究，就会发现都不简单，学无止境。要想跑好步，学习能力至关重要。如果一个运动员仅仅头脑简单四肢发达，那他（她）的成就会非常有限。善于琢磨和探究，知其然又知其所以然的人才能不断提升水平，达到更高的层级。业余或专业运动员都一样。

就这样，全身心投入训练了三个多月后，我在 2018 年 9 月举行的柏林马拉松赛上跑进 330（全程马拉松成绩 3 小时 30 分钟），相比半年前的伦敦马拉松，成绩大幅度提高了 40 分钟。在柏林准备比赛的那几天，我很平静，这份从容第一来自于家人的陪伴，第

◀ 勃兰登堡门前的我们

二来自于互信。三个月的训练，一次次的交流，南妈对我的状态非常了解，他坚信我的成绩一定会大幅度提升，我相信他的判断。鸣枪后，由于排在倒数第二个区域出发，拥挤的赛道让我一度有些崩溃，但也很快冷静下来，坚决执行我俩商量好的比赛策略，不去考虑结果。信任带来自信，虽然前30公里不断穿越拥挤的人群损耗了体力，但我还是坚持了下来，跑进330，顺利PB。当然，离南妈设定的成绩还有距离，略有瑕疵，见谅见谅。

原本已经渐渐熄灭的跑步热情就此被重新点燃。紧接着，柏林回来后，我没歇着，继续吭哧吭哧猛练了一个多月，在当年11月的上海马拉松赛上，把成绩推进到3小时18分。

到了2019年，我报名10月份的芝加哥马拉松赛，开启自己大满贯之旅的第三站。原本打算享受比赛，安全完赛即可，可当我听说小二班俞进、王浩、姚渊、邰德君、柳承志（这家伙在这一年疯狂地把六大满贯赛事都跑完了，芝加哥是最后一站！）也报了同一场赛事时，心里就开始犯嘀咕了。我算了一下，这几个"要货"要么已经破三，要么就在三小时的门槛上，跟他们一起比赛，怎么着也不能跑太差吧，不然差距明显，很难看。这帮"二货"，表面上憨厚得无所谓的样子，骨子里全是戏精，在比赛这事儿上，都精得很，要得很。赛前，小二们有关目标和状态方面的表述最好连标点符号都不要相信，不然，赛场上最傻的人就是我。没辙，我只好重新开始加码训练，而且是在自己最难熬的夏季。咬牙切齿坚持了两个多月，我终于在芝加哥把成绩小幅度提升到3小时17分，也算PB了。由此可见，处在鄙视链底端也并不全是坏事，跟这些要货们在一起，至少我没资格躺平了，还得督促激励自己努力奋斗，即便像一只小蜗牛，也要一步一步往上爬，要坚信终有一天阳光会洒在脸上。如果再进一步，推而广之，人但凡有进取心，就要时刻提醒自己：任何时候都要跟优秀的人在一起，才能让自己变得更好。

时光流逝，转眼来到2020年底。彼时，我刚刚带完戈15，一年下来心力交瘁，自己的训练也完全荒废，再加上出了一趟国，因为疫情防控的规定，回来后隔离了14天，完全没机会跑步。记

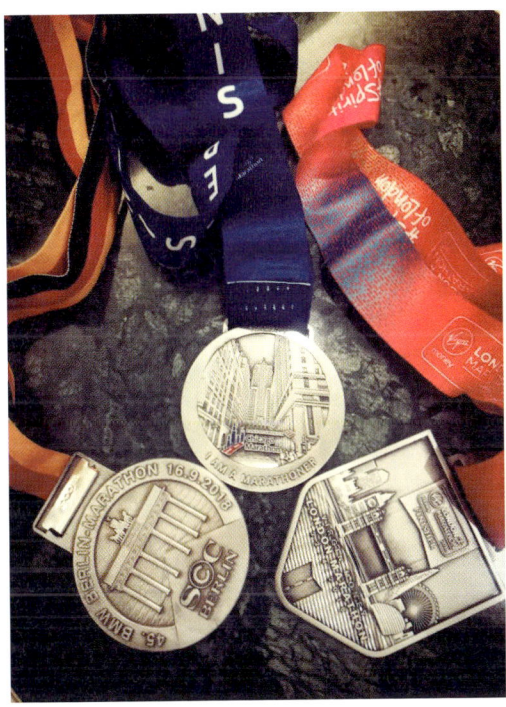

◀ 伦敦，柏林和芝加哥马拉松奖牌

▼ "小二"芝加哥马拉松小分队

第一辑 有些事儿，一口开始了就停不下来 我的戈壁

▲ 芝加哥马拉松鸣枪起跑

◀ 2019年10月芝加哥马拉松

◀ 2020年3月无锡马拉松

得解禁后第一天，我试着跑了10公里，气喘吁吁而且心率高得离谱，这说明自己的有氧能力已经严重退化，打回原形了。可是那颗PB的心又开始蠢蠢欲动。那段时间，因为疫情原因，比赛变得很不确定。放眼望去，我觉得也许2021年3月的无锡马拉松有可能举办。生活中确实有些事不在自己的控制范围内，你唯一能做的就是管理好自己，做好当下的事，然后尽人事听天命。所以，这一次我把不确定因素交给老天爷，决定按照这个比赛时间来准备，先从零开始恢复训练。有句话说得好，所谓措手不及，不是说没有时间准备，而是有时间的时候没有准备。因此，要以专注当下的努力去争取未来的机会。接下来，我的日子过得极其简单，除了忙工作和家务，就只剩跑步这一件事了，社交聚会几乎清零，所谓极简主义大概就是如此吧。整个冬季，我就这么心无旁骛专心致志地跑着，压着低心率慢慢攒有氧耐力。在那段日子里，我整个人非常安静，心如止水地看着自己的功力一点一点地恢复，不动声色地把月跑量堆到了450公里，创了自己跑步以来的最高月跑量纪录。有些朋友说我黑练太狠了，可我觉得挺平静的，跟狠字不搭边，一切都在平平淡淡中完成。那时候，我甚至不知道会不会有比赛。

幸运的是，蒙老天爷眷顾，无锡马拉松在2021年4月终于如期而至，而我恰好在赛前完成了四个月的准备周期，一切都刚刚好。在比赛中，我如愿PB，把成绩提高到了3小时13分。更值得高兴的是，凭借这个成绩，我终于获得了波士顿马拉松参赛资格，这是送给自己50岁生日的最好礼物。波士顿马拉松是历史最悠久的马拉松赛事，在全世界马拉松跑者中享有很高的知名度和地位，报名参与者众多，以参赛成绩门槛高著称。一生能参加一次波马是荣耀，也是很多跑者的梦想和奋斗目标。这些年来，看着逐年提升的参赛成绩要求，我一度觉得波马离我太遥远了，想达标根本不可能。没想到跑着跑着，竟然在2021年就这么把不可能变成了可能。看来，只要简单地傻傻地坚持下去，平凡的努力也能创造小小的惊喜和奇迹，再微不足道的小事，只要一直做下去，也能引领我们上到那个从未企及的高度。我相信，幸运不是偶然的，即便天上掉馅饼，也是砸在那些辛苦奔波在路上的人们头上，而不是躺在床上的人。命运昂贵的微笑是靠勤奋赚来的。我们中的大多数都是普罗大众的一分子，而普通人的成功依靠的就是坚持，拼尽全力才能看上去轻而易举。也许你看到别人云淡风轻，但那

2021波士顿马拉松报名成绩

年龄	男子 BQ	男子 实际录取成绩	女子 BQ	女子 实际录取成绩
18-34岁	3:00:00	2:52:12	3:30:00	3:22:12
35-39岁	3:05:00	2:57:12	3:35:00	3:27:12
40-44岁	3:10:00	3:02:12	3:40:00	3:32:12
45-49岁	3:20:00	3:12:12	3:50:00	3:42:12
50-54岁	3:25:00	3:17:12	3:55:00	3:47:12
55-59岁	3:35:00	3:27:12	4:05:00	3:57:12
60-64岁	3:50:00	3:42:12	4:20:00	4:12:12
65-69岁	4:05:00	3:57:12	4:35:00	4:27:12
70-74岁	4:20:00	4:12:12	4:50:00	4:42:12
75-79岁	4:35:00	4:27:12	5:05:00	4:57:12
80以上	4:50:00	4:42:12	5:20:00	5:12:12

▲ 波士顿马拉松参赛成绩门槛

◀ 2021波士顿马拉松

都是他们披荆斩棘、努力奋斗之后的结果。没有什么不费吹灰之力的成功，也没有横空出世的黑马，在这个等价交换的过程中，不管多努力都不为过。正如易卜生所说："你要想有益于社会，最好的法子莫如把你自己这块材料铸造成器。"

长跑不是比速度，而是比心里放什么东西

跑步是一个跑出去的过程，也是一个把自己找回来的过程。2018年的夏季，留在记忆中的已经不仅仅是汗水和PB，更多的是关于坚韧、友情、真诚、信任、专注和从容的思考。有位作家说过，如果你想要成功，你必须遵守一条规则，那就是：不要对自己说谎！要敢于真，真心对人，认真做事，说话要当真。有真，就有信仰，有善良，有爱。心存善念，就能洗净一身的虚华浮躁，淡泊宁静。一心不乱，一段路才能跑得漂亮。要尊重常识，才能理解事物发展的逻辑，才能有正常正确的思维方式。有常识，能成事；有常识，做人就正。跑步即人生。要想跑好步，先做个好人。

另一条重要警醒是：要珍惜生活给予自己的每一次机会，关键时刻要拼得出去，不要给自己留退路找借口，要不留余地，才能抓住机会成事。2019年的芝加哥马拉松赛，我其实是有机会再拼一拼拿到更好的成绩的。可当时考虑到接下来的上海马拉松是年度重点赛事，要保留实力，所以也就放了。没承想，当年的上海马拉松遇到高温天气，我非但没PB，反而创造了年度最差成绩。之后的2020年，因为带队打戈赛等多种原因，根本没机会参加马拉松赛事，继续PB的梦想就这么一路延宕到了2021年的无锡马拉松才达成。也就是说，因为在芝加哥的一念之差，没把握机会，导致整个目标进程整整蹉跎了两年。这事儿告诉我，机会也是有成本的，来了就要抓住；漫不经心，反被机会惩罚。在无锡马拉松比赛中，我确实拼尽了全力，不留余地。现在回头看，也亏得当时全力以赴了，没有考虑下半年还有的赛事机会。事实上，因为种种原因，下半年的比赛都取消了。也就是说，2021年唯一的也是

最好的比赛机会就是无锡马拉松。事情往往就是这样，未来无法预测，在不确定性大大增加的世界里，唯有做好当下才是最正确的。如果想变得更好，就应该勇敢地捕捉机会，错失良机就意味着漫长的等待，时间成本和沉没成本巨大，也可能就此失去先机，步步踏不准节奏。因此，当机会出现在眼前时，一定要珍惜，要把每一次机会都当成唯一的机会牢牢抓在手里，只有这样才能不留遗憾。人生路上，每一个机遇都应该被善待，被倾尽全力地拥抱。那些误以为机会有的是，选择还有很多而放任眼前的机会流失的人，非但成不了事，还极有可能一事无成。

至于今后，我想，还是会继续跑下去的。虽然比起那些破三的大神们，我差得有点远，但努力了总归有希望。那就不断 push 自己吧，不能老处于鄙视链底端，要往上爬，看看竭尽全力后能到哪一级。毕竟，能够顶到自己的天花板也是很不容易的。更多的人，没有达到自己的天花板，却羡慕嫉妒恨别人的远方。

至此，对于戈 11 那一场比赛，我想可以放下了，历经戈 12、戈 13，再加上大半年的马拉松追梦行动，凡四年。弥补遗憾也好，找补也罢，我坚持了整整四年，只为了了却心中那个情结。无关岁月，无关是否值得，一切皆是经历，有些执念不能放下，必须坚持到底。只有真正做到了，才能与过去告别，与自己和解，才能再回首的时候，风轻云淡，抖落一身尘土，从容不迫，继续前行。

最好的胜利就是战胜自己。自胜者强。

人但有追求，世界亦会让路。

戈14——跨越海峡的合作与分享

契机：了犹未了的戈赛

我家客厅有一幅现代派艺术作品，是太座特意找美院老师制作的。彼时，戈13之旅刚结束，全家都认为我的戈赛彻底结束了，这幅作品就算是对戈壁经历的一个纪念。整个画面演绎戈壁的地形，以绢为材质，抽象写意。当时我怎么也想不明白，明明提供的是戈赛路线图，怎么就变成了像煎蛋一样的画，而且还溢出了画

▲ 浙江美院艺术家朋友作品——戈赛印象

◀ 台中兴队友们给我的礼物

框,活脱脱不受控制没煎好的鸡蛋。现在想来,是这位艺术家睿智,料定我还会有戈14、戈15,根据熵增原理,事物必然走向无序,因此,提前在画中以溢出的"煎鸡蛋"预示和警醒我。

参加戈14,完全是一个意外。2019年2月,离开赛还有两个月,我接到浙大组委会的电话,请我帮助找一个随队摄影师的名额。彼时,随队摄影师名额是紧俏货,因为能自由上赛道,所以各队都把摄影师用来陪跑A队队员。一时间,随队摄影成了最能跑的老戈的代名词。大陆各商学院的随队摄影师要么自用，要么早就被其他院校借光了。台大柳承志兄很给力，从台湾中兴大学商学院找到了名额。可是，对方有个条件，希望浙大派一个随队摄影师给他们，陪伴他们的 A 队比赛。想来想去，这笔人情债还是我亲自还吧。于是，我正式成为台中兴戈 14 团队的一员，担任随队摄影师兼随队教练。

就这样，我的第四次戈壁之旅开始了。

出发前，为了做通太座的思想工作，我还是费了不少口舌的。功夫不负有心人，那段时间低眉顺眼的努力终于奏效，拿到了放行许可。估计她也是看穿了，无可奈何。我出发后，太座发了一个朋友圈，是这么描述的：有一种病，每年四月发作一次，服黄沙若干，大风洗面几次再加暴晒四天即可痊愈。

我竟无言以对。

从 mission impossible 到 mission accomplished

从代表浙大到公益大使，再到这次跨院校合作，我的每一段戈赛之旅都不一样，每次都导向一段未知的旅途，也因此变得越来越有趣。烦恼的是，当我穿着台中兴摄影师马甲的时候，很多相熟的戈友坚持认为我是为浙大陪跑的，百口莫辩。这个戈壁江湖有时候也是让人无语，随队摄影师们烟雾弹到处飞，真来个童叟无欺讲诚信的，反而没人信了。

应承是应承下来了，可是面临的挑战还是挺大的。匆匆"走马上任"，我对台中兴队员的训练情况知之甚少，赛前只是通过微信与 Sara 领队和全隐队长有过简单交流。直到注册报到日那一天，我才第一次见到队员和领队，此时距离开赛只剩三天。

记得那是午餐时间，我赶到台中兴的就餐点，Sara 领队和队员们低声细语，温文尔雅，对我这个外来户很谦和。虽然还是有陌生感，但直觉告诉我，这是一支友善谦和的团队。也正因为如此，我才壮着胆子毫不客气地坦率起来，初次见面就下指令，告诉大家要多吃米饭和馒头。还好，大家好像都接受了建议，立刻把桌上的面食吃了个干净。其实，对于这些彻头彻尾的南方人来说，吃面食肯定不习惯。他们能这么配合显然是出于尊重我，个人修养和素质可见一斑，值得学习。

▶ 戈14赛前探路

尽管初次见面很顺利，而且两岸同宗同文，可文化差异还是存在，比如彼此的生活工作背景完全不同，思维方式也不太一样，等等，所以沟通会存在一定困难。如果只是带他们体验一场随遇而安的旅行，以参与为快乐，那么这些都不是问题。如果还要在成绩上有所突破，不了解队员和沟通存在障碍就成了横亘在我面前的两大难题。

以我的性格，要么不带队，要带就要竭尽全力做到最好。我可不想真的成了摄影师，拿着手机给队员们拍三天照片。

队员的跑步能力究竟如何？意志力和心理状态如何？我以前的带队思路是否合适？在交流中，双方能否正确理解彼此的意思？太多的问题需要解决，而三天的时间实在太紧张了，无论是摸清队员的状况，还是消除文化和背景差异，都是无法做到的。

怎么把 mission impossible 变成 mission possible？只有找突破口，集中全部力量于一点去攻关。这个突破口就是比赛策略。我发现，在如何针对戈赛特点安排战术策略方面，他们琢磨得还不够多，围绕第六人做比赛规划的意识也不强。那么，如果能好好整合一下策略，打法对路，还是有可能挖掘所有队员潜力，创造好成绩的，至少在台湾院校里从尾巴上往前挪一挪。

要实现这个目标，首先就得想方设法尽可能地了解掌握队员的能力。可难就难在这里。算上体验日，离正赛也就两三天时间，不太可能全面掌握情况。不清楚队员的状况，战术就无从制定。自古华山一条路，既然绕不过去这个坎，就只能硬着头皮上，了解多少算多少。因此，从第一次见面开始，我连客套寒暄都省略了，直截了当询问每个队员的训练情况，结合他们的训练数据，在脑子里快速形成初步判断。当然，我还有个小心思，就是通过这样的方式向队员传递一个明确信号，我是一个干脆利落直奔目标的人，坦率诚实。我没有时间互相试探循循善诱地拉近彼此的距离，只能直接冲到他们眼皮子底下，说："嘿，是的，我现在是带你们比赛的家伙。不认识没关系，但后面几天你们得听我的。"

第一天体验日不计成绩，是唯一实地观测队员能力的机会。我老老实实带队跑完了 30 公里，仔细地观察了每一个队员的表现，对他们的能力和意志力有了大致的判断，心里稍微有了点儿底，不再像两天前那么焦虑了。台中兴虽然整体实力弱了一点，但队伍中也有几个相对拔尖出色的，再加上是全男班，如果战术安排得当，合理分配每个队员的角色，在三天的比赛中轮番冲击前六名有效

▲ 竞赛日间隙大帐一景

成绩，还是很有机会拼一把的。于是，在当天晚上的赛前准备会上，我布置了六位队员抱团往前冲而其他队员保存体力慢跑到终点的战术，严格规定前六人不许有任何一个掉队，能力出色的要拖带队友。我还告诉大家，台中兴虽然历来在参赛的台湾队伍中排名垫底，但这一次可以干掉两到三所，让自己位居中游，用的是不容置疑的语气，不做过多解释，三言两语布置完毕就督促队员休息了。如此言简意赅也是故意的，我在跟队员打一场心理战。面对陌生的教练，让队员一下子产生信任是很难的，他们是否能坚决执行比赛策略也不一定，说得再多都没用。这个时候，我越是

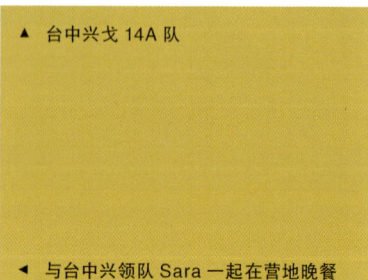

▲ 台中兴戈 14A 队

◀ 与台中兴领队 Sara 一起在营地晚餐

果决,越是强势,就是在传递"相信我,一定行"的信号。

不出所料,心理战起了效果。在第二天的比赛中,队员完全执行了战术。我在后半程陪跑,坚决把几次要散架的六人团队拢在一起,排成一列前进。在队员体力严重下降的时候,为了刺激大家兴奋起来,我甚至开始大吼,大致就是:"不准停下来走!五个人就等你一个人,你好意思吗?""你多跑一步,全队成绩快一秒!""不要怂,你行的!",等等。说吼算是好听的,其实就是在骂人。天赐和裕超最惨,能力最强,被我吼的频次也最高。无它,就是因为后半程很吃紧,只能让他们前前后后不停地拖带队友。建华也惨,好几次跑不动了(我知道是真跑不动了),但被吼得不敢停。我在想,那会儿我的嗓门大得估计让他觉得耳边是吹风机。按理说,才认识没几天,这样做是很失礼的,搞不好还会挨揍。确实,你谁啊你,我们很熟吗?你竟敢骂人!但我没办法,就算顶着雷也得这么干,这时候需要灌输这样的信号:这是赛场,要有血性,我都在拼,你们有什么理由不拼到底?事实上,队员们都是好样的,不管多难多累,前队六个人互相搀扶拖带,整齐地拼到了终点,以明显的优势干掉了三所台湾院校。记得赛后的庆功宴上,我为自己在比赛期间大吼大叫的野蛮行为郑重地向兄弟们道了歉。在这里,还要再次对被我吼过骂过的队员们说声抱歉,那些话都不是真的。

第一天的比赛结果让队员们自信心一下子起来了,说话嗓门儿也大了许多,也对我多了一些信任。一个小小的 signpost(风向标)是,大帐里聊天的方式起了一个小小的变化,说闽南话的时间少了,当着我的面,大家伙儿都尽量说国语。晚上开总结会的时候,大家眼泪和笑声交杂在一起,表扬与自我表扬相结合,祝贺自己打了一

▲ 戈 14 比赛中担任台中兴 A 队领跑

个翻身仗，冲击台湾院校三甲有望。那个晚上，我从他们眼神中读到了对胜利的渴望。那一刻，我知道比赛已经赢了。这一天就是台中兴的转折日。

之后两个竞赛日顺风顺水。为了把全队所有人的能力都发挥出来，我每天都安排不一样的前六人组合，试着把大家的潜能都挖掘出来。队员们与我也有了更多的沟通，意识到我还真不是来拍照的。有了互相理解互相信任，啥事儿都好办。人心齐，泰山移。根据战术安排，无论指定谁冲在前面，大家都没有二话，全部执行到位。队员们每天都在拼，特别是全隐、源芳、天赐和裕超他们四个，每天都冲在前队，不惜体力拖带队友毫无怨言，就像全队的定海神针。另外几个伙伴，只要安排跑前队，都勇敢地顶了上去，即便累到了极点，也要顽强地死撑到终点。尤其是长鑫，在竞赛日第一天完成了第六人任务且受伤的情况下，最后一天心系队友的安全，硬是拖着伤腿一路追赶到前面，为全队贡献了又一个有效成绩。这一份血性和责任感，让我感动到了极点。就这样，大家默默咬牙坚持着，一路砍瓜切菜，不断扩大与其他几所台湾院校到优势，最终创造了台中兴戈赛历史最好成绩，在台湾院校中排名第三。Mission accomplished！

真诚和善良，是解决问题的最快路径

在终点，兴奋的队员们把我抛了起来，这是一个他们在出发前没有想过的好成绩。他们开心，我快乐，是那种赠人玫瑰手有余香的快乐。真诚是打破沟通障碍的最好方法，也是解决问题的最快路径，真心一定会被感受到并报之以真心。短短几天，我和他们每一个人都建立起了情感连接，从陌生到兄弟相称，就可以这么简单。站在终点，看着大家抱着笑着哭着，我就在想，戈赛的终极意义是什么？肯定不是胜负。应该是对人与人之间关系的再确认。你投之以真诚，我报之以善良；你付出真心，我回赠真情。这个世界终究是向善的，爱才是人类的天性。这让想起了在记录2013年波士顿马拉松恐怖爆炸袭击案的电影中，两个警察的对话。

你觉得这种事儿（恐怖袭击）是可以预防的吗？

这是善与恶的交战，爱与恨的交战。当邪恶来临的时候，你手上所拥有的唯一武器就是：爱。那是邪恶唯一的克星。我们怎么办？搜出他们（恐怖分子），抓住他们，杀了他们，这就完了吗？不。他们还会找上我们。这种事永远也无法完全避免。我们只能拥抱彼此，让爱给我们力量。在我看来，他们（恐怖分子）根本不可能赢。

爱，在东方哲学里就是"仁"，包括对所有生物的友爱、善良、同情、怜悯和宽恕。这是人类的真实情感。在强烈的爱的触发下，诗人、文学家和艺术家就能创造出美好不朽的作品。正如王国维所说，那些伟大的诗词歌赋，作者必有一颗赤子之心。有了爱，人们就会克服私利的考虑和恐惧，有了美好情操和修养，能够看到正义的灵魂，被荣誉感激发，推己及人，成己达人。

赛后，队员们形容我是一只怒吼的狮子，带领一群小狮子拼杀出了胜利。戈14结束后，裕超还热情相邀，让我和他们共组一队参加"越山向海"台湾站的比赛。虽然最后没有成行，但大家已经把我当成了台中兴的一分子。一个仅仅相识五天的团队，给我的肯定超乎想象，这才是对我最大的褒奖。与这批兄弟一起战斗的戈14，充满了纯粹的快乐和血性，竭尽全力后留下的是友谊和信任。这一切，都源于我们彼此真诚。

当断则断是勇气

一般来说，信任的产生是一个润物细无声的漫长过程，是一步步建设起来的，没有捷径可以走。但是，事情也往往有例外。

▲ 胜利完赛啦

就像我和台中兴合作参赛一样，碰到这样紧急的特定任务，打的是一场遭遇战的时候，要使团队短时间内迅速整合到位，就必须迅速建立起信任，舍此别无他法。只有信任才能保证所有计划得到严格执行，实现设定的目标。

赢得信任，需要带团队的人具有洞察力和判断力，能够在短时间内找到问题的症结或者任务的关键点。说得直白一些，就是带队的人不要夸夸讲情怀，不要忽悠。整天不动脑子讲那些放之四海而皆准的话，就是矫情，就是没有真知灼见。那些不可能错的话，都是正确的废话。但凡说话，一要说准事情的关键点，二要有分量，有担当，别轻飘飘。这样，你的团队成员才会信任你。

同时，领导者要展现出坦率真诚的态度和果断自信的气势。越真实，越果断，气场越强大，团队成员就会产生信赖感。我带台中兴戈 14A 队的经历证明了快速建立信任关系是可行的，也是保证团队实现目标的唯一选择。领导力要与情境相匹配，根据不同情境灵活配置真诚和信任这两个核心要素。有洞见，才能驾驭变化，才更有说服力，拥有定力。德鲁克曾经说过，当有更多人追随你的时候，你就是有领导力的人。

由此推而广之，我们发现有一个老生常谈的问题，即在一个企业组织或团队里，"空降兵"究竟怎么做才能发挥作用，才能建立威望并带领一支陌生的团队打胜仗？对此，理论和实践给出了许多参考答案。根据我的戈 14 经历，想方设法快速建立互信是解决问题的关键。当然，互信的前提是领导者诚实坦率且具有很强的业务能力，能够找准问题所在并确定解决方案。同时，这个人最好是个狂热的战斗机：好胜（aggressive），强取（acquisitive），贪得无厌（accumulative），有魅力或者手腕让团队盲目地相信他，上下同欲，上下都被愿景所鼓舞。

他们说

沈全隐

初见崔哥的第一印象，感觉这位学长很瘦，但眉宇之间英气让人感觉很威严，谈笑间又很亲切。记得初见面那一天应该是备战戈 14 前的午餐，崔哥细心地提醒着在戈壁赛道上应该注意的事项，彼此感觉熟悉中带有一丝丝陌生感，因为虽然是初见面，但在台湾已经多次针对戈壁赛事进行讨论，也庆幸有他的协助，台中兴戈14才能很快进入比赛状况。

在四天三夜的戈壁赛中，崔哥对于台中兴的情谊建立在每一个赛事中的细节及问题的解答中，经验丰富的他总是能正确解答每一位队员心中的疑惑，从比赛的前一天晚上开始，每一次作战会议也总是能提出有效的建议让大家有所依循，因为有他，让大家对于赛事的理解及心情稳定起了很大的助益，赛事总是辛苦的，也谢谢有他在赛道上的提醒及速度的掌握，让台中兴戈14创下了台中兴参赛以来的佳绩，而这一份荣耀更见证了台中兴戈14跟崔哥的兄弟情谊。

诚如麦克阿瑟将军所言：狮子领导的绵羊能够战胜绵羊领导的狮子。因为有了崔哥无私的奉献，台中兴戈14才能成为完整的狮群，一路畅行无阻地到达终点。最后期待有一天兄弟们能再相聚把酒言欢话当年。

戈14回忆点滴

施源芳

参加戈14戈壁挑战赛是我这一生最难忘也是最值得回忆的一场赛事，虽然从参加到结束这一路上经过了无数的挑战及气候的严峻变化，这让我体会到了很多的人生意义及价值所在。当然在这场赛事中，最值得一提的是能跟着台中兴戈14A队的兄弟们一起在赛道上奔跑、流汗、流泪，是最值得难忘的回忆。

当然我们参加这次赛事，在全隐队长的带领下能全员完赛，另外有一个重要灵魂人物，那就是我们的随队教练，也就是浙江大学的崔哥教练。

▲ 带领台中兴戈 14 参赛中

▼ 比赛终点的欢乐

原本自大且自我感觉良好的我，在整个赛道上原本以为跑步是件容易的事情，但是一上赛道真的一切都跟想的不一样了。当时真的有点慌了。但真的幸亏我们台中兴有一位崔哥教练在旁指导着我们，才能让我们顺利地完赛。

当然在赛事这几天当中，我们台中兴A队成员跟崔哥的相处非常愉悦。印象中最深刻的就是每天晚上我们在开会讨论战术的时候，他总是跟我说："源芳会长你明天就自己往前跑吧！不用等我们，我相信你一定可以的，我们就在终点前会合。"他就这样给了我信心，也给了我非常人的勇气让我自己能在赛道上完成赛事。我想他一定知道我的个性，所以说他才会很放心地让我自己一个人一直往前冲。崔哥真的是一个很棒的领导者。

但崔哥也有很严厉的一面，当队员跑不动时，他会无所不用其极地催促我们队员要赶快往前跑，不管是用骂用刺激的手段都有使上，就是希望大家能一起顺利跑到终点。

其实我对崔哥的第一眼印象跟观点，我觉得他是一个非常酷的人，也是非常帅气的人。看似非常好相处，但一上赛道就变了一个人似的，以严厉的方式来督促大家勇敢地往前跑。但他也有非常爱美的一面，每天跑回帐篷后的第一件事就是拿起面膜敷脸保养噢！

真的，这样的团队训练也留给我们这一辈子一个最好的回忆，从赛道回到台湾那么久的时间，每当想起挑战赛的种种一切的时候，真的会想起我们亲爱的崔哥教练，因为他是一个非常值得我们台中兴戈14A队尊重的人。因为有您的陪伴让我们台中兴戈14A队创造了有始以来最好的成绩，列台湾参加队伍中第三名，这真的是空前绝后的成绩，相信是台中兴未来参加戈壁挑战赛的目标了。

崔哥教练，感谢您在戈14赛事那段时间的付出，在此深深地跟你说声谢谢。期待有这么一天能与崔哥您在戈壁赛道上或者是其他路跑赛事上，再跟您一起跑步。

最后也代表台中兴戈14的兄弟们献上我们的思念与祝福，祝您一切平安喜乐。真的，崔哥，我们很想您，我们很爱您！

2021年11月3日于台湾南投

至诚无妄　莫逆于心

友直友谅友多闻

戈赛造就了一个特殊的群体：戈友。一大群商学院学生疯了一样在戈壁或走或跑一场，有的还一夫就是好多次。见面跟对暗号似的，抬头就问："你戈几的啊？"因为一个戈壁，原本陌生的两人可以秒变至交，原本难谈的生意可以瞬间成交。每届戈赛结束后，都会诞生一些戈友组织，名字千奇百怪，规模或大或小，但共同的特征就是鸡血满满，意气风发，搞起活动来像传销组织，统一服装一套又一套，聚会就玩"制服诱惑"，激情四射。据我的不完全统计，如果一个人所有戈友组织都参加的话，那他每个月都会有一到两场活动，至于小聚会那就更多了。碰到戈赛出征和回归季，那基本每周都得参加一场。按理说年过四十，生活开始做减法，社交减少，朋友也精简了。可在戈友这儿，事儿就倒了个个儿，朋友越来越多，社交活动成倍增加，且经常占据周末和节假日，搞得家里"民怨"沸腾。这类反常现象大概跟戈壁所激发的理想主义情愫有关，现实世界有太多世故、无奈和虚与委蛇，戈友聚会就是最好的避风港和心灵加油站，一番忆当年后，又可以回血复活，继续面对薄凉的世道人情。

人类的 DNA 里有社会属性，人是不应该刻意保持距离的。人不该小心翼翼地交往，不该压抑自己而无法淋漓畅快。人会有许多欢笑与泪水，会有许多雀跃与心痛，这许多的情感应该可以在朋友面前毫无顾忌地倾泻而出，可以让自己的表情和心情自然合一。因为友情，单调的生命才有了色彩，生活中才有了辉煌和灿烂，才有了畅快和潇洒，也才有了人生的震撼与惊喜。

是否存在一种纯粹的精神世界？难道人与人之间只能是一种竞争的现实世界，只能是交易的世界？

也许，这样的精神世界一直都在，只是我们少了放下心防张开双臂去拥抱的勇气。戈友的世界也不完美，但至少多了一丝纯粹的气息和真诚天真的气质。在这个圈子里，还有理想主义存在的空间。这大概就是戈友群体天然有向心力的原因吧。

戈 11 结束后，我加入了两个戈友群。一个是小二班，由戈 11A02 号队员组成的跨院校团队。另一个是戈们汇，也就是戈 11A01 号群，又叫队长群，顾名思义就是各院校的戈 11A 队队长的组织。那为啥我能脚踏两只船？一切源于一场误会。当年参赛前，我虽然是队长，按照惯例安排 01 号，可因为组织工作的疏忽，全队的号码都乱了，我成了 02 号。所以，尽管我是小二班成员，但因为有队长的身份，队长群在组建的时候还是召唤我加入了。

感谢当年的阴差阳错，使我得以有机会加入这两个非常出色的组织。戈们汇鸡血满满，小二班活泼热闹。两个团体每年都有定期大聚会，分享工作和生活，五年下来，已经成为戈壁江湖最著名的群体。

这些年，还认识了不少历届戈友，都是"要，又要，还要"

的要货,对待工作与锻炼都极端认真和严苛。

中年处在一个岔路口上,我们必须习惯站在人生的交叉路口,却没有红绿灯的事实。既可以往上走会当凌绝顶,也可以往下出溜,成为一枚油腻中年猥琐男(正可圣可狂之际)。曾国藩说,在这个人生关键点上,好朋友之间,不是互相抬轿子,互相让对方爽,而是互相挑刺,互相督促,一起做个好人。人生一世,成不了圣人,能不成为一个油腻的小人,就是相当圆满。

于我而言,有了这些戈友和戈友团体,成为油腻小人的可能性就不大了。想偷懒想懈怠想猥琐的时候,看看小二班和戈们汇的微信群和要货们的票圈瞅一眼,月跑量没有400公里进不了排行榜前十,工作狂在满负荷运转,创业者在满世界拓展市场……我就知道自己没资格躺平,还是努力做事吧。不然,论跑步,处于鄙视链底端;聊事业,没谈资。那就没法儿混了。在要货的世界里,生存之道就是比谁更狠,年龄不是借口,压力就是动力。喝心灵鸡汤不算本事,自己成为鸡汤才是真的牛。说来说去,就是丛林法则,你不在餐桌上,就在菜单里。

有句话是这么说的:走过茫茫戈壁都是姐妹兄弟。要我看,这话得有前提。如果几年相处下来,依然能相看两不厌,虽然大家术业有专攻,但三观接近,这样才是真正的姐妹兄弟。人的一生中,除了做自己喜欢的事儿,最重要的就是和相看两不厌的人待在一起了。这样的朋友,互相之间不搞道德绑架,没有什么攻守同盟,没有谁必须帮谁的义务。也就是说,你出手相助,我固然无比感激;你若没有行动,我也理解你使不上力的无奈。但是,在条件允许的时候,大家都会义不容辞,挺身相助。朋友相处之道,以此为最舒适。

戈赛五载,我遇到的绝大多数戈友都能成为相看两不厌的朋友。君子之交淡如水，在分享和交流中静静地体会善意，由互相欣赏到互相学习借鉴，人到中年，这样的良师益友般的默契让人心怀喜悦，一如小二班的价值观所阐述的：至诚至爱，见贤思齐。

感谢这些因戈壁而结下的缘分，让我时时感受到生活的温度和真情，并以此对抗岁月的刀砍斧劈。2018年春节，在经历了一段艰难的日子后，我写下了这段文字，向关心和帮助我的戈友们致谢。

致小二

几天前，与戈11队友互致问候，她突然来了一句："队长，这两年你也是不易。"

我默然。

昨天，在父亲这里翻出了一笔记本，记满了他的进食情况、体重、血糖等数据，还有笔谈：老爷子的焦虑和烦恼，我搜肠刮肚的鼓励，以及治疗方案的讨论，等等。

我茫然。

辗转一夜。

今天，我提了两次笔。

第一笔，给父亲的主治医生写了贺卡：非常非常感谢您为老爷子所做的一切，感恩感激。

第二笔，写给小二班。

在二货家庭，每一句问候，每一次插科打诨，每一场欢乐，我如数家珍，一一收藏。绵绵累积的温度和柔软，就是我触摸坚硬冰冷的生活难题的信心和底气。

戈壁一场，给我带来了小二班。命运待我不薄。

为何在生活屡次考验我的2018年，我依然如此乐观开心？

谢谢赠人玫瑰手有余香的小二们，每一次最接地气的家长里短，都在帮助我变成一个更好的自己。

跑在湖边，蓦然意识到，我已经从盛夏跑到了隆冬。景区的几条路真是熟悉到不能再熟悉了，哪里有垃圾桶，哪里是船工们的栖息地，哪里有杂货铺。用脚步打量这座生于斯长于斯的城市，发现角落里的生活气息，点滴小确幸让我更达观。

"仝力以赴，不留余地。"

"努力做到当下自己能做到的最好，不用总是留在巅峰，但至少到过那里。"

小二班的跑步哲学，何尝不是生活的智慧。

于我，这场缘起于夏季的修行已经远远超越了跑步的范畴。友情、陪伴、奉献、感动、信任、坚持，太多太多的收获。

于我，这些都是要感恩的。

今天，我依然在跑步，与成绩无关。

用最小二班的方式跑步，就是一种生活姿态。

谢谢小二们的陪伴。有你们，天空就是晴朗的。虽然我眼睛小，天空在我眼里总是细细的一条蓝线，可依然辽阔。

在小二班，我活得很真实，也多谢你们对我各种不当言行的包容，请大家在接下来的日子里继续宽大为怀。

于2019年农历二十九

▲ 小二班

戈 11：共同的记忆

戈们汇

戈们汇的 logo 上有一行字：Never give up. 一看就很燃。戈们汇会员就是一个超燃的物种。

戈们汇又名"戈 11A 队长群"，都是队长，责任感就是骨子里

的DNA。例证一：这么多年下来，每届戈赛，这个群里总有十来个人参与，不是带队伍就是为队伍做服务，或者参加各种赛事公益组织当志愿者。 个词儿：戈壁钉了户。我认为这中间很多人基本可以在瓜州买房落户了，算上拉练探路，反正一年中有好多时间在那儿度过。例证二：无论大小赛事，只要是以戈们汇名义参加，必全力以赴以冠军为目标，团队至上。

戈们汇门槛高，纪律严，照章办事不留余地。比如：连续三

▲ "戈们汇"苏州聚

▼ "戈们汇"敦煌聚

个月不跑步不打卡，没有特殊理由的，开除；又比如：凡连续三次不参加年度聚会的，即视为放弃汇籍。不开玩笑的，这几年真的陆续有几个被踢出了群，没有转圜余地。我求生欲满满，时刻牢记纪律，绝对不碰高压线，保持汇籍要紧。

戈们汇办活动严谨认真，汇员们动作整齐划一。每年的年度聚会都固定在11月11日，雷打不动。迄今为止，活动足迹遍布大江南北：大西北新疆，东北哈尔滨，婉约苏杭，南到台湾，每次都精心组织，流程细致，分享活动严肃认真。除了服装统一、拍照动作整齐以外，每次拍视频也有固定的话术，由内而外地步调一致。

戈们汇成立五年来，一直坚持跑步打卡。每个月男生最低100公里，女生80公里。每个人按自己的目标在月初确定跑量，月底按照实际跑量进行排名。超量30%的要交超量红包，未完成的交罚款。吊诡的是，竟然人人以超量红包为荣，每个月名字后面有朵小红花，是一种身份的象征。五年了，跑步热情非但没有衰减，反而愈演愈烈。月跑量300公里都挤不进前十。前三基本在400—500公里上下。处在这样一个严重内卷的恶劣环境下，要想不被逼疯，不处在鄙视链底端，只能埋头跑啊跑。特别需要强调的是，有一个要货中的战斗机，即交大戈11A队长梅晓炯，常年稳定在每个月500公里+。这位老兄参加大铁比赛拿到冠军，最后一项马拉松竟然还能轻松破三。夺冠后有专业经纪人找到他，询问是否愿意转成职业选手，因为在中国，业余大铁能玩成晓炯这样的寥寥无几。我始终无法理解他是怎么做到的，反正眼见着他越跑越瘦，目光炯炯，一副坚毅的样子，与名字里的"炯"遥相呼应。梅队最近调到杭州工作，但我还是不敢找他跑步。毕竟食

◀ 梅晓炯在比赛中

物链中差了好几个层次，一定会毫无反抗能力、被吃得连骨头都不剩的。对了，刚到杭州没多久，他就捎带手见义勇为了一把。一天晚上，他正在慢跑，就看见一个年轻人从他身边跑过去，远处传来"站住！"的喊声。晓炯一看，是两个年纪有点大的警察在追赶，他立刻追了上去，心想，就跟着你，看跑不死你。就这么跑着，逃跑者快，他也快；逃跑者慢，他也慢，估计把这个年轻人跑崩溃了。最后，一辆警车赶到，逼停了这个逃跑者。听完，我觉得这个家伙在逃跑的时候遇上了晓炯，也是运气差到了极点。警察都不用急着赶过来，估计没多久晓炯就能把他累瘫在路边。晓炯英文名Marco，翻译过来是"马口"。我觉得很合适，他跟马太像了，平时也是吃草，还能跑。

◀ 夏斌

    另一个非典型性要货就是夏斌，来自北大光华。这位兄弟也是戈赛大满贯爱好者，队长，领队，公益大使，还参加了A+。请注意，A+跑了两次！啥叫A+？就是把戈赛四天120公里的线路连起来，自导航自补给一次性跑完，没有相当强的实力还真不敢尝试。别人视之为畏途，他却甘之如饴，连续参加了两次。看着他年年躬身入局参与戈赛，甚至连续在戈壁风沙中昼夜不息地奔驰，这些完全突破了我的理解范围，只剩下敬佩。夏斌现在是光华户外协会总会会长，我心里忍不住邪恶地想："他会不会把总会会长的选举资格定为必须参加两次以上A+？"

    总之，综上所述，戈们汇就是由这么一群高度重视鄙视链的物种组成的，做啥事儿都没有随意二字，鸡汤随时都有。

小二班

小二班，以"二"为荣，自称二货，还乐不颠儿的。

从行事风格看，这群人自由散漫，没心没肺，热衷于互相讽刺挖苦、取绰号和恶搞。在懒散随意的背后，是高冷的风骨和柔软的内心，颇有魏晋名士的风格，狂放不羁的背后是一个个造诣极高的大师。

看着不着调，其实非常靠谱。小二班的价值观是"至诚至爱，见贤思齐"。这是大家伙儿讨论了半个多月并经全体投票确立的。看看，真诚善良和学习进取才是二货们的精髓。那些所谓"二货里的战斗机"之类的名号都是烟雾弹。

小二们很暖。群妈生孩子，几位女生约着专程去广州看望，男生则扛着集体呈上尿不湿，还是专门调研过的靠谱品牌。福哥嫁女，10多个小二从全国各地赶到宁波喝喜酒，就像看到自家女儿出嫁一样激动。谁生日到了，必有鲜花一束送到家，群里还有队形整齐、铺天盖地的祝福语，文字对应着每一个小二不同的性格特征设计。都是小细节，但是走心，有温度。

小二们还很刚。为了集体疯狂 PB 一把，2018 年夏季大家疯了一样地训练，疯了一样地控制饮食减体重。小二们执行得是如此决绝和彻底，以至于迅速消瘦的身型和越来越快的配速把其他戈友都惊到了，不清楚小二班发生了什么。直到 9 月开始的马拉松赛季，随着小二们纷纷大幅度 PB，大家才恍然大悟。静若处子动若脱兔，一旦认准目标，小二们认真起来很可怕。可咸可甜，可慵懒可拼搏，小二的世界宽容度越来越大，从容自如。

友直友谅友多闻，小二班符合孔夫子的交友观。

▲ "小二班"烟花三月下扬州

▼ "小二班"杭州行

小二有一个缺点，酒量极差。翻遍整个班级，就找不出个像样的。找小二喝酒，那就是直接宣判小二班出局。

关于小二班，我个人还有些事儿要掰扯申诉。很多戈友知道，我是小二班班长（掌柜）。其实，我是缺席被选举为班长的。那时候我在参加伦敦马，小二班在扬州跑半马以及开会。群妈来电忽悠，说你看你，聚会缺席很不好。这样吧，这次要选举班委和班长，你也表个态参选吧，就是凑个人数，不然参选人太少不好。我作为二货中的战斗机，竟然毫不犹豫认真录制了参选视频。据说后来大家看了哄堂大笑，而且，残酷的事实是，只有我一个人参选。一个人！我就这样被选举了。

尽管感到很荣幸能当这个藏龙卧虎、能人辈出的团队的班长，可还是觉得能力不够，德不配位。认真履职之余，我提出班长一年换届，让更多有能力的小二贡献聪明才智，提升小二班品质。

这事儿得到认可，并写入小二班章程。可是，三年过去了，我还没被换掉。不是我能力强，而是大家伙儿集体赖账了，竟然置班级章程于不顾，对我维护制度严肃性的呼吁不理不睬！因为我屡次三番提及此事，还被南妈威胁：再提这事儿，开除班籍。

如果这部书稿能顺利出版，我请求"二货们"，好好读读这些文字，认真反思一下耍赖的负面影响，这是大家干得最不靠谱的事儿。赶紧纠正错误，负责任地考虑换届吧。

那些年，我们一起跑过的步和吹过的牛

浙江大学管理学院戈 11A 队

想到浙大戈 11A 队，就觉得那首《夜空中最亮的星》的歌曲又在耳畔响起。这是一首陪伴我们两年的歌曲。都说戈 11 不容易，可究竟经历了什么，很多人未必清楚。

照锤子（张锤，他最近又迷恋上自称"锤戈"）的说法，从备战到走上赛场，戈 11A 队的兄弟姐妹们都是"自己玩自己"。我们那会儿没有组委会，没有系统规划。戈 11 的兄弟姐妹自力更生抱团取暖，出征日和回归日的场地我们自己找来赞助，官方视频也是我们自己策划制作。拉练的地点没有可供借鉴的，那就在几个老戈友的帮助下自己勘察线路，准备后勤保障。至于运动装备，也是大家伙儿一件件自己选择决定，因为是初次接触这些专业装备，各种误会误解乃至笑话也此起彼伏。在这期间还诞生了戈 11A 的一个经典段子。有一回拉练，叶刚总觉得腿套特别特别紧，很不舒服，跑完小腿都勒出了血，于是嚷嚷着要换装备。第二天一大早，叶刚戴臂套的时候突然发现臂套特别宽松，一脸蒙圈的时候，晓红说："叶叔，你的臂套好时尚哦，有点儿水袖的意思。"还是锤

▲ 戈11A率领戈12出征

▲ 戈 11A 集体参加队友婚礼

子忍不住，说："叔，你这是腿套吧？""啊？啥？腿套？那我昨天腿上套的是啥？"

……

呃，这个，是有点尴尬和搞笑。但是，没关系，正因为这些经历才让我们积攒了丰富的经验。甭管是否是被迫的，这样里里外外勤快了一通后，大家的实操能力指数满格，大到装备，小到一个帐篷灯，用哪一个品牌好都研究了个遍，生生把自己搞成了百科全书。后来，这些能力放着也浪费，就满腔热情倾注到了戈12身上。一边为队员们忙这忙那，一边自嘲，穷人的孩子早当家。

现在想来，那会儿虽然没什么人管我们，可大家自己动手丰衣足食的日子也很难忘。大大周到细心，暖男一枚，锤子严谨认真，晓红风风火火，翠萍爱哭，燕莉热心肠……大家性格脾气迥异，善良友爱是共同点，每个人都在为这个小团队默默奉献着。那段冲A的日子，既要保证训练，还要打理备战的其他事情，虽然艰苦，但也很快乐，渐渐地每个人都成为彼此眼中最亮的星。大家看到的永远是一支嘻嘻哈哈酷爱拍照打扮的队伍。都说戈11讲究颜值，其实我们只是用这种方式彼此鼓励，越是困难越要乐观，越是无助越要自助自爱团结，这也是修行。我曾攒了一个摄制组，跟踪拍摄戈11从备战到上戈壁到全过程。在片子里，每个人都很从容，讲述着快乐，风淡云轻。不是不艰苦，不是不困难，只是大家愿意用快乐去讲述。坚强在内心，不需要汹涌澎湃地表现出来，笃定就好。

戈11爱美爱打扮。队里帅哥靓女多，衣着举止透着时尚，连运动装备的款式和色彩都是从头到脚搭配过的。这事儿，燕莉和锤子最上心，他们讲究，也把全队的形象直接拉高好多台阶。戈

▲ 戈11A 欢乐跑

11A自诩为浙大史上颜值最高的队伍。至少截至目前为止，这还真不是吹牛。时尚是全方位的，连拍照队列组合以及pose，都有设计好的固定格式。戈11A，就是这么欢乐。

戈11我们是第14名，与第13名上高金11秒之差。回来后，有遗憾，有抱怨，面对传承也是一脸懵圈。当时的我们只有一个心愿，用队友的话说就是，不要让戈11受过的困苦在戈12身上重演。没有传承规范不要紧，我们自己打造一套体系，用创业的心态建章立制。就这样，戈12从无到有，A队被关怀得很周到，除了训练和比赛，不让他们操心任何别的杂事儿，就这样，戈11的兄弟姐妹又一起走过了一年。两年的抱团奋斗，大家在彼此身上看到了义气、勇气和信任，是可以信赖的一辈子的朋友，这种幸福感一直延续到了今天。无论是戈13还是戈14，每次我从戈壁回家，机场一定有我的队友迎接。话不多，只是为了一个拥抱。这大概就是戈赛留给我、留给戈11最美好的东西，心里有彼此。

说这些，只是想跟队友们说，友情、团结和信任是戈赛留给咱们最宝贵的财富。每个人性格不同，但不妨碍彼此成为战友和兄弟姐妹。人生路漫漫，有了彼此的互相支撑，就注定不孤单。

叶刚、崔予缨、瞿翠萍、陈燕莉、张锤、叶志、赵澎涛、王文龙、姚振华、俞晓红，这是按号码顺序排列的戈11A名单。无论将来会怎样，咱们都把彼此放心里。

曾艳

曾艳来自中山大学岭南学院，是小二班的发起人、创始人，笔名好像叫燕子，可我们都叫她"群妈"。她曾是格力电器董明珠手下的得力销售干将，做事风风火火干脆利落，还特别能照顾到

▶ 曾艳

大家的情绪和想法。我也不知道怎么形容这种智商情商都超高的人，"不明觉厉"也许最合适。反正，一众二货都被她"收拾"得服服帖帖，指哪儿打哪儿，听话得很。要知道，小二们可都是些有才又傲气的主，平日里服过谁呀。我就曾经被收拾了一回。那是2016年夏天，我去台北见了台大戈11A02号柳承志。那天柳兄身着橙色小二T前来，而我没带小二服。合影发到群里后，群妈发了一个通告，大意是我未着小二服参加活动，性质"恶劣"，予以通报批评并罚款200元。此通告得到大家的一致同意交口称赞。群妈此举好像深得人心，此事传播范围甚广，很多非小二班的戈友给我发来处罚通知书截屏，以示同情。打那以后，我深刻体会到小二无小事，变得特别谨慎听话。

小二班自打2016年创立以来，氛围一直非常好，大家伙儿的感情越来越好，像家人一样亲切。群妈功不可没，像个大家长似的操持群务，张罗大小聚会，准备群服，还亲自写公众号文章。2018年，当时怀孕8个月的她还亲自组织安排了小二班烟花三月下扬州的聚会。2019年，毛毛才四个月大，就被群妈放在篮子里拎着去上海参加小二聚会。毛毛就是小小二的老大，跟着小二班一起长大的。所以，由上可知，有群妈在，就有主心骨，我们其他人负责吃吃喝喝嘻嘻哈哈没心没肺就好了。

群妈心细，善良。2018年11月，小二班上海聚会结束后，她独自带着未满周岁的毛毛，执意要去杭州看望我父亲。我劝她赶紧回广州，已经在外出差好多天，一个人带着孩子到处跑太辛苦了。无果。她知道过去的一年我过得不容易，为了给老爷子治病筋疲力尽，像打了一场仗，所以总想为我做些什么。去杭州，大概就是要给我们父子俩打气鼓励吧。

果然，群妈一到，就把欢乐带进了家门。老爷子喜欢小孩，被毛毛逗得很开心，群妈在旁时不时宽慰，治疗很成功，剩下的就是好好恢复，还一遍遍告诉老爷子，笑口常开，健康长寿。那一幕，很温暖，一直留在我脑海里。

几天后，我收到了群妈寄来的蜂胶，说是特别有利于恢复，嘱咐我给老爷子服用，语气平淡得就像家人之间的对话。我回复：我是独子，你做我妹妹吧。

从此，我就成了毛毛的大舅。

饶 南

饶南来自长江商学院，是戈壁江湖的传奇人物之一。曾经晕倒在正在灌溉的戈壁农田里，在那个旱得几乎寸草不生的荒漠里

▲ 家福、饶南、柳承志和我在香港训练间隙　　▲ 饶南

差点儿被淹死。

他是长江戈 12A 的带队教练，人称"南妈"。可见管天管地，也是个心细如发、操心的主儿。

另一个传奇：自学成才，研发跑步训练方式，马拉松 PB246，还是在赛前发烧的情况下取得的。小二班奉上绰号：高烧 246。

我觉得饶南跑步的时候和村上春树很像。把两个人的跑步照片放到小二班公示，得到一致认可。没承想，中欧的浩哥来了一句，叫"村上二"吧。大家喷饭。

南妈真诚，认真。2018 年夏季，带领小二班来了一波马拉松训练热潮。这期间的点点滴滴，我在写于 2018 年柏林马拉松赛后的文字中有详细描述。

9月16日柏林马拉松结束后,带着一丝疲惫,我匆匆赶回杭州。就在同一天举行的北马,小二班的数十名成员统统大PB,群里一片欢声笑语。可刚下飞机,就接到群妈的信息,说南妈为了大家的比赛劳心费力,累得发烧了。顿时我发的心情犹如这闷热的天气一般,有些焦虑和不安。

想想也是,能不累倒吗?南妈提前抵达北京,根据每个小二的不同目标,从300(以三小时完赛为标准)到400(以四小时完赛为标准)安排了许多"兔子"(pacer—配速员),赛前讲解战术,比赛当天一早四点多就带着大家热身,而后四个多小时立在终点迎接一个个完赛的小二……

"小二们一起拼一把,四个月后迎来我们的集体大PB……"四个月前,伴随着途狼雄赳赳气昂昂的一个口号,让身在出差途中的南妈激动不已地振臂疾呼:"包在我身上!"小二班其他成员纷纷响应号召,小二班集体PB之路就此拉开了序幕,迈出了共同目标的第一步。

自那时候起,南妈开始给二十多个小二制定详细训练计划。请注意,是每人每周一份计划,根据每人的训练数据和身体状况随时调整,量身定制,童叟无欺。四个月,每人逾16份计划,加起来就是300多份!(此处省略无数惊叹号)

事实上,除了个别人,大部分小二自戈11结束后就没怎么系统训练过。南妈拉着这么一车"二货",用四个月的时间,愣生生在北马创造了神奇:一个破三,四个310以内,其余统统大幅度PB!而且,接下来的上马,还有一波小二惊艳的表现等着。要说怎么做到的,多半恐怕得从南妈严谨务实细致的方式上找秘诀。他从控制体重、调整饮食结构、重塑跑姿、技术动作分解、伤病防护等方方面面全

A02. 一生一世心相随

因为互相惦记，所以跋山涉水

▲ "小二班"上海聚

方位"整治"我们这批二货。尽管群里饿得一片哀号，长距离训练搞得大家悲愤莫名，南妈坚持不为所动；尽管大家时不时陷入低谷，南妈一如既往坚信成功，一碗碗温情鸡汤端上桌。

总之，大棒加胡萝卜的手法，他耍得极其娴熟，也成功地把小二群整成了跑步理论实践群，动作点评、视频资料、书籍推荐等，干货爆棚。拜他的钻研精神所赐，大家对肌肉类型、携氧能力、线粒体等等以往陌生的词汇都了如指掌到了自恋的程度。对了，还得再加一项：飞行检查，实地督促指导训练。一时间，群里接驾声此起彼伏，南妈北巡南巡的消息都是头版头条新闻。林林总总说了一堆，其实只为了说个"谢"字。

小二们都知道，南妈把本就不多的闲暇时间几乎都用在了小二班，在机场写训练计划，深更半夜研究每个小二的数据，出差间隙的陪练。两个字：走心。

事实上，南妈在小二班一向属于人见人爱、花见花开、车见车爆胎的标志性人物。原因嘛，除了他跑得飞快以外——246的成绩，小二奉送绰号"高烧246"和"村上二（村上春树第二）"——更重要的在于他是一个热情的Giver。

跑得快的我们见得多了，可像他这么为了友情倾囊相授、默默付出的不多，用理想主义的激情和完美主义的严谨长期帮助别人的就更少了。

小二班的价值观是"至诚至爱，见贤思齐"，南妈身体力行地带了个头。

然后，小二们纷纷跟上。

于是小二班成为一个充满快乐的集体，而这份快乐来自于真诚。在跑步这件事上尤其如此。漫长的四个月训练中，如果没有二货们相互激励，相互挖坑，相互投掷烟雾弹，要坚持下来是很难的。其实，除了跑步，生活也好，事业也罢，大家也都乐于分享。群里总是很热闹，如果一天不看信息，那就等着爬楼到半夜吧。一个人人都是Giver的团队，无疑是温暖的。在这里，没有浮夸的豪言壮语，没有大酒，小二的情谊都在细节里，在点滴中。每逢小二生日，必有鲜花；谁有困难或问题，出主意的和做帮手的必如FedEx般及时；大家经常会收到小二们寄自各地的时鲜水果，有时还是匿名的，让大家一顿猜测。在小二班，感动总会不期而至。这次的北马，除了自己参赛，家福哥赛前赛后帮所有人拉伸按摩。谁都不知道，他自己的腿伤还没好，赛后步履蹒跚地去了机场。小二的友情就是这么实在，像一杯清茶，淡香飘逸，沁人心脾。

北马也好，柏林马也罢，一切都结束了。回首来路，这一场修炼，收获的远不止于跑步。友情和信任才是最值得珍惜的财富。

一切过往，皆为序章，小二班的情谊才刚开了个头，咱们继续走下去。

至诚无妄，相视而笑，莫逆于心。这就是我眼中的小二班。爱二货们。

是为记。

2018年9月18日夜于杭州

一场PB之旅，小二们受益良多。在上马结束后小二班年度聚会上，大家播放了专门给南妈制作的短片表示敬意，接下来就差树碑立传了。考虑到他可能继续创造传奇，我们决定等几年再说。

◀ 陈晓韵

陈晓韵

晓韵来自复旦，大家叫她"校长"，因为她一直从事教育事业，是上海一家著名教育集团的联合创始人。

一说到教育，大家都很焦虑。所以，这些年小二班聚会一个最受欢迎的保留项目就是校长的教育分享，干货满满。大家如同粉丝般围着她问这问那，妥妥 KOL 即视感。

校长身材修长，一看便知是被教育事业耽误的跑步明星。不过这不妨碍她成为跑圈著名"要货"。成绩年年向前推进，最近的目标已经变成破三了，不得了。

晓韵为人大气，做事思路清晰，分析见解独到。每次出差或者聚会，最享受的莫过于和她一起慢跑，边跑边听她分享跑步的事儿以及组织戈赛和跑团的经验。每次我都收获满满，有一种回去以后马上抄作业的冲动。

最佩服的还是晓韵的领导艺术。这几年,复戈友会在她的领导下,从无到有,组织建设越来越强,制度越来越健全,成员越来越多,氛围越来越好,A队成绩节节高,已经跃升为戈壁强队,戈15更是一举拿下亚军。复旦戈的文化塑造也非常成功,成为许多院校学习的样板。事业做得风生水起,公益组织也能如创业者一般不断创新拓展,实现从0到1的突破,晓韵干啥都有一套,值得我好好学习。

与优秀的人为伍,是荣幸,也是催促自己不断向前进的动力。

赵 珊

赵珊来自华东理工学院。我和她相识于戈11赛前。当时两队都在上海崇明岛拉练。我俩都是队长,也就此代表两队联谊上了。拉练最后一天,我听说赵珊摔了一跤,门牙磕掉,挺严重的。事

◀ 赵 珊

后专门电话慰问，心里还担心这还怎么参赛。没想到，赵珊在缝了15针以后没休息几天就恢复训练并如期出现在戈赛上，而两颗门牙是在赛后才真正手术修复的。也是女汉子一枚。

戈11，我俩作为队长在赛场上较量，华理完胜浙大；戈12，我俩作为领队继续较量，浙大完胜华理。

其实这不重要。重要的是非常有缘，也非常有意思。

后来，在戈15戈壁拉练的时候，我俩又遇见了。她是华理戈友会会长，大领导。我是随队教练，依然是个干活的。当然，这不重要。我就是个干活儿的命。

赵珊是戈们汇秘书长，是我的领导。感觉她是一个有很强执行力和组织纪律性的人。刚性原则不能触碰，不然就会被批。有一次戈们汇在台湾搞活动，当时我刚越野崴了脚，打着绷带去参加活动，原以为可以躲过每天的晨练（是的，戈们汇搞活动就是这么变态，跑步是雷打不动的项目），然而，结果，还是被赵珊勒令起来。虽然我表现得非常虚弱可怜，她总算网开一面，让我站路边给大家鼓掌加油，端茶倒水。这看上去是轻松了，可是，关键的关键，早起这件事儿，终究是没躲开。赵秘书长说，这叫有集体意识，我觉得吧，有道理。也正因为她的强势坚持，戈们汇团队的战斗力一直处于爆棚状态，五年来没有下降，哪怕那么一小格。而她自己，也在不断创造各种神勇的事迹。马拉松PB322、百公里越野、戈壁A+等，一直在不断突破自己的极限。2019年，她登上了慕士塔格峰，这是登山界公认的攀登珠峰的资格门槛线。看着她登顶的照片，深深感到什么叫高山仰止。我们大家都相信，在不远的将来，珠峰一定有她的身影。

其实这些也不重要。

重要的在这儿。戈11，赵珊训练时摔了门牙；戈15，我带队训练也摔断两颗门牙。这算前后呼应吗？世事奇妙，你永远不会知道缘分这玩意儿会以什么面貌出现在你面前，say hello。

从此，我和赵珊在戈壁这个话题上又多了一个共同语言：门牙。

马劲松

马劲松（其实他不老，在我们这波人里算年轻的），来自同济，戈们汇华东站站长（我隶属华东站，因此他是我的直接领导），非典型工科男。这名字取得好，跟马拉松一字之差，不跑步简直说不过去。据说同济戈友叫他马叉虫，因为他每次比赛，都穿得花枝招展的。

说老马是工科男，因为他较真。听说我在写戈友，他专门发来自己的跑步简历，意思很明显，就怕我瞎写，不准确。他还特意

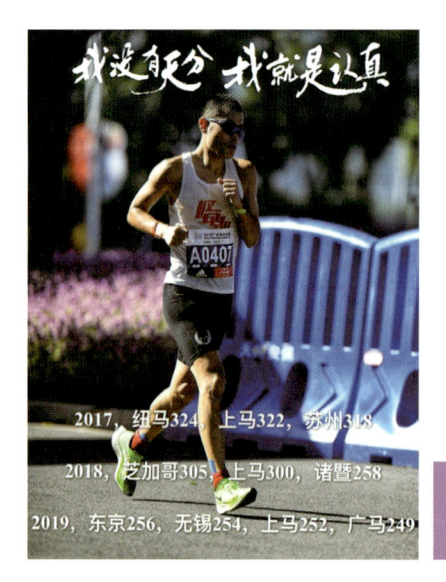

◀ 马劲松

嘱咐，认真写，他以后要拿给儿子女儿看的。我瞬间觉得责任重大。

来看看老马的出色战绩：马拉松：2016——柏林331，上马328；2017——纽约324，上马322；2018——芝加哥305，上马300，诸暨258；2019——东京256，无锡254，上马252，广马249。越野：2019——崇礼100公里，香港100公里；2020——崇礼168公里；熊猫by utmb 168公里，2021江南168公里。

怎么样？关键不是成绩，而是这货这些年一直在跑，不是在比赛，就是在去比赛的路上。而且，越野的距离越玩越长，越来越猛。更变态的是，这些年的马拉松成绩一直在提升，目前还没有止步的意思，背后就是一颗好胜的心，一种干啥都要干到极致的性格。

请特别注意有一场比赛是在诸暨。习惯参加大型著名赛事的人，怎么可能看上这种小赛事？

老马狠就狠在这里。当时跑完，他告诉我，上马遗憾没能破三，所以去了诸暨。跑前他告诉自己，今天不是倒在赛道上就是破三。我听了以后只蹦出了两字：服气！打那以后，我称他：马迫杰，日本著名马拉松运动员大迫杰附体。

他自己这么拼也就算了，捎带上我就不厚道了。有一回老马来杭州公干，说中午有时间，我巴巴赶过去请他吃饭。结果，这位老兄说要控制体重，饭就不吃了，改跑步吧。炎炎夏日的大中午，我绞尽脑汁终于抑制了他冲到大街上跑步的欲望，改跑步机。老老实实跑步也就算了，还非要拿手机拍视频玩儿，搞得我也忍不住拿出手机互拍。这下就出问题了。老马能力强，边跑边拍没问题，我就惨了，直接摔了，被跑步机甩出去，胳膊蹭掉好大一块皮。能力啊，我怎么把这茬儿给忘了。后来，带着老大一疤去上海开规则委员会会议，被曲向东看见，说我是为老不尊。

说老马是非典型工科男，在于他有一颗细腻的心。别看他经常胡子拉碴好像很粗犷的样子，其实就是个典型的上海男。也许是做销售的缘故，他很细心，很会照顾别人的感受。说到生活，说到家庭，你会讶异于这样一个猛打猛冲的汉子，竟然是如此细致入微地安排着家人的生活，甚至把十年后的计划都排好了。用老马的话说就是，凡事预则立，不预则废。

爱生活，拼工作，认真跑步，这样的人，你说，还有缺点吗？

蒋 磊

蒋磊来自重庆大学。戈 11 的时候是以观摩队队员的身份走上戈壁。彼时，第一次参加戈们汇的活动，他在台上诚挚邀请大

◀ "叨叨叨"三人组，C 位是蒋磊

家帮助重庆大学建立戈赛体系,很坦率,有点胖,有点可爱。

后来,他成了重庆大学戈友会创始会长,很有点德高望重的样子。重庆大学这几年在戈赛中大踏步前进,势如破竹,成为各个院校不可忽视的对手,也成为西部院校霸主。这些成就,确实是从蒋磊这儿发端的,功不唐捐。大家都知道,从无到有地组织戈赛是多么不容易,要花费多少时间和精力,还很可能搭上事业上的损失。能无怨无悔地付出了,还一如既往地欢乐,蒋磊不简单。后来,他又成了西部戈友联盟轮值会长,人称"西部大帝"。"登基"仪式我没去,作为没有任何社会职务的戈赛丁饭人,我只是默默念叨了一句:"苟富贵,勿相忘。"

听说我要写他,蒋磊忧心忡忡,担心我三言两语就打发了他,成了"宋兵乙"。我说,怎么可能啊,就凭您在戈们汇的受欢迎程度也不能啊,不然的话,会有女粉拍砖的。放心,我不会让你第一集就领盒饭的。

蒋磊在戈们汇有个昵称,女生送的,叫"磊磊"。虽然我们男生不太叫得出口,但可见这家伙在女生那里是很受欢迎的。

其实,男生们也很愿意跟蒋磊交往。没别的,因为他对待朋友真诚,绝对不要心眼。这在40多岁的老男人世界已经很难得了,大部分人都在油腻的道路上越走越远。

对朋友,他不客套。有一年十一假期,他说自己闲得没事,我说我也没事,来杭州吧。然后,他买了机票立马出现在我眼前,吃喝两天又走了。率性真实,令人愉悦。

对朋友,蒋磊不会说恭维话,总是有一说一,想啥说啥。比如,他好几次嘲笑我,说跟我这么个文科男没法儿沟通商业计划,因为我逻辑不行。奇怪的是,我竟然不生气。

对朋友，蒋磊很坦率。心情不好了，就会求安慰。比如，因为他一度情绪低落，我和老马在一个炎热的夏季专门飞到重庆，陪他吃饭聊天。三个老男人，还玩集体约会，也是醉了。

我个人特别感谢蒋磊。2020年10月，我从美国回来，根据疫情防控政策，需要隔离14天。为了缓解我的无趣无聊和焦躁，他和老马（马劲松）专门拉了一个三人群，取名"叨叨叨"，陪我聊天解闷，还给我快递啤酒（当然被工作人员没收了），给了我好大安慰和鼓励，使我不至于在隔离期间发疯。在这件事情上，蒋会长功不可没，患难见真情，多谢多谢。

蒋磊，继续保持本色哈。真实真诚，这都是稀缺资源。切记切记。

俞 进

俞进来自同济。不错，是老马的队友，小二班台柱子之一。在同济，他昵称"大叔"；在小二班，他被叫作"星巴克"，又称"星爷"。

◀ C位俞进，芝加哥马拉松再次轻松破三

几年前，小二班杭州聚会。俞进在火车站为了喝一杯星巴克，愣是把火车给误了。从此，星巴克就成了他的别号。至于"星爷"，那是尊称。高大帅气还能跑，马拉松破三，不是爷是啥？

星巴克破三之路也是充满传奇。赛前关键的训练期，因为牙医的一个低级失误，一根用于根管治疗的钢针掉进了喉管，然后紧急手术，幸好有惊无险。可是，他竟然没耽误训练，休息数日后立即猛干，其意志力和决绝的态度，可见一斑，可叹可佩。

自从2018年成功破三后，此君每逢比赛，成绩都稳定在三小时以内。偶尔跑出三小时开外，也是因为比赛途中精力过剩没事儿瞎计算搞错了导致的。据说今年星爷再次复出戈赛江湖，成为同济戈17幕后大佬。看来，2022年的戈赛中，同济又要大展宏图了。

星巴克是美食家，跑圈第一美食家。跟他一块儿玩，根本不愁吃喝，从苍蝇小馆到精致餐厅，他总能找到最好吃的地方。今年我在波士顿跑波马，此君不远万里，不问我跑得如何，只是为了发一个牡蛎餐厅的地址，让我一定要去尝一尝。总觉得，他是被跑步耽误的美食家。

星爷今年黑练得厉害。那天在上海，他和马劲松、姚渊就像一堆皱纹一样推门而入，把我惊呆了。这几位一说话就是深深的抬头纹，瘦得不忍直视。为了成绩，简直是刻苦到了极致。当天下午，加上晓韵，我们五人在咖啡馆点了一块小蛋糕，竟然没吃完，都是疯狂控制碳水的戏精。祝福星爷和要货们，PB再PB！

因为搞活动的时候，我经常和星巴克住一个屋。现在我俩成了小二班内部著名的"CP"。

我想说，我很荣幸。

向星爷学习，学习他的精致的生活态度和坚忍不拔的意志，与上得厅堂下得厨房的全面气质。

王 浩

王浩来自中欧国际商学院,也是小二班著名偶像级人物,又一个马拉松破三大神。最近,他成为自己投资的体育服装品牌代言人,其英姿飒爽的样子频繁出现在朋友圈和推广文稿中,颇有跑而优则演的趋势。一众女粉丝因为浩哥而尖叫,继而掏腰包买衣服,销量大涨。

浩哥在小二班的绰号是"误点小王子",他因为航班经常误点而成为机场一日游的典范。小二班聚会,如果有人迟到,那一定是浩哥,大家都不问原因,只是以喝酒表达无限同情。

其实,经常误点只能说明浩哥很勤奋。作为投资人,跑企业做调研;作为创业者,跑市场做调查,觉得他一直在路上。

◀ 王浩

浩哥另一个特色是给人取绰号。小二班大部分绰号都出自他手，幽默中透着智慧。

浩哥的投资领域越来越广，最近涉及到运动装备市场，因此，小二班的着装风格也随着改变。想知道他最近在投哪个品牌，看我们的衣服就知道了。小二小二，一家亲。

又及：刚收到消息，说是浩哥最近对头发越来越少一事表现得非常担忧。其实大可不必。浩哥跑得快长得帅，一直处于被模仿始终无法超越的最高境界。

曹继东

曹继东来自新加坡南洋理工商学院。小二班东寨寨主。东东像个大家长，操持活动那叫一个细致入微。由于小二班一半成员在华东，所以东东管的小二人数是最多的。

◀ 曹继东

东东特别有文化情调。在上海组织活动，他一定加一场人文典故的介绍，比如城市的变迁、历史建筑的故事以及名人往事等，让整个活动一下子拔高了好几个层次。

东东热情。小二出差或路过上海，他一定会主动联系，只要时间允许，就会安排聚餐，能来的都来，地点也选的颇讲究，菜品好，环境亲切，让人有家的感觉。逢年过节，东东必召集华东区域内的小二聚会，大家互道祝福，家长里短，就像家人亲戚间的互相走动。

每逢在上海比赛，那东东自动就成了大管家。赛前的食宿安排，比赛当天早上转运小二的行李，等等，只有你想不到的，没有他做不到的。久而久之，我们都被东东惯坏了，仿佛到了上海，就自动进入投喂模式一样。

我常常羡慕上海的小二们，有东东就在身边，温暖常在。

谢家福

谢家福来自厦门大学管理学院，是咱们小二班的老大哥。2020年女儿出嫁，小二班去了好多人祝贺。

福哥热情，随时准备出手助人。他绰号是"谢神医"，有关运动伤痛，就没有他不知道的，而且绝对是有求必应型。小二们集体冲击马拉松 PB 那次，只要谁有个啥伤痛，福哥立马出现，要么拍视频，要么画图，反正一定弄到你学会怎么处理为止。如果线上不行，那就买张机票飞过去人肉解决。我就享受了这样一次超级 VIP 服务。记得那时，因为训练强度大，拉伸按摩跟不上，导致我的两条大腿肌肉很紧。福哥觉得问题严重，直接飞到杭州，帮我踩了两天大腿，直到全部松开为止。完事就飞回了广州，简直跟飞行医生一样。我感动得想哭，竟然来不及说谢谢，他就已经走了。

一直没明白福哥怎么对运动伤病学这么精通，反正就是很厉害。他的设备也齐全，竟然有超声波枪，也曾寄来给我用，搞得杭州的康复师震惊不已，觉得这些专业设备在我手里出现，简直不可思议。于是，我又自豪膨胀了一把，大概吹了些牛，说小二班藏龙卧虎人才辈出云云。

福哥现在开始带徒弟训练了。既会跑步，又懂康复，这样的师父哪里找去？他的徒弟们有福了。

姚 渊

姚渊来自上海交通大学安泰经济管理学院。他自号"途狼"，小二班叫他"小狼"。绰号如其人，他经常深更半夜不睡觉，在群

◀ 姚 渊

里冒泡发声,点评一下大家的发言,顺便落井下石兼拿小刀子捅两下,然后心满意足罢手,剩下那个被摆了一道的倒霉蛋在风中凌乱。我把他这个行为定义为:半夜狼嚎,有月亮没月亮都嚎。

小狼低调,低调得有些过头。他经常使用的词汇是:羡慕和佩服。无论别人干了件啥事儿,比如仅仅跑了一场比赛,他说羡慕;别人晒了一张训练数据卡,他说佩服。反正别人都很强很厉害,就他低到尘埃里。不知道的人还以为他被社会毒打得有多惨,天天挣扎在底层。其实,他滑雪,他潜水,他玩儿车,他收藏相机,等等,上天入地,天地宽阔,人生赢家。很多次想跟他说,谦逊过了头就成了影帝,演多了,人家不信。

小狼正直。他做人底线有点高,看到看不惯的事情,大多隐忍不发,因此经常不快乐。但遇到挑战原则底线和价值观底线的事儿,他经常拔剑而起,掰扯到底,抗争到底。这个时候的他就像一个斗士,一反平和低调的惯常形象。也因此,小狼是个特别靠谱的人,值得信赖。

小狼又被称作"狼妈"。没错儿,又一个叫"妈"的大老爷们儿。不消说,跟戈赛有关。他是戈12领队。当队员的时候是冠军,当领队还是冠军。圆满得无以复加。然后,戈15的时候,他又复出了,这一次更是担任交大安泰户外协会副主席,分管戈赛。在他的带领下,交大戈15和戈16面貌一新,井然有序。毕竟,在这么一个三观正、又有管理艺术的家伙手里,队伍一定会越来越好。至于戈17乃至戈18,可以确信的是,他肯定会继续去戈壁吃土并甘之如饴。

张 霞

张霞来自长江商学院。大家更习惯叫"霞妹",她自称"张小胖",虽然已经瘦得令人发指。

霞妹浙江医科大学毕业,之后转行金融业,年纪轻轻成为上市公司高管。张爱玲所谓"成名要趁早",说的就是她这样的。

霞妹对自己非常狠。脚踝处韧带断了一根半,打个绷带就去跑马拉松,竟然还 PB 了。按理说医生出身,应该更谨慎才对啊?

霞妹不仅对自己狠,对跑步机更狠。由于平时工作忙,她的大部分训练都在跑步机上完成。请注意,经常一跑就是 30 公里。我总觉得那台跑步机被这么折腾,也很痛苦。

初识霞妹,就是因为她要备战上海马拉松,饶南想把她从跑步机上拉下来进行路跑训练,但苦于没办法。考虑到我和她都在

◀ 张 霞

杭州，他就找我帮忙。于是，我就成了那个把霞妹忽悠到操场，然后递水递毛巾搞后勤保障的人。

平时找霞妹聊天吃饭，我不跟她讨论跑步。因为她跑得太快，我跟不上。顺着跑步的主题聊下去，我说不到点子上，她听得也无趣，容易把天聊死。所以，我跟她聊金融，聊经济，这些都是她最擅长的，我乐得当学生，听听她的独到分析和见解。于是，这饭吃得就更有营养了。

霞妹为人直爽干脆。找她办事，行就一定行，不行就是不行。无论答应还是拒绝，都只要三两句话就完事，不用费劲啰唆。

霞妹豪爽，酒量超级大。有一回，老罗来杭州，当晚喝酒，她左右开弓，我喝到断片，老罗醉到回不了上海。然后，她把我俩一一送到家或宾馆。第二天一大早赶飞机出差去了。

总觉得霞妹这个名字应该改一个字更合适：侠妹。

史力光

史力光来自浙江大学管理学院，戈15领队，队员们喊他"糖爸"，

◀ 史力光

又甜又温暖，暖男形象既视感。

力光大我两岁，所以我叫他光哥。

光哥瘦瘦小小的，跑得飞快，人又和善，人人说起他都竖大拇指，德艺双馨。除了跑步，他还喜欢骑车。2017年曾经花了20天时间沿着318国道从成都一直骑到了拉萨，共2100公里。谦和的外表下，显然藏着一颗狂野的心。

跟光哥搭档一起带戈15，算是撞大运了。我急躁易怒，光哥和风细雨；我粗枝大叶，光哥心细如发；我大刀阔斧，光哥谨慎严谨。换句话说就是，我到处捅娄子，光哥默默当着补锅匠。连队员们都说，我俩是绝配。

我的带队风格强硬，在敢于战斗的同时也容易得罪人，是光哥挡下了枪林弹雨，让我能安心搞好训练。前两天我还在跟戈15的兄弟感慨道："你们全都个性十足，真不知道当初我是怎么把你们带下来，竟然自己还保持完好的！"感谢光哥，没有他，我估计早就天雷对地火，黯然下课了。

光哥实在，从不说漂亮话，默默干实事。所谓事上练，光哥绝对可以称得上优秀。日常训练，他一定会把水果、面包和饮料准备齐整，结束后收拾干净。这些琐碎的日常，他一干就是半年，丝毫没觉得烦躁。知道我爱喝啤酒，每次外出拉练，他都会买好一打放我房间里，也不吱声。最夸张的一次是在戈壁拉练，最后一天到戈壁清泉后，他从包里掏出一罐啤酒给我，说是老早就放包里了，特意给我备的。

光哥温和，但不代表没原则。他的道德感非常强烈，只是深藏机锋。他就像林徽因说的那样："温柔要有，但不是妥协。我们要在安静中，不慌不忙地坚强。"他心中的价值观和底线，坚如磐石。

光哥为人低调，一直很谦逊，只是偶尔兴致来的时候，会跟我说说当年的奋斗史。我算了一下，他日进斗金的时候，我还骑着二八大杠满杭州城转悠找线索写新闻稿。差距啊。今天的他，甘愿给戈15队员当保姆，管吃管喝，竟然没有丝毫违和感。我觉得光哥是返璞归真了，境界升华。

光哥随和，跟他在一起会觉得很放松。戈15早就结束了，可我至今仍然常去他家坐坐，随意地往沙发上一靠，聊天侃大山，然后看他下厨，顺便蹭一顿饭，很快乐。

偶然说起低调这事儿，他看着我，很认真地说："低调的意思就是：你老崔写书，我啥也不写。"

……

我不得不承认，他说得很对。

对我来说，带戈15这一年，最要感谢的人就是光哥，没有之一。在我身处至暗时刻的时候，光哥的善良是我可以依靠的力量。光哥就是那个从不说情怀、默默埋头干活的人。我们可以少几个喊口号的，但少了他，万万不行。

跟光哥在一起时间越久，就越觉得有太多地方值得我好好学习。

但是，有一点是怎么也学不会的。那就是他的那副好脾气，跟谁都笑眯眯的好脾气。

"油爆虾团"——朱亚男、孔强和张瑜

对我来说，这三位都是戈赛前辈级人物。亚男来自清华大学

▲ "油爆虾团"参加伦敦马拉松

经济管理学院,戈 2 的;孔强和张瑜都来自中欧国际工商学院,孔队长戈 7,张瑜戈 10。

亚男是著名"国际跑马民工"。我的第一个海外赛事——雅典马拉松就是在他的组织安排下成行的。亚男早在 2018 年就已经完成了马拉松六大满贯赛事(东京、纽约、芝加哥、波士顿、柏林和伦敦),强哥、瑜儿和我在伦敦马拉松上见证了他拿到六星奖牌的高光时刻。彼时,国人中拿到六大满贯奖牌的也就 100 人左右。亚男的跑马业绩让我们仨羡慕得不行,于是决定起而效仿,开启六大满贯之旅。可是直到今天,我们仍然在完成的路上奋斗,离目标还远得很,也因此更加佩服亚男的决心和执行力。

孔强是中欧戈 7 冠军队的队长,实力之强劲自不必多说。大家称他"强哥"，就有一哥的意思在里面。更让人钦佩的是，此君这么多年下来，跑步成绩还一直在稳步提升中，现在已经步入24X的行列，这是停不下来的节奏。2021年4月无锡马拉松赛后，我俩遇到，他说这次没跑好，我好奇问了一下成绩，他答：247（2小时47分）。这就叫没发挥好？！记得当时特别后悔自己多嘴，对于我这么个跑了313还乐不滋滋的"跑渣"来说，这样的对话简直太打击人了，伤害性不大，侮辱性极强。看来，精英选手对于成绩的定义和标准确实跟我们普通跑者的理解有着天壤之别。

相比之下，瑜儿就比较亲民，跟我一样，平时以健康跑为主，不追求速度，也不把自己往死里练。徒步、登山、游泳和慢跑，她是多个运动项目全面开花，有点全方位锻炼身体不留死角的意思。也是，对健身来说，适合的就是最好的。记得我俩好像一起跑过一个半程马拉松，配合默契，跑得愉快，以后继续。

比跑步更重要的是，这三位都是创业领域里的佼佼者，事业都做得很出色，在数字科技、平台经济和新能源领域里长袖善舞，干得风生水起。由于都在杭州，我也得以有机会经常向大佬们讨教，聆听分享，醍醐灌顶，胜读十年书。这几位再次以实际行动证明了：跑步跑得好，干啥都会很出色。

我们几个组了一个群，把家里的最高领导都请了进来，群名是家属们给取的，叫作"油爆虾团"。意思就是阳光暴晒，都把自己跑成了油爆虾。从柏林马拉松开始，此群经常集体出行，跑步＋旅行＋聚会＋分享，生活工作健康三不误，很有"三人行必有我师焉"的意思。因跑步而结识，进而互相帮助互相学习，人生路上，良师益友相伴，夫复何求。

油爆虾们，咱们不散伙，继续前进吧。

不管命运如何限制选择，在人的生命里头存在选择

戈15：返场

艰难的返场抉择

加缪说，生活就是选择的累加。

选择当然很重要。

选择是一种思维方式，因为在选择的时候你会斟酌、犹豫，然后选择。

选择是一种勇气。因为在选择的时候，就意味着要承担由此带来的结果或者后果。

选择也是一种恐惧。因为有了选择，才会有，或有承担、不承担、失败、成功的恐惧。

返场，英文叫 Encore，指的是舞台表演艺术家包括但不限于歌手和乐团，在演出结束后被观众的掌声再次请出来加演一两首曲目。Encore 越多，说明表演越精彩，深受观众喜爱。

可是，2019 年底重返浙大带领戈 15A 队，这个所谓的返场，完全不浪漫，也不是因为我有本事，纯粹是困难局面下的迫不得已。

一：因种种原因，原主教练在 11 月初辞职离开。此时离戈 15 开赛不足六个月（当时还没有疫情这一说），再找一个教练从磨合

▲ 说不清道不明的戈赛

开始到熟悉队员，时间上已经是不允许。而且，要寻找这样的人选也是难上加难，没有教练愿意冒险在这么短的时间里整合队伍去比赛；

二：既然现实如此，唯一可行的就是从浙大内部物色老戈当教练，这纯属无奈之举。选择我，多半是因为我曾带过戈12，还带过台中兴戈14A队，老干部人老心不老，这些年一直在戈壁折腾，业务也没怎么荒废。

三：当时整个A队的训练比较散乱，算算距离正赛也就五个多月时间，实在耽误不起了，事情再拖下去就无法让这些队员在戈15开赛前做好应有的准备。

彼时，我刚参加完芝加哥马拉松，从美国回来不久，时差还没倒顺就被电话吵醒。几番拉锯后硬着头皮接下了担子。这可是浙大戈赛史上第一次由老戈担任主教练，抛开专业性不说，这前所未有的一步跨出去，风险有多大，我也考量过，搞不好就是一地鸡毛的结局。回想在芝加哥，我还信誓旦旦跟交大安泰的姚渊说，戈赛已经翻篇了，撂开手了。言犹在耳，就被现实打脸。Never say never. 这话看来是真理，要记住。

那段时间接连失眠，反复权衡。理智告诉我，这个决定不靠谱，所谓天时地利人和，没有一样具备。队伍没士气，组织团队关系错综复杂。感性的那个小人告诉我，当海面平静时，任何人都能掌舵。所以，试试吧。要想使自己足够坚强与自信，最好的办法就是拿出胆量去做那些你认为没有把握的事。我是双子座，本来两个小人打架就打得不可开交，这次更甚，结果就是双方不分胜负，我卡在那儿进退两难。最后，当我试着换位思考，把自己放在戈15队员的立场看问题的时候，一切才豁然开朗。事实就是，现在没有比队员们更焦急更六神无主的了，他们急需有人站出来扛起责任，带着他们继续前行。回想戈11，我们当年也曾遭遇换教练风波，那个混乱的局面至今记忆犹新。所以，虽然有顾虑，压力和困难也不少，可还是担当一次吧，就能算是对自己能力的一次考验。

决心既下，义无反顾。

走马上任前一天，我给老戈们写了一份说明：

实话说，从个人角度说，A队、领队等都经历过了，戈赛已经是过去时，继续在这个坑里折腾的动力不复存在。

这次中途接手，也是长考了一周。风险很大，搞不好原本还算完美的戈赛经历会添上失败的一笔。各种关系错综复杂，也与我当初带队的时候的局面不一样。我个人有理想主义情结，戈赛在我眼里是纯粹的认真的付出，不愿搅入人事纷争的浑水里。

心理建设一周，在思索的过程中，也意识到，自己身为浙大老戈，烙印是除不掉的，每年的5月，目光终将投向戈壁。既然目前戈15有困难，能尽一份力量那就尽己所能吧。几位老戈左右协调，那就接受吧。虽然至今为止，我都没敢把继续上戈壁的决定告知家人……

既然接受，就竭尽全力。不敢奢望所有人的理解与支持，不敢奢望一切顺利，更不敢奢望一个月后是否还在带队，唯盯住当下，干一天就认真一天，随时做好身败名裂离开的准备。那一天来临的时候，至少我可以跟自己说，努力过了，对得起浙大戈友的称谓。

今天的竞训部成员中，有我多年的搭档老友，也有志同道合的伙伴，还有一些我不太熟悉，或者有不同意见的。这都没关系，只希望

◀ 与 A 队的第一次见面会

大家把这当作一个团队,合作共赢。

这是一个苦差事,麻烦大家了。请多多关照。

崔予缨

2019 年 11 月 20 日

幸运的是,我遇上了一个好搭档:史力光。光哥为人低调务实又友善包容。他全面负责戈 15A 队事务,我主抓训练和比赛。在接下来的一年里,我俩配合默契,步调统一。得亏有他的协调和统筹,才使得我们能从困难中一步步把队伍带出来。

所谓努力，就是日复一日的坚持

对于戈赛这件事情，我的态度是：要么不做，要做就百分百投入，全力以赴。

A队不是晒伤痛的，而是晒成绩的，戈赛需要硬功夫，具备足够的能力才可参赛。戈友们都是来自各商学院的企业家，冲A上戈壁，既代表自己，也代表学校，因此大家对于成绩和排名都非常在意，这意味着荣誉。而取得好成绩唯一的办法就是刻苦训练，这也是竞技运动的基本常识。对于A队来说，如果仅仅是来体验或者搞情怀，那就是反常识，就是怂。A队可以实力不如别人，但绝对不可以跪着输。努力到无能为力才是唯一的道路。

埃隆·马斯克在一次访谈中说道，任何时候都不要忘了，公司存在的意义就是为客户提供更好的产品，为客户创造更多的价值。只有把本质做好了，才会有利润和投资收益。无独有偶，戈赛作为体育比赛也是一个道理。如果能够尊重常识，就很容易统一厘清愿景和使命。对于A队，常识就是：以比赛成绩为中心，以训练为本，长期艰苦奋斗。问题恰恰就在这里，就跟所有人都明白以客户为中心而事实上很多公司在资本逐利面前迷失一样，对待戈赛，尤其是A队，总有那么一些人，你跟他谈成绩，他跟你谈情怀；你跟他谈猛干，他跟你谈感悟。永远不在一个点上。

眼下的这支戈15队伍，就或多或少存在着这样一些模糊认识。那么，也没啥好说的，正本清源，带队就先从树立正确的A队价值观和使命愿景入手。作为团队领导者，一定要有清晰的认知，这个认知包含着对自我、对环境、对团队、对他人的认知。据我的观察，要在短时间里重塑队伍的面貌，只有一字诀：严。跟光哥商量后，我们开始了行动。

第一步，尊重竞技运动常识，严格管理，确立团队原则：纪律严明，高度自律，言必信，行必果。

首先就是明确团队愿景——A队不是扯情怀的地方，大家都应该成为严肃跑者。虽然能力有高下，但必须刻苦训练，努力到无能为力，拼到感动自己，以提升成绩为首要目标；A队不是一个可以随意进出的地方，也没有乐跑的空间，需要的是自律和奋斗。A队的资格是每个人努力赢来的，值得自豪一生。这就是戈15A队的常识，不容置疑，不认可这条的，请离队。事实上，只有明确了团队目标，心有常识，才能帮助大家厘清形形色色的错误观点，逐渐看清跑步这个项目的客观规律，不再受似是而非的模糊理论的困扰。

其次，要求队员严格执行训练纪律，连续两周有缺课现象的，则从第三周起不再提供计划。这一条在当时的情况下尤其难以做到。队员中除了章飞月曾经在训练营开营之前跟着我训练过三个多月以外（事实上，正因为有这层众所周知的的"师徒"关系，所以我对她是最严苛的，非但没有偏袒，反而批评最多。飞月为此实在是吃了不少亏，很多时候确实委屈得很），其他人我都不认识。大家之前由专业教练带训两个月，现在转换到由一个非专业的老戈友负责，所以对训练的专业度抱有怀疑、质疑和观望态度。说实话，这也很正常。因此为了把纪律执行到位，在这个当口，说一千道一万不如行动起来。我要做好 rule model，要求队员做到的自己必首先做到。时值冬季，杭州阴冷多雨，很多队员碰到刮风下雨都有畏难情绪。我就专挑下雨天出去跑步，跑完把数据发布在群里，一句话不说。几次下来，队员觉得这个老戈教练话虽然

◀ 章飞月

不多，但却是玩儿真的。光哥则每逢训练日，无论刮风下雨，都是最早到，把补给安排妥帖并亲自下场带队员。于是乎，大家也只能硬着头皮跟着干。久而久之，训练完成度也就上来了。虽然多少有些碍于面子被迫完成的成分，但对我这么一个没专业资历的老戈教练来说，这个结果也算不错了。

第三，坚持训练理念不动摇。针对戈15绝大多数队员以前都没接触过长跑，纯粹小白起步的情况，我认为欲速则不达，还是要从零起步，慢慢培养跑步的习惯，一点一滴地积累有氧耐力。如果一上来就进入强度高、跑量大的训练轨道，很可能得不偿失，反而造成伤病等一系列问题。同时，回头看看自己，也是从小白开始，由于方法不当，在好几年的时间里进步缓慢甚至止步不前，直到 2018 年开始沉下心来，采用慢跑的方式踏踏实实训练有氧能力后，跑步能力才有了长足进步，短短三个月成绩提升也突飞猛进。因此，不存在绝对正确舍此无他途的跑步理论，也不存在无效的训练手段，只有适合不适合的问题。有鉴于此，在跟光哥深入沟通后，我决定采取有别于强调速度的训练方式，反其道而行之，制订了压低心率慢跑的方案。队员们明显不适应这种龟速跑，这与他们之前三个月的训练方式完全不同，看上去不是在提高而是严重下滑，一时间质疑声此起彼伏。他们的不解以至不满也传递到了众多老戈友那儿，加之这样的训练方式和理念当时也存在争议并不被看好，无形的压力排山倒海而来，几乎到了要让我改弦更张或者下台的地步。我的态度也很简单，方案不调整，不让步。大胆假设，小心求证，我们只是需要细致的工作和时间来证明其有效性。我认为，训练理论有很多，都行得通，条条道路通罗马。只是，我们需要择其一坚持下去才看得到效果，千万不能朝三暮四。当然，我也欢迎队员来交流沟通，从心率、有氧耐力、脂肪供氧能力、血红蛋白等多方面给队员解释这套理论，接受各种刨根问底的问题并解答之，但原则和纪律不变，队员必须贯彻执行每一个要求。我有言在先，你们说服得了我，就按你们的来；说服不了我的，就按我的来。印象中，徐跃兴找我讨论得最多，他是特别较真的一个年轻人。我俩经常电话或者微信一聊就是一个多小时。有的问题还挺刁钻的，我也是绞尽脑汁地找各种角度和案例予以回应，心想总不能被问倒吧。而且，这种 Q&A 的方式，也是自我完善低心率跑的理论体系的好机会，毕竟，理越辩越清晰。所以，我一直很享受这种你来我往的辩论，每次竟然都是我意犹未尽，跃兴则精疲力尽。最后，照他的话说是，你说得好像有道理，我也找不出可以反驳的地方，那就执行吧。跃兴是天赋型选手，也是当时全队中跑得最快的。我用这套训练方法把他从激进的状态里抽离出来，慢下来，强化有氧基础，防止伤病，确保以最好的状态出现在戈壁赛道上。队长王丙权在我接手队伍的时候是个初级跑步者，他倒是没啥别的想法，就是不折不扣完成训练，结果从一个"小白"进阶迅速，甚至从后队一直跑到了前队。飞月跟我训练的时间最长，对这套方法也最适应，一直按部就班，无伤无痛，是队里发挥最稳定的女生。洪光虽已是跑马老手，也按照新的训练方式从头开始，既有效避免了伤病，同时又进一步夯实了有氧基础，成为能够持续稳定输出的全队中坚力量。当然，凡事不可一概而论。虽然我坚定地认为我们走在一条正确的道路上，但也不反对个别一时实在无法适应的队员选择其他方式训练。对此我持开放态度，只要在拉练和选拔等时间节点上跟得上全队的节奏就可以。在关键的事情上，面对质疑和争议，做人要有点儿精神，要有一股子精气神。如果把带戈赛队伍当作一项任务或者事业的话，没有勇气、锐气，就会唯唯诺诺，干不成事情；如果没有骨气，不坚持，何来带队的权威？既然在这个位置上，我就要按自己的原则去干，不说大话，不搞形式主义花样，有错就改，没错也不会口是心非认错。慈不掌兵。在商学院这个江湖，大家不是中高管就是董事长，各路神仙，个性鲜明。放在戈赛的背景下，如果带队只是为了和大家搞好关系，发展人脉，谁都不得罪，也是可以的。但这绝对不是做事的态度。要把事情做成，有时候就得有一根筋的劲儿。就这样，大家虽然将信将疑，但还是按照要求练了下去。两个月后，事实证明这套方法还是有效的，磨刀不误砍柴工，大家的能力提高了，拉练和选拔的成绩说明了一切，那些曾经的争议也就烟消云散。

在一个团队里，有些事应该从善如流，有些事绝对不能随波逐流。目标一旦明确，只要认为这件事是对的，就要坚持做下去。出发点一定要正。这个正，就是不要裹挟私心。坚持对的事，中间依然会有很多人反对你，但大部分人会慢慢理解你。做任何事情都不可能让所有人满意。如果让所有人满意了，这件事也就悬了。在戈15团队，既然我把训练方法视作整个队伍实现成绩突破的核心，就像战略决策是一个组织实现愿景的核心一样，那就必须顶住压力坚持执行，不应该半途而废。对决策执著自信的领导者才能赢得团队成员的敬佩继而产生信赖感。

经过两个月的梳理，整个团队的愿景、纪律和训练理念全部明确。规矩有了，管理到位，这支 A 队的努力方向也就明晰了。作为主管和教练，我既是规则的制定者，也是身体力行的参与者，同时也是积极的沟通者。行动是最有说服力的，I jump（躬身入局）所产生的示范效应有助于提升整个团队的信心和行动力。

第二步：滴灌工程。戈15的训练计划都是根据每个队员的能力和状态个性化订制，人手一份，我称之为"滴灌工程"。在队员们能力参差不齐的时候，也只有这样，才能更有针对性地为队员补短板，用最适合每个人身体状态的方法更有效地提升水平和成绩，进而最终达到全队水平基本趋同的目标。一支队伍里头部和尾部都很突出的情况在戈赛这种团队赛中绝对不是好事，必须想尽一切办法把差距缩小，使尾部小集团的跑步能力迅速提升，无限接近头部，才能在比赛中有所作为。滴灌工程的优势就在于可以动态掌控各个队员的训练量，做到精准施教，但也意味着计划的制订者必须耗费大量时间和精力关注队员的状态，随时做出相应的调整。说到这儿，顺带吐个槽，都知道带戈赛队伍不容易，难在哪儿？要我说最大的难处就是：时间就这么多，把业余时间全部都贴在这上头肯定不够，还得搭进去一些忙事业和家庭的时间。这事儿，就不能按照一般意义上的价值标准衡量了。只能拿海明威的一句话自我安慰："我为我喜爱的事情大费周章，所以我才能快乐如斯。"

这个滴灌工程，看上去挺美，实际操作起来确实庞杂费时费力。我采用的方法就是把整个工程分解到每一个细节中去，从制订训练计划开始，到监控身体状态，再到运动康复和营养补充，每一个环节都有明确的中心目标的界限，这样思路就不会乱，也不会顾此失彼。不管多忙，每天我都会抽出时间分析队员的训练数据，发现问题及时反馈，当天的训练当天做总结，绝不过夜。队员写的周训练日志也是每篇必看必点评，掌握的原则是："剋"得多，不等于优点少；表扬少，不等于缺点多。当面指不足，背后说长处。久而久之，队员们也都习惯了第二天一早打开手机看我在前一晚半夜发出的留言和意见；日久见人心，队员们感到自己所做的每一次努力、每一个小小的进步和细节都得到了关注和认可，心情舒畅，无形中也拉近了与我的距离。

戈赛的传承文化中有一句著名的口号：陪伴是最长情的告白。我在带戈 12 的时候把这句话当作组委会的基本价值观，这次也不例外。无论是陪队员跑长距离训练课还是找康复师治疗伤病，光哥和我都想办法亲力亲为。很多时候，交流和沟通并不需要太多语言，只要陪在他们身边，就是一种默默的支持，队员会感到安心，也更有信心。2020 年的夏天，为了进一步提升朱珉的能力，我给她的训练任务是很重的，她也练得很刻苦，一个女生，为了团队成绩在高温闷热的杭州坚持啃训练课表很不容易，所以那段时间我常陪她跑，尤其是 30 公里长距离训练，几乎每次必到，一边跑一边鼓励，她的信心也慢慢地一点点起来了，原本自认为不可能完成的长距离任务每次都能顺下来。陪伴传递的是关爱的态度，也是同甘苦的决心，这种精神力量在攻克难关的时候往往能起到意想不到的决定性作用。

滴灌工程的另一个重要方面就是动态训练管理体系。我把训练规划建立在数据分析的基础上，除了训练数据，还有医学数据（血常规）和来自康复师的健康档案，以此来判断队员的训练质量好不好，要不要调整方案，要补充哪些营养成分和微量元素，是否要控制蛋白质和碳水的摄入量，有没有疲劳现象，伤病是否恢复，等等，一切由数据说话。工欲善其事必先利其器。在这里，数据成了我的利器。虽然我不是专业教练，跑步也仅仅有一些自己的心得体会，但是我相信思路决定出路，从训练数据、医学指标和健康分析报告等各方面收集整理资料，并在此基础上邀请专业人士帮助一起分析，就可以准确地把握队员状态，从而提高训练的针对性和有效性。在这里，经验值被数据取代，主观判断被相对严谨有依据的分析取代，理性大于感性。既然无法集经验度和专业度于一身，就以资料和数据分析补自己专业知识不足的短板，也算是我这个老戈教练的一个解决方案。在我的倡导下，戈 15 成了浙大戈赛史上文字资料留存最多的一支队伍。不仅有周训练计划、医学检查报告等各类数据，还有日常营养和补给方案。队员们每天都要写训练日志，戈壁拉练回来还要交心得体会，动笔勤快。我坚持认为，形成文字的过程就是一个自我反思的过程，是促进队员理解训练和比赛的最好方式，比外力的灌输更有效。飞月有

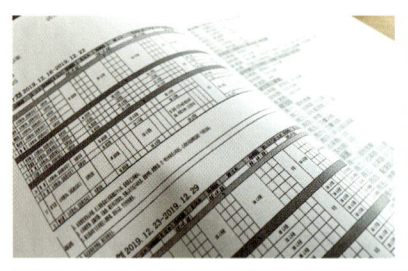

▲ 戈 15A 资料集　　　　　　　　　　▲ 戈 15A 训练计划

心，赛后把所有的文字资料整理成册，居然有二百多页，厚厚一本。滴灌工程的关键就在于细节，只有细节到位了，方案才会精确，才会更有效率。光哥整理和统计数据特别细致，出自他手的报告都很精确，成了名副其实的把关人。当队员收到一份份数据报告和饮食建议的时候，他们能感受到组织者真诚的温度和认真的态度，进而产生信赖。我的体会是，作为团队领导者，一定要有真诚关爱的心态，dare to care，用关爱去激发大家的潜力，让整个团队的战斗力得到充分释放。

"凡人做一事，便须全副精神注在此事，首尾不懈，不可见异思迁，做这样想那样，坐这山望那山。人而无恒，终身一无所成。"曾国藩这句话的意思就是：做事，第一毅力，第二毅力，第三还是毅力。躬身入局两个月，无论是树立团队价值观还是确立训练理念或者是实施滴灌工程，每一件事都在质疑声中艰难推进，没有坚定的沉下来磨细功夫的毅力还真不行。要 get things done，想突破，就要敢于不同，敢于坦诚，敢于尖锐。

事非经过不知难

第一次当 A 队主教练，压力确实很大，毕竟自己只是一个业余跑者，对跑步的认知很有限。海明威说，勇气是压力下展现的优雅。我没这份优雅，只是觉得当初答应接手队伍，真有点儿无知者无畏的疯狂。我常常半夜惊醒，总觉得制订的计划有问题，怕训练方法不对，怕把队员带沟里，战战兢兢如履薄冰如临深渊。每周一定训练方案的时候总是斟酌许久，反复修改几遍才会发出去。但反过来说，有压力并不是坏事。正因为有压力，所以才会不断地去发现问题，不停地去解决问题。我觉得带队就是找问题。只有天天看到不足，天天感到不安，才能天天去进步。

带 A 队，视野应该尽量开阔，要及时敏锐地看到戈赛技战术发展的趋势，但是切忌人云亦云，随潮流，不能一看到别的院校用什么新战术、新技术，立即就跟，就生搬硬套。要从本队实际情况出发，判断自己该走什么样的路。戈 12 的时候，我是小白，抄好多"戈赛名校"的"作业"，再经过一年实践，基本搞明白了戈赛的规律，算入了门。到了戈 15，我是一个借鉴派和改良主义者。借着这些年在戈赛圈儿积累的人脉，我把四处讨教得来的许多经验和秘籍整合进了浙大戈 15 的训练体系。是否博采众长不敢说，但至少是结合了自己队伍的实际情况，同时跟上了先进技战术打法的趋势。

一切看上去都顺风顺水。可谁能料到，世事无常，正当我们全力备战的时候，一场突如其来的疫情打乱了所有的安排。因为实施封闭隔离，所有拉练和日常训练都被迫取消，戈 15 的比赛日期也延后到了 10 月。计划赶不上变化，本来是史上任期最短的主教练（六个月），现在竟成了任期最长的（一年），以前完整地带戈12也不过就十个月。当初接手戈15的时候，想过很多可能性，但万万没有料到还有这种黑天鹅。此时此刻，只能拿尼采的一句话勉励自己："一切美好的事物都是曲折地接近自己的目标，一切笔直都是骗人的，所有真理都是弯曲的，时间本身就是一个圆圈。"要成事，就必须把克服困难当成第一要务，至于成功，那只是副产品而已。

既然如此，那就继续埋头拉车。疫情带来的影响是巨大的。从跑步训练的规律看，只要比赛还没举行，就还处于训练周期里，就不可以有一丝懈怠。一旦停下脚步，有氧能力的退化会非常快，一个月后基本归零，再恢复起来就困难了。因此，怎样在疫情防控期间鼓励大家采取灵活多样的方式坚持训练就成了我最焦虑的事。没办法，只能跟光哥一起，变本加厉下沉队至伍一线，队员的方方面面都要过问，饮食睡眠康复甚至体重等等都要管，定规矩、发指令、回应质疑、耐心解释、再命令、执行，如是反复拉锯斗智斗勇。队员们也不含糊，都是好样的。在这么困难的情况下，大家还是采取各种方法保持了一定的训练量，不至于一切努力付诸东流。

短短四个月时间，历经重塑队伍和疫情两个坎，这一路走来，也算得上是波浪起伏，一波未平一波又起，确实有点手拿菜刀砍电线火花四溅的意思。我不是那种一心能二用的人，压力之下，顾此失彼的尴尬也如影随形。这一年，劈我的雷不是在头顶就是在赶来的路上。其中有个雷尤其印象深刻，让我生理和心理都承受了相当烈度的打击。

5月初，随着疫情缓解，训练和拉练活动也恢复正常了，一切

▶ A 队的贺卡

又走上了正轨,我也松了口气。那是一个周一的晚上,我写完训练计划,靠在床上一边休息一边跟队员微信讨论步频和呼吸的问题,太座在客厅有事喊我,于是赶紧起身往外走,然后就眼前一黑失去意识,等几秒后醒来,已经躺在地板上,满口鲜血,两颗门牙断了。接下来的事儿就可以想象了,当晚紧急送医院,嘴唇上缝了针。回家后,从角落找到了摔出去的手机,上面那条关于步频呼吸的信息还没发出去。地板上,牙印清晰可见。第二天一大早开始,口腔医院院长亲自上阵处理,包括手术在内整整折腾了一天,把我疼得死去活来的。这中间还有队员微信来问装备选择的事儿,也装作无事发生,一一回复了。院长技艺高超经验丰富,一天之内就初步搞定。由于接下来马上要上戈壁拉练,医院加班加点给做了两颗临时牙并用钢丝固定住,勉强能应付。但是院长嘱咐,接下来的几个月不能吃硬的东西,而且只能用刀叉吃饭。

几天后,门牙事件还是让队员知道了(估计就是光哥说的)。丙权队长带着朱珉和春媛上门看望,鲜花上的卡片是这么写的:"亲爱的妈,祝早日康复,训起人来中气十足——戈15全体队员。"关心中透着调皮诙谐,就像年轻人哄老头子,还捎带手指出了我的缺点,真是啥都没拉下,聪明得很。更让我高兴的是,看到这行字的那个瞬间,我第一次真切感觉到,队员们与我的距离感消失了,大家已经真正接受了我,连同火暴的脾气和严苛的风格一并照单全收。那一刻,我觉得门牙断得值(显然太座绝对不会同意)。

▲ 光哥和我在戈壁带队拉练

▲ 磕掉了门牙后在戈壁指挥拉练

也是从那时起,我感到一直严字当头的风格可以改一改了,他们其实已经认同了当下的训练理念。

就这么样,人到中年,成了牙套叔,外出就餐时随身自带刀叉,不知道的人还以为我穷讲究。到了敦煌和瓜州,面对心心念念的美味羊肉也不能如往日般大快朵颐,只能切成小块往嘴里送;每天拉练结束后在休息区,面对戈壁最好吃的蜜瓜、西瓜和西红柿,也只能无奈走开去喝饮料,默默看队员们开心地大吃。凡此种种,了无生趣。唯一的好处是,因为吃得少,体重减得很明显。看过拉练照片的戈友纷纷来电表示羡慕,什么瘦成闪电啊,又要 PB 了啊,等等,我心头千万匹草泥马奔腾而过。想知道秘诀吗?把门牙磕断就行了!

收到队员的那张祝福卡片后,我给队员写了篇文字,算是回应。平日里的严苛不见了,也没有了板起脸训人的架势,我用温和的笔触第一次跟大家谈起了自己的戈壁理想和带戈 15 的初心。

闲 聊

又是一个周一。每周的这一天,有一件事雷打不动,就是写训练计划。

掐指一算,八月有余。

直到今天,我依然战战兢兢如履薄冰,唯恐耽误了大家。

谢谢大家,无条件地跟着计划走了这么长时间。

前几天跟飞月聊跑姿。我说,看看小孩子的跑姿,没人教,却是最完美的。我们只是在成长过程中,渐渐地遗忘了本真。很多事也一样,当我们透过纷纭现象看本质的时候,会发现其实很简单。所谓复杂，只是我们自己添加了许多负担而已。

唯简单，才能快乐。虽然戈15备战期超级长，虽然有围绕戈赛的很多人和事的纷纷扰扰，我们都很累，很孤独，但莫听穿林打叶声，何妨吟啸且徐行，请聚精会神做好当下。跑步，可以很快乐。

因为本队很多队员在外地，凑齐不容易。所以，我愿意诉诸文字与大家交流。我说得不一定对，但一定是真实思想的表达。这几个月来，陆陆续续碎碎念般给大家写了好多文字，全是我对戈赛的理解和价值观，坦诚分享。

话说到这儿，今天就跟大家说说我的戈赛收获吧。从队长到领队，再到公益大使以及台湾中兴大学随队教练，我的圈子其实是向外拓展，从浙大延展到了跨院校。这些年中，看到了太多值得钦佩的戈友和人性中的闪光点。如果要问最大收获是什么，套用美国最著名的长跑教练的话说就是：要跑好步，先做个好人。

何谓好人？无外乎善良和真诚。我是幸运的，碰到的好人很多，得到的帮助太多太多。最珍惜的是"小二班"。这个由戈11A02号组成的群体，囊括了海峡两岸所有参赛院校的2号队员，无论事业还是跑步，

▲ 手机自动弹出提醒框

牛人一大堆,以"至诚至爱,见贤思齐"为价值观。虽然相隔天南海北,但从跑步到事业家庭,大家的分享和互助无所不包:谁过生日了,谁家有喜事了,必有鲜花问候;谁工作和生活遇到困惑了,各种建议和资源必纷至沓来;每年两次聚会,大家拖家带口参与,欢乐满满。虽然我是这个班的班长,但其实我受益最多。2017年家父病重的时候,是小二们的鼓励和登门问候助我渡过难关;2018年恢复训练,又是长江的南妈每周一份计划,指导四个月;训练中肌肉僵硬,一个电话,来自厦大的大哥从广州飞来,只为了亲自给我按摩。凡此种种,不一而足。感恩之余,也让我意识到,善良和真诚是值得 生去坚持的品质。如今的小二班,历经五年仍然活力满满,成为戈赛江湖最著名的组织之一,友谊早已超越戈赛和跑步,彼此之间成为了一生的朋友。

说到这里,就可以解释当初为何我又回归浙大,来带戈15了。抛开客观情况和个人情感纠葛以外,归根到底,我想把从戈赛中收获到的善良和真诚也奉献出来。Giver 和 Taker,哪一个收获最多?在我看来,giver=taker。

大家看到这里,应该能理解,为何我把价值观看得如此之重。戈赛只是一时的,我希望,我们所有人能体会彼此真诚付出带来的幸福感和战斗力,成为一生的朋友。

眼下,我们进入了最艰苦的夏训,心存目标,就不疲劳;心里有彼此,就不孤独。

崔了缨

2020 年 6 月 5 日

不是一定会赢，而是要努力去赢

从 2019 年 11 月到 2020 年 5 月戈壁拉练，历时 7 个月，队伍基本整合完毕，价值观和愿景使命目标深入队员内心。价值观趋同，队内的风气和氛围也越来越棒。队员们彼此信任，把自己交给团队，把队友扛在自己肩上。一个建立了互信的团队，大家表现出来的精神面貌与以往完全不同。现在的戈 15，不再有模棱两可的态度，不再呵呵，不再你好我好大家好，而是说实话，做实事，有针砭，不怕痛，整个团队的面貌已经彻底改变，也不需要用严苛的手段来管理了，队员们已经能够自己管理团队。

首先，训练质量大大提高。接手之初，队员在完成训练的时候或者打点儿折扣，或者超额超量，多多少少还是存在随意性。随着大家对这套体系的信任度越来越高，这些现象已经绝迹，队员之间甚至互相监督，互相比较谁完成得最精确。如此一来，训练效率大幅度提高，运动水平提升也越来越快，进入了加速上升通道，队员们的表现几乎一周一个新面貌。信任带来效率，效率产生效果，效果带来自信心，这是一个完美的闭环。除了日常训练，因数据分析需要，我还时不时要求队员做血常规、激素等各类检查。虽然此举很耗费时间和精力，且有泄露隐私之嫌，但队员们从没有怨言，收到要求后立刻执行。在 EMBA 这么一个充满质疑精神的企业家和高管群体里，能二话不说照指令行事，只有信任到一定程度才有可能。在疫情期间，虽然我依旧每周制订计划，希望队员保住来之不易的成果，但队员是否能按时完成，我心里没底。毕竟大家的活动受限，训练难以为继也无可厚非。令我小小有些意外的是，从 1 月中旬到 3 月中旬，除了极个别情况特殊的人以外，绝大部分队员完成了训练任务，有戴口罩在小区跑的，有趁买菜的机会出门跑的，有的队员实在没机会出去，就在客厅跑了30公里……事实就是，面对非强制要求的计划，大家选择了自觉执行。惊喜之余，也感慨信任的巨大力量。是信任带来坚守的决心和意志，帮助大家熬过了困难时刻。当4月重新集结选拔的时候，我看到大家的能力非但没有下降，相反还略有提升，整个团队也因此信心爆棚。

其次，信任促进分享，队员之间以及队员与我之间的交流互动越来越频繁热烈。最初一段日子，队员收到我的计划就简单两个字：收到。有疑问有抱怨也都不跟我说。两三个月后就不一样了，有就某个数据或者技术问题刨根问底的，也有对数据分析提

▲ 浙大戈15A队五月戈壁拉练

出建议的，更有队员之间互相辩论的，话题从装备到补给啥都有，群里经常炸开锅一样热闹。真正的团队互信，应该是抱着开放共赢的心态，以目标为导向，实事求是，无惧冲突，坦诚相待。从避免冲突的伪和谐状态逐步过渡到彼此坦诚相见、互信互助的真和谐状态，这是团队凝聚士气、聚焦目标的基础。事实上，正是通过这样的辩论，所有的决定才能深入人心并被彻底执行，坦率成了团队的集体特征。当所有成员对于团队目标达成高度一致的时候，团队将迸发出空前的战斗力。

从要我练到我要练，从盲从到知道为什么，这些变化都在沟通交流中悄悄发生着，默默改变着整支队伍的精神面貌。赛前戈壁拉练的时候，我公布了战术设想，试验了战术组合，当时队员们也没说啥，照命令行事而已。没想到，回来后大家开了小群，一顿热烈讨论，甚至还做了分工，谁主攻拖拉机技术，谁负责监督尖刀队，等等，还设计了自己心目中的理想战术打法，许多想法很大胆但确实有新意，都是在用心理解和领会本队战术设计思路的基础上生发出的建议。队员们积极主动思考到了这个程度，其实我已经可以放心放手让他们自己发挥了。这批队员多是80后，个性鲜明，充满质疑精神，不轻易服谁。可一旦明确了要做什么（目标），他们对怎么做的思考会很深入，透过问题表象看实质的眼光很锐利，常常有出人意料的好点子蹦出来，让我们这些70后老戈深深地感觉到了后生可畏。只要对目标产生了认同感，心气儿顺了，那他们爆发出来的团队合作精神和责任感意识绝对令人刮目相看。之后的一个月，有关怎么执行战术、人员组合怎么安排更合理、如何把握比赛节奏等问题，一直是群里的热门话题。以至于在正式比赛前几天，我觉得所有该说的都说了，队员思路很清晰，似乎不用再开啥准备会了。在这里，摘取部分队员拉练后的分析，可以看出团队内部沟通氛围已经非常融洽了（评注为作者本人所写）。

刘洪光

上戈壁的人，没人会很在意你个人究竟跑得有多快，低调沉稳，比啥都好，这是个人的一个小感悟。另外，既然大家是一个集体，我的水平目前处于前队，但是也有比我跑的快的，还有很多是比我跑得慢的，但是，还是那句话，最终看的是第六人的成绩，是团队的成绩，所以我要更加注意团队协作，努力发现每一位队员的长处，而不是纠结于他跑步的快慢。一场比赛下来，不只是赛道上的120公里，赛道之外，依然有很多的工作要做，有很多琐事要处理，这些都是需要团队的每一个人来配合的，所以一个人跑得快，在戈赛上，真没什么好炫耀的，每个人要充分理解这一点，我个人更是如此。

评注：戈赛的快和慢，指向第六人成绩。如何提升，除了队员们继续加强个人能力培养以外，团队意识至关重要。每一个队员只有分工不同，没有重要与不重要之分。每一个队员都精准地完成任务，贯彻比赛战术和纪律，则成绩的提升就是必然的。

姚 晟

后续几个月的夏训，我觉得我本人须融入团队的训练，个人能力的提升需放在团队要求之下。同时也希望加强团队的建设，有些过虚的誓言不一定适合每个人，经常性的发自内心的团建比较适合。也许戈赛的魅力就是在于把一帮不同初心的人拧在一起共同完成一个未确定的艰难赛程，从而碰撞出终身的友谊成为一辈子的戈友吧。

评注：朴素的见解往往就是真理。

王丙权

在热身的时候，我发现自己的右腿抬不起来，内心非常苦恼，崔妈建议我不要跑了，老戈也说不行就坐车怎么也算出两天成绩了，然而我无论如何也不能接受，我不能做逃兵，大家常说队长都会爆掉，我一定要跳脱这个魔咒。

评注：王丙权的意志力堪称惊艳！戈赛比的不仅仅是自身实力，更重要的是意志品质。关键时刻，大家都累，你顶一顶，就是赢家。每一个队员都要树立拼杀到底的决心。

徐跃兴

考虑未来我们在戈壁上露营，休息时间可能更无法保证。而且正赛比这次还多一天，强度也更大，到时候如何能快速恢复体能就显得尤为重要。这些天，我发现老戈特别是探路队的体能都远胜于我们队友。探路队戈壁持续跑 5—6 天，拉练回来我们队员尚在修整，而他们已经恢复正常训练。竞争院校的队员很多是训练多年的老戈，相信他们的持续作战能力跟我们的老戈差不多。我们要和他们一较高低，就必须做到每天高强度比赛后短时间内能快速恢复体能。

评注：训练和恢复的关系问题，需要大家从现在做起。最后这几个月提高自律性，严格规范作息时间，拉伸和按摩必须到位，善待身体。训练也严格按照规定执行，不擅自加量，减少随意性，该休息就坚决休息，杜绝训练之外的跑团活动。至于戈赛期间的恢复工作，竞训部会有专门安排，大家严格遵守即可。

李　峰

从戈15团队来说，本次拉练意义重大，大多数同学第一次真正明白戈赛的玩法，好的起点。

戈赛规则决定最辛苦的是5—8名。也希望接下来训练中，自己能通过各种方法帮助到这几名同学。

评注：一语道破。希望每一位队员都认真思考，把这次拉练当做新的起点，而不是阶段性的终点。我们没有时间和理由停歇，要做的事情还有很多。第5—8名的队员确实任重道远，全队的成绩很大程度上取决于这几个同学。我们一起努力。

葛　蔓（戈15跟训队员）

戈壁就像一面镜子，

照见那些你自己不肯面对的"缺陷"。

也让你体会到人与人之间的情感与温暖。

那些叮嘱、规则、计划，

皆是难能可贵的经验与财富，

你需要理解与聆听，而不是莽撞的"豪横"。

评注：这几句堪称金句，请每一位队员细细品味。

罗盛滔

有一点很重要：在三天的比赛中，请每一个队员应该如实地报告自己当下的状况，教练组才能有针对性地提出最佳的作战方案，目的只有一个，就是大家忘掉自我！每一天一切为团队第六人的成绩去拼搏!

评注:说得非常到位!

比赛期间,每一个队员的首要义务就是及时如实坦白地汇报身体状况,有问题必须立刻汇报。赛场瞬息万变,教练组的指挥有赖于大家的情况汇报。及时掌握队员的情况,才能先发制定应变策略。切记!

戈15的成绩是十人努力出来的,每一个队员只有分工不同,都同等重要和珍贵!

陈立勇

根据这次拉练体现的状况成绩:1.个人感觉战术是成功的。排兵布阵方面可以结合个人运动能力、每天地势地形、每天距离最佳现场灵活调整。2.在饮食补给方面可以制定个标准,该统一的统一,如补盐丸能量胶补水可以统一距离标准,在运动饮料方面可以结合自身情况合理定制。3.每个队员应该熟练掌握使用对讲机和GPS工具,并熟悉每个易错路段的转折点参照物。在脑子里反复回忆反复思考。这个考验的不光是能力更是态度。

经过两次实地拉练,我更加了解了自身的特点和缺点,在还有40多天的日子里我会合理安排调整好自己的生活习惯和工作训练的节奏,争取以最佳状态迎接赛事的到来!

评注:再次强调,立勇你是戈15的关键先生,尤其是第二天,你的发挥至关重要,必须保证全程不出意外,担当的职责绝对不比跑前队轻!拖带女生很考验你的有氧能力,不要轻视。

朱珉

这次罗盛滔让我有不一样的认识,有个好的搭档对于女生的帮助是显而易见的,也体会到了绝对实力非常关键,哪怕是炮灰。在第二天最后几公里,我靠罗盛滔的拖拽几乎要追上了领先很多的其他女生。

评注:队友之间的相互配合在戈赛这种严酷的赛事中显得尤其重要。好的搭档,意味着默契和信任,这些是需要大家在平时的训练和交流中去培养建立的。期待大家在接下来的几个月里互相关心,真诚互动。一支团结的队伍,力量无穷大。

章飞月

个人的心得和想法:1.从身体和心理上需要做好充分的准备。最后备赛阶段,摆正自己的心态,严格执行训练和恢复计划。在保证训练的前提下,更多地休息,更多地按摩放松。2.赛道上是检验我们平时积累和发挥技战术配合水平的时候,技战术可以妥妥地交给崔妈和竞训部,我们需要的是,保证好的参赛状态,保持正常和稳定的输出。上了赛道,不需要过于紧张,正常发挥就好。3.第一次拉练因为准备不够充分,出现了扁桃体发炎、水疱(血疱)、眼镜三大问题,这次通过保证休息、提前喝降火茶,穿五指袜,换隐形加墨镜的方式进行解决效果都不错。4.对于拖带的练习和拖带方案需要再明确下,包括拖带的硬连接方式最好能确定和测试。对拖带的男生要求很高,意味着更多的体能付出,也意味着"默默无闻",同时,需要对赛道有更好的熟悉,做好领航员。

戈赛的魅力在于团队作战,每个人都是第六人,每个人都发挥

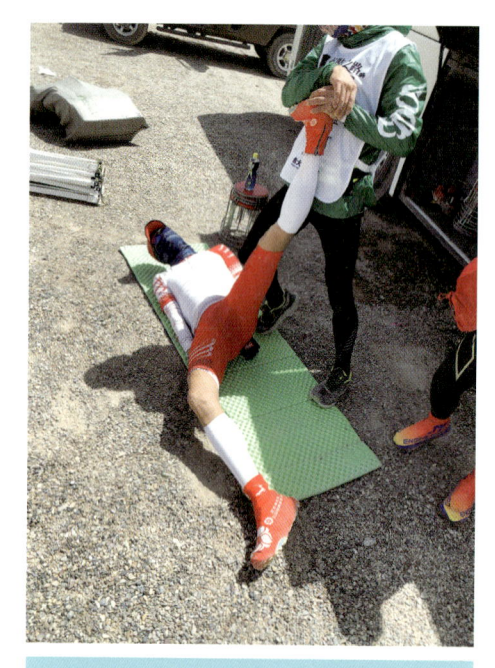

▲ "老干部"陪练精疲力竭,请队医为我拉伸

自己的作用,整体成绩才可能提高。超长待机的戈15有不一样的经历,注定有不一般的表现。期待与兄弟姐妹们一起加油。

评注:飞月的这一段话,请大家好好体会。做好细节是多么重要。上赛场的时候,要做到全身上下,从装备到身体状态一切都ready,才能自信地完成比赛。希望大家从现在开始聚精会神检讨自己的拉练体会,及时把不足的地方补上,把细节做好。

读着这些文字的时候,除了喜悦,更多的是自豪。记得五月戈壁拉练的最后一天，队员们在终点高兴得蹦蹦跳跳。看着一张张挂着灿烂笑容的脸，我的鼻子有些发酸。这些小伙伴，一路走过来很辛苦，在比赛延期五个月的情况下还能坚持不懈，实属不易。那一天还是我五十岁生日，记得我默默长舒一口气，握了握拳头。顶着压力和怀疑的目光，我以一介老戈到身份当了教练，没有金刚钻却揽了瓷器活。七个月以来，我一直战战兢兢不敢有丝毫放松，在自我怀疑和否定中定计划带训练，唯恐出错，唯恐无效。那种患得患失的折磨一直伴随着，压力也成了生活的一部分。现在，队员们终于能在戈壁上顺利地飞奔起来，我的阶段性目标完成，过去的努力没白费，那些折磨那些压力终于可以卸下。是的，所有人都有资格豪迈。我们用自己的努力创造了浙大戈赛史上另一个第一：第一支两上戈壁拉练的队伍。5月和8月的戈壁，骄阳似火，炎热高温。大家顶着满天星光起跑，清晨的第一缕阳光为他们照亮了远方的路。茫茫戈壁，无人喝彩，他们就是自己的啦啦队。连寂寞都无所畏惧，那就没什么能阻挡这支队伍前进了。

第三，执行力大幅度提升，团队纪律执行更彻底。团队纪律指的就是牺牲小我成全大我的团队精神。在戈赛这样的团队项目中，一个人跑得快没用，一群人一起跑得快才是正道。自行其是，一盘散沙，试图依靠个人能力拯救团队的失败案例在历届戈赛中比比皆是。随着团队成员之间互信关系越来越牢固，我们取得了这样的共识：浙大戈15A队没有个人英雄主义者的位置，也没有前后队队员的标签，每个队员都是第六人成绩的贡献者。队员之间只有分工不同，没有重要与不重要之分。当每个队员都在想怎样才能最大限度地帮助队友，而不是算计自己怎么才能出成绩的时候，战术设计才有了被严格执行的可能性。

▲ 2020年8月戈壁拉练

▼ 浙大戈15A队第二次戈壁拉练

第一次戈壁拉练回来后，光哥和我都感到，队伍已经趋于成熟，自驱力十足，可以下达冲刺阶段的动员令了。

归零，再出发

首次戈壁拉练结束，现根据 A 队队员表现情况和综合数据统计分析，发布如下训练规划。

一、目标明确，全面进入攻坚阶段

从现在开始直到戈赛开幕，戈 15A 的训练将围绕戈赛战术安排制定。

重点说一下拖带，这个技术用得好，可以有效提高团队总成绩。原则上要求每一位队员都做好拖带队友的准备。男拖男，女拖女，快拖慢，慢拖快，都有可能。要强调的是，技术动作只用拖带，推的方式放弃。拖带的时机，选择路况较好的时候，车辙路和松软盐碱地不拖带，要在开始阶段就拖带，让队友最大可能节省体力，不能等到队员力竭再实施。具体战术安排由教练组确定。可以肯定的是，每一个队员都要有拖带能力。全队成绩靠每一个队员贡献。

因此，从现在开始，全队只有两种队员：1.尖刀队——全力以赴冲前六；2.坦克队——根据战术要求，指哪儿打哪儿，耗尽力量，全力以赴辅佐尖刀队冲击最好第六人成绩。

二、团队意识和纪律

从去年 8 月开始到今年戈赛开幕，大家为了戈赛奋斗了超过一年。为了这个团队，已经付出了太多太多，请咬紧牙关继续努力，把集体利益置于最高位置。这次在离开敦煌的时候，我看到洪光默默站在登机口，送回杭州的队友。这就是团队意识，把队友置于自己心中很

▲ 迎着日出在戈壁训练

重要的位置。我要看到的就是这样一支队伍。

我们始终强调要加强团结意识,因为我们要向管理要效益,抠细节,抠出哪怕是一分钟的成绩提升也是值得的,这在戈赛总成绩往往就是一两分钟之间定胜负的情况下显得尤其重要。我的理解,戈15就是一台机器,为了确保精密运转,队员都必须把自己当作这台机器的一颗螺丝钉,做好自己的工作和任务。树立大局观,不利于团结的话不讲,杜绝个人主义,禁止自我放飞和懈怠。至于战术,后勤保障等,交给教练组和组委会。

纪律必然能产生强大的战斗力。一支纪律严明的队伍是可怕的,也必将赢得对手的尊重。纪律渗透在团队的方方面面，从训练计划的执行到严守战术安排等等，这方面，我已经强调多次，不再多说，只说一个我看到的细节，装备问题。选择压缩衣裤是有科学依据的，是比赛的有力保障。一时间不太适应，就去努力适应。决不允许在比赛期间以舒适为名随意穿着 T 恤上场。一支队伍，连服装都无法统一，像什么样子？！谈何纪律？！

说了那么多团队意识和纪律，归根结底，就是要大家做好细节，挖掘团队的潜能。这样我们就可以毫无遗憾地走上赛场。浙大戈 15A 可以站着输，决不允许松松垮垮趴下。

三、首先请信任你的队友，他们始终在你身边在你身后，把自己交给这个团队，你就是最强大的。

其次，请信任教练组。从现在开始，关键的备战时刻已经到来，我请求大家 100% 地信任教练组。无论对错，都请执行。很多问题，大家可以讨论争论，但一定要统一起来，坚决执行。

光哥和我是这支团队的主要拉车人，我们对大家的成绩负责，是非对错，留待日后评论。

崔予缨
2020 年 6 月 5 日

是非审之于我，成败听之于天，毁誉听之于人

就在全队铆足了劲儿往前冲的时候，一个正常的根据选拔规则确定 A 队队员名单的事情却把我拖入了一场风波——带队戈 15，真是一个没想到接着一个没想到，搞得我战斗指数爆棚。

事情很简单。戈壁拉练结束后,根据戈 15 选拔规则进行打分排名,10 位 A 队人选名单已经产生,无争议。可偏偏这时候,李峰的家人突发重病,无法保证训练时间,再加上他觉得自己实力偏弱,为了不拖团队后腿,个人提出放弃 A 队名额。于此同时,能力不错的备选者也有,但是这位队员未完整参加选拔和日常训练,根据规则是没有资格入选的。尽管如此,一些老戈友还是倾向于换人。由此,一个不是问题的问题成了个棘手的问题。

换还是不换?

不换,弊端明摆着:备赛关键阶段,如果有队员无法保证训练,团队的成绩很可能受到影响。

换,好处显而易见,以一个具备比赛能力的选手替补入局,无疑会让排兵布阵游刃有余,更有利于提高成绩。而且,是队员主动提出放弃,从道义上说似乎也没有问题。

因此,从表面上看,换人是一个符合各方利益、两全其美的方案。

但是,真的如此完美吗?

首先,所谓最优组合仅仅存在于理论。把已经融入团队配合默契的队员换成一个相对陌生的新队员,很难说就是最好的选择。在戈赛范畴里,所谓的实力要包含默契度和信任度等因素,而不是简单的跑步能力一个纬度。赛场情况瞬息万变,很多时候要靠队员默契补位自我牺牲才能应对。而这些,没有高度互信是无法做到的。默契和信任度是在长期磨合中产生的,短时间内要把一个相对陌生的队员融合进团队并建立互信是非常困难的。

其次,也是最重要的,当初制定的选拔规则要不要坚持?团队精神和价值观要不要坚守?

打破规则,就意味着不再尊重游戏规则。相应地,在规则基础上建立起来的团队价值观和团结互信也会在一定程度上遭到破坏甚至土崩瓦解。

利益驱动还是价值观驱动?从来就不是一道容易的选择题。选择利益,可能带来直接的成效;选择价值观,与短期直接效应冲突,长期潜在的效应也不明朗,风险更大。

最后,我们要回头想想团队的初心是什么。成绩是一时的,更有价值的是精神:真诚和团队至上。团队至上就是要讲道义和义气,要有扛起队友前行的勇气。戈15可以实力不如人,可以输,但必须要有英雄主义文化气息。那就是:1.胜则举杯相庆,败则拼死相救;2.宁可向前一步死,绝不后退半步生。真正的英雄都必须有使命担当。在这里,担当就意味着捍卫规则的神圣。

斟酌两天,权衡利弊后,光哥和我选择尊重游戏规则。rule is rule,选拔制度的权威性需要大家共同维护,公平公正和纪律严明是戈15A队的原则,必须坚守。在给队员的公开信中暨A队最终名单公布的通知中,我这样写道:

亲爱的A队员们,戈15超长待机,大家辛苦了。

根据选拔条例,目前十人入选名单已经确定。因此,经慎重考虑,A队大门关闭。

自戈壁拉练结束以来,李峰同学注意到有更具实力的新秀出现,从戈15大局考虑,表示要主动让贤。对他的自我牺牲精神,我表示感谢。

经过反复考虑,我们决定,拒绝他的请求。理由如下:

一:李峰作为老队员,参加了所有选拔,A队队员资格是他靠努

▲ 大漠孤烟直

力挣来的。

二：最近，李峰人生中遇到了巨大困难，父亲病重，要忙于照料。这样的情况下，我们是一起打拼一年的兄弟姐妹，更不能放下他不顾。

两周以来，光哥和我一直深深不安，也再一次回顾了我们坚守的价值观。浙大戈15A的核心是什么？在我们心目中，这是一支敢于担当，为团队拼尽全力，不抛弃不放弃的战队！我们每个人都有可能遇到这样那样的困难、伤病、事业家庭的牵绊等。队友的困难就是大家的困难，有事儿一起扛，要把队友的难题扛在自己肩上。这就像在战场上，绝对不可以把受伤的战友丢下不管！

对于 A 队，戈赛带来的意义是什么？就是一起经历艰难困苦，守得云开见月明。你们都是我们引以自豪的队员，一个也不能少。无论前路还会有多少困难，哪怕是走，我们也要一起去完成戈 15。最极端的情况，李峰因为父亲的问题最终去不了戈壁，我们就九人作战，为他而战！

论单兵作战能力，我们从来都不是最具竞争力的队伍。浙大戈 15 要靠团队，靠纪律，靠战术去赢得胜利。每一个人都是主力，都是不可或缺的组成部分。我对戈 15 有信心，有期待。我相信，这样一支有爱的、齐心协力的队伍，必将是压不垮打不倒不可战胜的。

崔予缨
2020 年 8 月 30 日

公布这篇文字的时候，我就料到此举注定招致反对和争议，肯定得罪人。说明道理，当面说服几个人可能算不上难事，可是当对面站了几十人的时候，说服对方就很困难了。这也是没办法的事儿，反正自己早就是众矢之的了，不在乎再多几支暗箭，且受着吧。

不出所料，决定一出，引发了一些老戈的不满和质疑。他们认为我考虑不周全，甚至是独断专行，这样舍弃最优组合的决策是错误的。有些人也从此杯葛戈 15，再也没有出现在陪跑陪练的现场过。但是，搞体育的难道不应该最讲游戏规则么？没有规则，任何竞赛都无法进行下去。制度和规则可能有瑕疵，那需要在今后的实践中不断修正完善，但这绝不是可以随意破坏现行制度的理由。契约神圣，这是西方文明的核心标志之一，也是2500年前孔子倡导的"名分大义"的一个方面，即对于规则的无条件忠诚是君子的荣誉感所决定的。到了今天，尊重规则更是我们应该信奉和坚守的核心制度观。戈15这个团队，从我开始都必须是遵从契约的率先垂范者，做到言行一致。

如果你的出发点是讨人喜欢，你就得准备在任何时候，在任何事情上妥协。面对部分老戈友的反对和不满，我考虑再三，认为事涉价值观和原则底线，无法妥协。当然，这么一来就树敌了，接下来做事就更难，最终搞不好我就是那个背负骂名的人。我不知道如何面对这个困境，也无路可退。我只知道，对自己的要求就是要忠诚于自己的价值观。灵魂就是你所有的原则组成的。你坚持什么原则，什么东西不能丢什么东西不能放，那些原则就是你的灵魂。活在这个世界上，要做到不被别人讨厌，其实是很简单的事情，因为你只需要伪装自己去妥协去放弃就可以了。明知会被人讨厌却还要坚持自己的底线，确实很难，而直面自己的内心，不在乎他人的眼光，绝不拿原则做交易，这样的活法很难坚持下去。但是，必须要有实践这种态度的勇气。有些时候，我们可以不知道自己想要什么，但绝对要知道自己不要什么。即使身边所有人都把错的说成对的，即使全世界都叫我让开，我都必须如大树般稳稳站住，直视他们的眼睛，说：

"不，你让开。"

人要有风骨。风骨不是外在的骄傲，而是内在的自立自足。真正有风骨的人是有骨头的人，正确而坚硬的三观，正确而坚挺的底线，内足自立。有风骨意味着正直和担当，能够坦然承受坚守原则要付出的代价，哪怕被放逐天涯海角。正直的人是有勇气坚持自己信念的人。他不怕坚持他认为是正确的事情，而且会在公开的场合下阐明自己的观点、态度和立场。正直的人勇于直面现实，也愿意探索，有一个开放的心态和一颗谦卑的心。

令人欣慰的是，A队全体队员都对这个决定无条件支持，也认可这样的价值观。更想不到的是，从名单确定的那一天起，大家好像都变得更加关心队友，那种感觉既微妙又是实实在在。全队上下呈现出抱团奋斗、风清气正的精神面貌。仿佛无形中，这个决定成了促进团队互信的催化剂。这个结果多少出乎我的意料。但真的是无心插柳柳成荫吗？也不是。一个艰难但正确的决策，体现出来的是坚守价值观的勇气和担当，必然会在团队中引起正向互动，营造出更紧密的团队合作和互信的氛围。互信带来的是源自内心的激情，这种激情在关键时刻能够爆发出强大的战斗力。团队士气一旦上来了，原先的实力短板就可能被有效消解。

从这次的名单风波中也可以看出，在一个团队的决策过程中，利益驱动和价值观驱动并不总是一致的。当二者发生冲突的时候，要坚持价值观优先，虽然这样的坚守总是非常困难和不被理解。很多人做不成事的原因就是想得太多，但如果你要的是坚守，那么此时外界对你的影响力是不大的。一个团队的领导者能否坚持原则，坚守价值观并敢于担当既是道德问题，也是团队建立互信的基础。一个团队的成员对领导者的信任，往往从钦佩他的坚持和担当精神开始。团队领导者有勇气坚守价值观底线，并展示出不惜一切代价的坚定信念，往往能够真正赢得团队成员的信任。让我们再回顾一下信任的定义：信任就是在人与人之间达成这样一种状态：即使一个人并不能完全掌控全局，但也愿意冒风险去相信对方会努力为你完成这件事情。可见，信任是建立在一致性上的，核心是可预测性。当一个人不可预测的时候，是不值得被信任的。而一致性可以给你可预测性，也就成为被信任的基本条件。如果一个领导者在原则问题上不坚持，不敢担当责任，又如何能够赢得团队成员的信任？显然，信任必须建立在言出必行，知行合一，立场一致，身心一体的真我风格之上。

这一次的争执反而促进了光哥和我更好地完善团队战术设计的决心。我们一定要尽全力把每个队员的能力发挥到极致，把合适的队员放到合适的战术环节上，让短板恰如其分地发挥作用，使全队上下如一个人一样行动，如臂使指，达到事半功倍的效果。事实上，人尽其才，悉用其力，根据队员的能力和特点扬长避短，从队伍的实际需要出发，将每一个零件放到最合适的位置上，寻找出最佳排列组合，装成一部运转最快、性能最好的机器，这是集体运动项目的教练所需要具备的本事。

为此，我们根据队员的实际水平做了职能划分。尖刀队员的唯一目标就是全力以赴向前冲，拖带能力出色的则作为拖拉机全程辅助女生出成绩，而实力相对较弱的队员就做"火箭助推器"，竭尽全力拖带女生直到精疲力竭，自动脱落，交接给下一个拖拉机继续拖带。这样一来，尖刀、拖拉机、拖带、角色和职能分得清清楚楚，再加上通过反复计算而制定出来的战术策略，两者匹配就能整合团队作战的优势，把每个队员的能力发挥到极致，集中发力把第六人成绩（团队成绩）拱上去。虽然我们队的实力并不强，跟其他好多院校比起来还处于下风，但不意味着就没有机会弯道超车。团队赛就像打牌，没有好的战术安排，一把好牌可以打得稀烂。但是如果采取正确的策略，短板就不再是短板，而是恰如其分地用在了合理的地方，发挥了最大价值，这样一来，哪怕不那么好的牌也可以打得很好。在这样一个体系里，每个队员都是重要的，没有主力和替补之分，大家的存在感和自我价值认知大大加强，自驱力大大增强，而由此产生的战斗激情在拼勇气拼毅力的戈赛中是团队战胜对手的关键因素之一。

勇敢不是不害怕，而是相信——相信的力量

事实上，在比赛日益临近的时候，我们队面临的形势是很严峻的。朱珉出现了伤情，虽然一直在积极治疗，但恢复情况不太理想，大概率只能以安全完赛为目标。按照赛事规则，此时已经无法因为伤病原因调整队员名单。因此，从战术层面上讲，浙大戈15其实是一个九人参赛队伍。也就是说，在比赛中我们每天只有九张牌可以打。当然，我没有把排兵布阵面临的困难告诉队员。大战在即，不能自乱阵脚，压力必须全部放在教练组这儿，绝不可以转移到队员身上。

想起了郎平的话，她说，女排精神不是赢得冠军，而是有时候知道不会赢，也必须竭尽全力。是你一路虽走得跌跌撞撞，但站起来抖抖身上的尘土，依旧眼中坚定。我告诫自己，越是困难的时候越不能退缩，要竭尽全力去拼，输也要输得有尊严。

队伍的实际情况摆在那里，怎么办？

有两个选择方案。

A方案：调低目标，采取最传统也是相对安全的战术，即每天安排6+1的阵容，确保有一个第七人做替补保障，防止预定冲击有效成绩的队员出现意外。但是这样做，一来前队的速度要照

顾到这个第七人，不可能全力以赴冲击最好成绩；二来，势必要减少辅助女生的队员，因此不能确保女队员能够凭借减时优势碾压前五位男生，达到提升全队第六人成绩的目标。

B方案：维持原定战术不变，全力以赴冲击最好成绩。这就是说，除了尖刀队的五位男生，其他三人都安排负责拖带女生，不留替补余地。因此，每天的战术组合都是5+1（尖刀队五个男生加一个女生）。这是很冒险很激进的打法，没有第七人做备份，一旦有队员掉链子，整个队伍的成绩将一落千丈。但从这些年戈赛的实际情况来看，各队竞争异常激烈，实力相近的院校经常需要按秒分胜负，所以只有搏杀才有胜出的机会。

权衡再三，我选择了第二个方案，也得到了光哥的支持。之所以这么大胆，就是因为我们认定信任的力量无穷大。目前，团队成员之间的互信和团结已经激发出了很高的战斗士气，大家都知道要成绩就没有退路。因为相信，所以简单。队员相信制定的战术一定是最佳选择，我相信队员一定会坚决执行到底，把自己的潜能压榨到极致去完成自己的任务。很多事情就是这样，有了信任，就可以化繁为简，直抵中心。尤其在危急时刻，相信自己相信团队，就能拼得出来，杀得出去，激发潜能创造奇迹。当然，我也考虑过最坏的结果，无非自己承担全部责任和骂名罢了，可以接受。对我来说，这一场戈赛征途，就是竭尽所能帮助队员们完成梦想来的，其余都不足虑，可以无我。所以，大战在即，我不会模棱两可，既然团队成员互相之间的信任度高，那就得搏。临场指挥中的决策，常常产生于一瞬间，需要果断，需要魄力，更需要忘我，无私才能无畏。临场做决策的时候，应该有一种进入无人之境的感觉，全神贯注进入"角色"，切忌把"我"带入比赛，如果夹杂了私心杂念，那是不可能果断做出决策的。信任不可少，迷信不可有。关键时刻，必须完全排除"我"，豁得出去，怎么有利怎么干。面对不确定，形成自己的主见并敢于坚持，再坚持。很多时候，没主见比主见不完美更可怕。对我来说，决策的依据就是：相信相信的力量。

之所以能做出这么一个搏杀的决定，底气还是来自对队员的了解和一直奉行的训练理念。这支 A 队自我接手以来就采取了心率跑的训练方式。其优势就是在提升队员跑步水平的同时还能提高他们掌控自己的能力，能够确保在一定的心率值内按计划完成训练或比赛而不出现跑崩等意外情况。大家从开始训练时的初始心率值起步，随着水平的提升循序渐进地达到进阶心率值，直到戈15正赛前，每个队员都确定了各自的比赛心率值。戈壁的环境特殊，气温和天气状况瞬息万变，对队员的心理和生理都有很大影响。一个队员每天的状态到底如何是很难预先判断准确的。睡眠不好，饮食不习惯等不利因素，在戈壁这样一个严酷的环境下和戈赛这样一个高强度连续作战的比赛中都可能被放大数倍，乃至造成致命影响。如果忽视身体发出的信号，依然机械地按照赛前制订的方案执行，则很有可能出现无法完赛等意外情况，不可控因素大大增加。而心率，恰恰能够实时——注意是实时，这是指挥比赛最要紧的因素——反映一个人身体状况的好坏，所以用来指导戈赛特别有价值。如果队员在当天的比赛中心率值逼近上限，但配速明显低于平时的水平，即便队员自己没感觉，但实际上已经危险了，队员只有极小概率可能在跑动中调整回来，大概率会在后半程跑崩。指挥者就要立刻做出判断并提前做出人员调整才能避免全队成绩受影响。相反，如果队员在比赛心率值内配速正

▼ 戈 15A 队在比赛中（戈友映像供稿）

常甚至高于平时水平，那就说明状态极佳，跑得再快都不用担忧。也正因为如此，我把比赛心率值作为硬性规定，告诉队员不得逾越。当然，担任拖拉机的队员不在此列。他们需要耗尽体能帮助女生出成绩，所以只要完成每天的拖带里程，就应该跑崩，这是英雄般的跑崩。搏杀，首先是建立在理性基础上的，否则就是蛮干。确保队员的安全是第一位的，没有这个，一切都是零。第二，从竞技策略层面看，有了比赛心率值做标准，就能确保全队所有人都可以掌控比赛，完成既定目标不出现失误。只有这样，所谓搏一把，才是真正有意义的。队员实力强的大院校队伍，全队实力平均，按照既定配速策略走不会有大问题，即便有，由于备份队员足够强，也基本能及时补位。但对于那些实力一般，或者偏弱的队伍，那种拍脑袋定策略，或者忽视实时身体状态信号不及时调整的方式，就等于每天把队员送上起跑线，然后听天由命。这样的做法，即使是6+1乃至6+2战术都不能确保不出意外。事实上在第一天的比赛中，我们就有一个尖刀队员心率值持续超出上限，在观察了十分钟依然不见改善后，我立刻做出了人员调整，把他换到了后面拖带女生。事实证明，换人是正确的，那天他的状态确实出了问题，拖带的任务对他来说刚刚好。之后的两天，尤其是第二天，所有队员心率平稳，我就知道当天的成绩没跑了，肯定在预期之内。果然，跟预计的只差一分钟不到。因此，看似搏杀，其实是从指挥者到队员对掌控比赛有信心。没有备份，是因为把备份用到了更需要的地方，成就了全队全程零失误。

比赛结果表明，有比赛心率值做标准，队员们心里有底，也就有足够的自信，因此特别拼得出来，不留余地。三天里，每一天都没有备份方案，每一个人都竭尽全力。尖刀队五人始终跑在一起，互相拖带，以逼近自身体能极限的速度全力冲击最好成绩，没有一个人掉队。每个队员都清楚地知道，自己身后没有替补，一旦落后就是无底的深渊，只能在绝境中拼一把才有赢的机会。后队拖拉机们互相配合，全程轮流接力拖带女生，耗尽体能协助女生完成任务，算上减时，第一天尖刀队五人与第六人飞月的成绩差是两分钟，第二天飞月碾压尖刀队男生十秒，第三天差距稍大，

▲ 奔向终点的戈15A队（戈友映像供稿）

也是因为那一天女生减时的优势太大了。在每一天多比赛中，全队上下都完美地把本队的第六人成绩逼到了极限值。三天下来，浙大戈15A队每天出的都是搏杀牌，无论是被选中担任尖刀队员的还是被安排接力拖带女生的，每个人都圆满完成任务，拼尽了全力，没有一个掉链子。洪光、跃兴和丙权三天咬紧牙关跑前队。姚晟、立勇、圣滔和李峰轮番担任尖刀和拖拉机，每一天都不辱使命，到终点的时候几乎力竭虚脱。特别是立勇，在第一天队友状态不佳的时候挺身而出，关键时刻豁得出去，担当并完成了前队的任务。飞月面临的任务更是艰巨，作为必须出成绩的女生，她顶住了压力，连续三天保持稳健的状态，发挥极其出色，每天的成绩碾压前五位男生，确保了团队目标的精准实现，堪称完美。特别感谢朱珉，在受伤的情况下毫不犹豫地把负责拖带的男生资源让出去，自己带着伤独自跑完了每一天的赛程，毫无怨言也从不叫苦，倔强地把保持全队完赛的责任扛在肩上。坚强、勇敢、责任，这应该就是朱珉戈15的关键词。有这么一支互相信任互相奉献的队伍，团队执行力必然强大。因此，大家能够勠力同心完成一场搏杀也就不奇怪了。最终，浙大戈15A队在全部四十二所参赛院校中排名第十二。感谢戈15的每一个队员，你们诠释了什么叫血性，什么叫勇气，展现了完美的团队精神。

对于我们来说，戈15就是一场在不利局面下实现翻盘逆转的比赛。不留余地地拼到底是这支队伍的鲜明标志。全队上下齐心协力，完美诠释了啥叫死撑到底，挺住就意味着一切。也正因为这样，我们才看到了信任对于一个团队是如此重要，因信任而激发出的战斗力真的能够在极限挑战的环境中帮助团队实现看似不可能的任务。信任带来的高效执行力对于一个团队完成愿景使命来说是关键的落地环节，没有执行力，一切目标都无从谈起。据有关材料记载：《财富》杂志曾经统计过，在对不成功企业案例的研究中发现，只有不到10%的战略得到有效执行，据《战略执行》调查，在70%的失败团队案例中，关键问题并不是战略不佳，而是执行力不力。而执行力直接由团队互信关系造就。信任带来分享与沟通，良好的交流促进团队互信，互信造就团结与合作，并使团队执行力和战斗力大幅度提升，从而实现团队使命和愿景。这是一条环环相扣的高效能团队建设的链条。

不完美的结局

戈 15A 队虽然在比赛中表现出色，但也留下了遗憾。造成这个遗憾的不是别人，恰恰是作为主教练的我。我的一招不慎带来不可逆转的损失。

比赛最后一天的终点，我收到了组委会的一纸犯规判罚书，浙大被罚时十分钟。

错误就发生在这一天。由于我对戈 15 赛事新规则理解有误，把随队摄影师全部比赛日都不能上赛道的新规定，理解成最后一个竞赛日可以随 B 队先行出发上赛道（这一安排不带任何战术目的，纯粹只是想让包括队医和随队摄影师在内的院校服务团队人员或搭乘班车或跑步，分批尽快抵达终点，迎接和照顾完赛的队员们），以致造成违规并被罚时。这在以分秒定胜负的比赛里无疑是致命的，浙大的名次也因此下滑三名。

参加戈赛五年以来，我一直没有掉过眼泪。那天，我找了个角落，号啕大哭，心痛的感觉牢牢攫住了我。

其实,这个低级失误本来是可以避免的。虽然我事情多压力大，但更应该警惕忙中出错的危险性。如果赛前一天的下午，我能督促和发动大家一起针对吃不准的条规核实一下，或者，在傍晚准备会上，当我给大家分派任务，分配摄影师跟随 B 队一起先行出发的时候，但凡我能自我怀疑一下，都有可能避免失误。很遗憾，这一切都没有发生。结果是，在我的盲目自信下，大家也没有在意，觉得我的判断一定是对的。纠错的机会就这么接二连三地错过了。

这事儿，说到底错在我，没有仔细地、认真地、严谨地研读规则。做为主帅，这是重大失误。做为团队领导者，即便做对了九十九个决策,也不意味着第一百个决策必然正确。恰恰相反,这种时候越需要保持警惕,错误往往就在不经意间产生。显然,我没有意识到必须避免出现群体思维现象,应该积极征求所有成员的意见,而避免直接说出自己的意见,尤其是在思考解决方案的早期。此外,我也忽视了在团队内部鼓励成员扮演"批判者"的角色,挑战主流观点,探讨决策内在的危险和风险。过度地强调统一意见也影响到了团队成员的主观能动性。这个"bug"最终在比赛的关键时刻导致了自己对规则的误读,让过去的经验不知不觉中干扰了自己的判断,而且没有遇到任何质疑和挑战。这事儿也再一次说明这样一个道理,当事物在改变而一个人的经验不变的时候,那么经验就会变为绊脚石。

其实,无论是群体思维的出现还是经验主义的羁绊,都指向了一个基本问题,即如何保持严谨的自我反省习惯,时刻保持警惕,随时检讨自身行为,防止迷失方向。在团队面临严酷挑战的情境下,绝对信任本身不是一件坏事,只是对领导力水平提出了更高的要求。领导者应时刻保持谦虚谨慎的态度,提倡质疑精神,鼓励下属发表不同意见,妥善应对绝对信任带来的挑战,规避可能的风险。说到底,这还是一个自我认知的问题。我在戈11就犯过这个错误,如今再次在同样的问题上栽了跟斗,只能说明让自我认知成为一种自觉意识是多么难,这大概会成为我一生要修炼的品质。自强自慎,自慎者强。我要把这句话刻在脑子里,写在心里,时刻提醒自己,化作行为和意识自觉。

现实就是这么具有讽刺意味。赛前一再强调要实现零失误的人是我,而最后造成重大失误的人偏偏就是我。既然我是戈15A队主教练,那么,就要对最后的结果承担责任。比赛结束的当晚，当着浙大戈15A、B、C全体队员和老师的面，我宣布承担此次错误的全部责任并引咎辞职。虽然光哥和起初安慰我，认为这是一个集体决策，不应该个人独自承担后果。可我不认同。这个锅绝不能让其他人来背，这不公平。体育运动最讲规则，谁带队，谁就是第一责任人。所谓担当，就是要有勇气直面失败和失误，wrong is wrong，不回避不透过，承认错误，承担责任，坦然面对批评和指责。比赛输了不可耻，逃避责任才可耻，是真正的失败。

有时候，事情就是这样。你即使尽了全力，即使有了全部的运气，即使做到最好，你还是得不到你想要的一切。为了戈15创造佳绩，我使尽了力气，付出了所有的力量，打光了所有的子弹，全力以赴追求完美。但是，结果不完美，尽人事听天命。我努力了，就不必执念。结果不好，也不意味着穷途末路，人生可以依旧豪气干云。星光不问赶路人，继续前行，我可以从头再来。只要不害怕与错误共生，能总结得失，能提起勇气再来一次，就不是真正的失败。凡事尽全力做到最好，也要做好准备有付诸东流的可能，无论成与不成，我都有所得。

戈11是我的戈赛起点，我留下了遗憾，花了四年时间去弥补。到了戈15，我又留下了更大的遗憾。从遗憾开始，到遗憾结束，这就是我为之战斗了五年的戈赛带给我的结局。无论我多么努力，还是逃不脱失落和遗憾，这一言难尽的戈赛生涯轮回啊。

也许，这就是戈赛执意留给我的作业：它在告诉我，人生不可能没有遗憾，所谓完美无瑕并不存在。人无完人，只要做事，就会有错误和失误。如果没有犯错，只能说明你还不够努力。遗憾的意义就在于提醒我，自己并非那么优秀，还有很多错误需要去正视去纠正。每个人当下呈现出来的样子，都是自己过往所有经历的叠加。这个经历，就包括遗憾。我们都需要面对它，逃不开躲不掉。有的人沉浸在遗憾中不能自拔，怨时运不济，怨别人不施以援手，就此沉沦；另外一些人相信自助者天助之，反省自己的错误和不足。虽然过去的错误不可以更改重来，但我们可以从遗憾中走出来，不断修正自己的人生路，与错误共生，迎接成功，一点点成就一个更好的自己。如何面对和处理遗憾，这是一份终身作业，每个人都应该用自己的一生去回答。

戈15结束后的第三天，我匆匆出发去美国，完成延宕多时的工作。在去机场的路上，我给戈15队员写下了告别文字：

戈15结束了。衷心感谢A队，无保留地信任与配合，让我相信真心能够换真心。

本届比赛，每一个队员都贡献出了全部力量，把责任扛在肩上，纪律严明，完美执行了战术安排，实现了零失误。你们可以昂首离开赛场了。

我犯的错误极其低级，不可原谅。就不跟大家说对不起了，这毫无用处。

Promise is promise。我说过，对戈15A的成绩负全部责任，因此，我必须引咎下台。戈15A纪律严明，不能破坏规矩和传统。

因缘际会，戈15A，我已竭尽全力，所有可以拿出来的时间，诚意和心血都扑在了队里。以这样的方式告别戈赛有些遗憾，但体育比赛就是这么残酷。我也要接受，并微笑离开。

过去一年，我们一起经历了很多，喜悦和失落都是经历。只要有心，终将变成自己的财富。

祝福戈15A队全体队员，生活事业圆圆满满。我们一起迎接崭新的有趣的未来。

崔予缨

2020 年 10 月 8 日于旅途中

旅途中，我在想，多年以后，我会怎样记忆戈 15？

我会记得那些写计划的日子，写得久了，手机会在每周一自动发出提醒；我记得分析训练数据久了，竟然能从中逐渐拼凑出队员形象和性格；我会记得经常在晚 10 点后检查微信群，刷朋友圈，看看哪个队员还没睡觉，抓到了严惩；我会记得春媛送护肤品，立勇送补品，飞月更是神奇，我咳嗽或者感冒，必有特效药直接拿到我面前，还有我的队友晓红，寄给我防晒霜，留言：拉练照片看到了，老脸要好好保护！每一句问候，每一份礼物，我都收藏在心里。没错，多年以后，我不会记得成绩，只会记得这份爱与被爱的感觉，那一个个温暖的瞬间。只要散发着善意，有真诚的心，就会有爱的故事。我以为，这才是戈壁带给我的收获。

戈赛不是名利场，多一点关爱，少一些空话漂亮话，善良和真诚才是通行证。戈壁是一面镜子，但愿我们多照出一些人性的光辉，收敛一些欲望和私利。有善，有爱，有被爱，这才是戈壁的意义。

【他们说】

师父印象

章飞月

有心　对崔予缨（崔妈）的初印象是在戈 14 出征仪式上，活动现场大屏上一张仰天的照片配上"崔妈别低头，眼泪会掉"的文字，感觉这位男生和戈壁缘分不浅。戈 14B 队回来后，我参加了回归仪式，崔妈作为老戈和分享嘉宾向我们介绍了戈赛的情况，分享了个人对戈赛的理解。现场氛围太好，以至于轮到我发言当场就表了决心——"假如条件允许，我想代表学校参加戈15"。我被自己的表态惊呆，因为那个时候的我刚从"小小白"变成"小白"。言者无意，豪情的宣言被有心的崔妈听了进去，一段冥冥中注定的师徒缘就此埋下了种子。

善意 2019年11月，师父在戈15主教练突然离开的情况下，临危受命，承担起了戈15A整个团队的训练任务，从计划指定、跟踪分析、监督落实、不断调整……一遍一遍地打磨每个人的数据，一次一次地调整每个成员的训练计划，为的是在保证大家不受伤的情况下，达到最好的训练状态，这个状态因人而异，没有标准。经过2020年的疫情，戈15的训练超长待机，师父没有退缩，和我们一起并肩作战。有师父在，感到特别踏实。我们是幸运的!

严谨 2019年6月开始，我跟着师父训练，每周日晚会准时收到一份来自师父详细的下周计划，同时要求我每次完成都养成做训练笔记的习惯。两年下来，竟有厚厚一本。师父一直倡导要成为一名严肃跑者，既然制定了目标和计划，就需要不折不扣地认真完成，"慢得下去、快得起来"也是每每被提及。两年计划的执行，让我对长距离跑步有了深刻的理解，在枯燥的训练中，找到跟自己对话的机会。除了认真完成课表，师父也倡导严谨的训练方式，比如跑步时不听音乐，而是倾听自己身体的声音，比如建议独自训练，尽量不受外界干扰等。

严格 说来惭愧，我是团队中基础最薄弱的，能从5公里都跑不下来的小白到全马PB347，归功于师父的科学、严格的训练。因为自身的想法较多，所以经常被师父批评。大部分情况下我都虚心接受，但也有叛逆的时候。这种关系就像看着孩子成长的家长，一边望子成龙，一边严加管教。

感恩师父一路的指点和教诲，在奔跑的道路上，慢慢感悟。

我和崔妈的故事（第一季）

刘洪光

2021年10月20日，崔妈美国归来，从"关禁闭"（指疫情防控隔离）的第一天起，我们就都知道，也一直给他鼓励和打气，毕竟要关二十多天，天天在外面浪（此浪非彼浪，指的是中年男人天天在外奔波劳碌，属于褒义词，至少是中性词）习惯了，怕他憋出毛病来。突然有一天他给我们忍者神龟群的几位队友布置了一个作业：让我们每个人写一篇对他的认识的文章。原来从隔离开始，他就开始写书稿了，果然是闲不住的人！他还特别强调，要客观真实，不许拍马屁！这感觉，像极了小时候我们村长去村民家里通知：过两天我爸七十大寿，到时候来家里喝杯酒哈。记住一点，千万别带礼物，都乡里乡亲的，人来了就好！

初识崔妈是在2019年7月上海的K6接力赛，当时浙大组织了一批同学前往参加，我恰好跟崔妈在一个小组里。一开始他们在群里说崔妈怎么样怎么样，我以为崔妈就是一个老大姐，至少是个大姐吧，后面见了面一看，原来是一个瘦瘦高高的中年男人！崔妈跟大家都很熟，但是也非常客气，就是客气的感觉有点过分了：哎哟，你这双鞋不错啊，亚瑟士，大神，可以可以！我那时候刚跑步一年多，对跑鞋了解还不多，我听了还很高兴，我以为他是真的夸我……

跑完这次接力赛，再后面也没啥特别的交集，也就偶尔微信上扯两句。我那时候对戈赛还没有什么概念，甚至对跑步也没有特别的概念，当然更不知道他在戈赛圈还有这么高的江湖地位。直到后面，大概是

▶ 刘洪光在无锡马拉松比赛中

2019年11月的样子,他阴差阳错成了浙大戈15的主教练,在一次我们晚上训练的时候来到体育场,当时我们正在跑步,毕竟我跟他认识早一些,中间就跟他说话比较多,其他很多队友都还不认识他,比如我们戈15A队的队长王丙权(当时他还不是队长,处于跑步半小白的阶段),在训练完了就问我:刚才那个鸟人是谁啊,怎么这么吊?一上来就咋咋呼呼地瞎指挥,我不是跑得很好的嘛!(那个时候干队训练状态确实不错,进步神速)。我说这鸟人就是我们接下来的教练……

崔妈担任浙大戈15A队主教练之后,就按部就班地开展工作,包括分头了解各个队员的情况,有针对性地制订训练计划,并定期不定期地外出拉练,一切都有序进行。

崔妈看似高冷,其实在带队训练这个事儿上,他是非常认真、严肃,甚至是强势的!他日常的训练方法是以低心率慢跑加上间歇和变速跑为主,其中低心率慢跑占整个训练量的80%以上,低心率慢跑要求心率控制在130—135之间,甚至有时候还要求125,很多队友在开始的几个月里面都很难做到，因为大家的身体素质不一样，心率起点也不一样，有的队员心率动不动就上150，完全没办法执行教练的135心率慢跑，我因为之前有过十几场马拉松的经历，适应得还算比较快，基本能完成135心率30公里的慢跑，但是有个兄弟心率一直下不来，135的心率，配速一度到了7分开外，整个人都要崩溃了。但就是在这种情况下，老崔也没有放弃他的坚持：你要么按我的计划来，要么你按你之前的模式继续训练，能跟上队伍进度也行。这哥们虽然很苦恼，但老崔还是对他暂时的单独训练持开放态度，也没有放任自流，而是始终保持沟通和鼓励。我印象中，这哥们自己练了有一个多月，随着与教练之间交流的深入，最终回归队伍，跟大家一起跑，当然，还是按崔妈的训练方式来训练。毕竟，在戈赛冲A的过程中，教练的作用确实是无可替代的，作为队员还是要尽量执行和配合。经过这个低心率慢跑的磨合期，大家也都逐渐了解了崔妈的性格和脾气，大家对他的一致评价就是：这是个倔强的老小孩。

崔妈给我的另外一个很深的印象就是认真甚至太过较真。一开始很多队员对一些细节没那么注意，比如睡眠时间短了，比如早起晨脉高了，偶尔有应酬喝酒了，等等。老崔总是像火药桶一样一碰就炸，逮着违规的就骂一通！后面他说过一句话我才更加深刻地理解他的风格。他说，作为教练员，一定要做到比队员自己还要了解队员的身体状态，否则就是不合格的！我作为队员，作为一个马拉松的业余跑者，对这句话非常认同。大部分跑者都是小白起步，平时野跑，比赛的时候也是一个盲目的状态。作为教练，就必须要根据队员自己的身体状态，随时调整训练计划，让队员的状态一直能保持在稳步上升的阶段，而不是随便找本教科书，按部就班地每周出一个训练计划。

作为戈15 A队的主教练，戈15正赛是不得不提的话题，但是我相信他自己在书中应该都做了相对比较详细的介绍，我在这里也不过多地啰唆。我印象最深的就是，崔妈在准备正赛的技战术方面，确实堪称技战术大师，能充分结合我们队伍的情况，把每个人的能力都发挥到了极致，包括男拖男的技战术，甚至从出发就开始有效拖带，包括几个"拖拉机"的使命应该在什么时间以什么样的方式完成等，这些技战术在正赛期间几位"拖拉机"同学都严格执行到位，充分履行了三级火箭的职责！正赛第一天、第二天我们的第六人成绩跟前队相差均在两分钟左右，这对于排名十几名的队伍来说，已经是做到了极致。正赛最后一天，由于队友们的伤病等各种情况，第六人成绩比前队快了不少，不过在前两天打好基础的情况下，三天净成绩依然保持在第二天的排名，也算是非常不错了。

2020年上海马拉松，赛前40天确定参赛，也是拉崔妈紧急救场制订训练计划，从一开始的有氧慢跑到小间歇，再到32公里的大间歇，每周根据上周的完成情况和身体状态，把训练计划基本上做到了极致。我之前马拉松最好成绩是2019年成都马拉松315，鉴于戈赛之后的疲惫和缓慢恢复，崔妈觉得这40天效果不一定特别好，能跑到308或者310就算赢了。赛后第一时间把302的成绩发给他，他第一反应就是：不可能的吧？你小子别骗我啊！跑过正式马拉松比赛的都知道，正赛的状态一般都会比平时训练成绩要好，所以成绩超过预期也正常。我想说的就是，教练确实需要比队员更了解自己，队员和教练之间也一定要互相信任，并坚决执行训练计划。

赛后跟崔妈一起复盘上马，中间分享了一篇别人的文章，是一个女生，印象中是跑了259，成功破3，算是非常牛了！其中文章里面就提到，在赛前最后一堂强度课上，教练根据队员的心率和配速情况，已经精准的测算出队员的成绩肯定在259—301之间（毕竟比赛有一定的偶然性，距离的偏差、路上补给以及其他情况，相差一两分钟也是正常的），崔妈说他跟人家教练比还是差了很多，人家对队员的了解那真是太精确了。我连忙安慰他：这不能怪你预测的不准，只能怪我发挥太好了……

这次上马跑了个 302 之后，崔妈看我的眼神就不一样了，明显充满了挑衅：你小子，什么时候破三啊？其实上马跑完之后，我整个人确实是严重透支的，大腿小腿臀大肌酸疼得不得了，休息了一个多星期才缓过来，确实是拼尽了全力。想让我破三，我心里多少是有点抗拒甚至害怕的，因为我知道如果要破三，又得拼命练才行。2021 年 2 月，无锡马拉松开启报名，大家就在群里吵吵闹闹先把名报了，鉴于疫情什么的，谁也不知道能不能举办以及能不能中签，结果，我们忍者神龟群 5 个人全部中签，包括一位从来没跑过马拉松的也中签了，大家运气是相当好。

这个时候距离无锡马拉松开跑，好像也就是四十多天了，没辙，又要重复去年上马之前的训练模式。说来也奇怪，这个训练周期中，崔妈和我都没提过任何破 3 的事儿，就是一如既往地练，当然训练量比前面上马还是加了点强度，但是幅度也不是很大。无锡马拉松那天天气非常好，小雨，气温十几度，非常适合跑步，发枪之前崔妈带我们几个热身，热身之后崔妈拍了拍我的肩膀，说今儿天气不错，你小子看情况，能拼就拼一把，如果后半程能咬住，就坚持下去；如果坚持不住，就早点放掉，千万不要跑爆，跑爆了整个人会非常难受，毕竟这次训练周期短，留得青山在，下半年找机会再破也不晚！我觉得他说得好假……相当于啥也没说。但是我俩心里都明白，目标就是跑进 3 小时。这次赛后碰到他，说我跑了 259，他反而没什么惊讶，我俩互相瘸着腿紧紧地拥抱了一下。他瘸得比我厉害，出发前被人踢了一下脚踝，整个脚都肿了，最后全程无进站无补给的情况下跑了个313，不然肯定310以内。老同志也是够拼了。不过我觉得冥冥中是他把他的运气转给我了，马拉松能破3，感谢崔妈，认真地。

跑完无锡马拉松之后的一次聚餐上，崔妈一本正经地看着我：你小子，3小时也破了，这下该另立山头，开门收徒了吧？我心想这老家伙又要作妖了，赶紧说：那哪能啊，我这破3全靠师父带，我就只会跑，哪会带徒弟啊！跑进250以前，我是不会带徒弟的！老崔说：你给老子滚蛋，想跑250，我哪带得动你啊！自个儿另谋高就吧！……都是戏精……

如前面所说，崔妈耿直而倔强的脾气，在带队过程中也得罪了不少人，说得罪其实也谈不上，一些理念和方式的不同而已，本身也谈不上什么对错，只是他的某些性格不被有些人接受罢了。偶尔他也找我吐槽，我说你又不是人民币，为啥要所有人都喜欢你？他看了我一眼，说，我确实不是人民币，但是我有美元啊！我：……

喜欢他的人会一直喜欢他，不喜欢他的人，估计也会一直讨厌他。不管怎么样，崔妈就是崔妈，就像我们每个人，都是独一无二的存在。浙大戈赛上依然会有他的传说，戈壁挑战赛上会一直有他的传说，广袤的戈壁滩上，也会一直有他挺拔的身影和矫健的英姿。

最后，祝愿已过知天命的崔妈一直帅下去，跑下去，写下去。写完了日子写月子，写完了月子写年轮，我和崔妈的故事也会一直继续下去。

今天交稿，怡逢感恩节，感恩，每一个温暖的遇见。

2021年11月25日

我的师父

俞春媛

2019年12月27日,正式开启我的严肃跑步征程,结下老崔和我的师徒缘。

崔予缨,是我师父,是我学长,是我朋友,也是我能说话的知己(他咋想?应该和我一样一样)。回忆起读书那会儿,我最不爱也不会写人物篇,会把一个人写成结构化、呆板化、格式化,可是我最可爱的师父,非得让我实现自我挑战,有句话叫什么来着?哦!一日为师、终身为父!

那就来吧!

严肃的崔妈——第一印象:那年,关键词:浙大、戈赛、打鸡

◀ 俞春媛(中)、光哥(左)和本书作者在训练场

血、跑步。作为热爱运动且不动就浑身不舒坦的热血青年，跑步！还真是我的空白。稀里糊涂的短时间里不知道咋滴，何德何能地跑完第一个 10 公里、第一个 15 公里、第一个 21 公里，以及第一个 30 公里……第一次总是令人难以忘怀。然而浙大紫金港校园马拉松，是我第二个完成的半程马拉松，却非同寻常。原因你们肯定猜不到，紫金港那次耗尽我全身功力的跑步，成为我终于正式认识崔妈的典型坐标。这里必须要插播阐述一下：我这原本已被社会毒打至遍体鳞伤倒还不至于、却也差不多身心倦累，念想重回读书找回我的初心：我是谁？过去时期，我们都是幸运儿，借我国经济发展之大势，我前半生的工作状态算是风风火火，现在，停下来，慢慢走一下，重新缕缕接下来的后半生事业生涯，没想到……跑步完美地彻底地成为读书的主旋律，关键是乐在其中。严肃地讲，我个人认为，浙大的大部分同学开始跑步可能还处于懵懂状态，之后就跌跌撞撞磕磕碰碰地被推上戈赛——那是学院至高无上的竞技比赛。我和其他同学一样，当时对戈赛的认识和理解来源于老戈们的传承，认知——其实是个动态变化的过程。因为跑步参与戈赛，因为戈赛参与戈 15 训练，也因为戈 15 认识了崔妈，他是戈 15 教练，大家都亲切地喊崔妈——瘦瘦高高、磁性声音和严谨说话的爷们儿。回忆在戈 15 训练期间，入队训练，那肯定是认认真真了，崔妈对待队友是严谨认真、铁面无私。就一点，我第一次认可他：在众多和我交流跑步的同学当中，只有崔妈是通过数据，结合体感，制订每个人的跑步计划，这是个相当耗费脑力的工作。写到这里，脑袋瓜子突然蹦出来，第一次在超级巨无霸磅礴大雨中坚持在操场完成跑步（当时我的脑子空白，只是想着，赶紧跑完），这个符合实施计划不折不扣完成的理念。

我的师父——第二印象：戈 15 的接触类似以工作交流，就事论事，一切以浙大戈赛成绩为目标。关键词：真实、直接、敏感、温柔、贴心、清高、好胜心强、矛盾结合体、文艺才子、理想主义者。结束了戈15，中间也是波折、纠结、迷茫、不解、解惑、复盘、重塑。戈赛冲A，不想那是自欺欺人，但是自然界很多事情，需要天时地利人和，才能成事。一切非自然的，叫作人为，也就是"伪"。同时，正确该发生的事，错过正确该发生的时间，那也是不会发生的。这期间，我和师父沟通过好几次，我很虚心认真地请教师父，把我纠结的想法讲出来，我这样固执的性格，接受师父重新为我考虑的建议和想法，面对客观事实、摆平浮躁心态、持有远期目标、开始科学跑步。

2021年开始我新的跑步征程。1月316公里、2月245公里、3月306公里、4月207公里(参加第一个无锡马拉松PB 4小时之内)、5月275公里、6月200公里、7月290公里、8月270公里、9月260公里、10月260公里、11月还未结束，不知不觉，坚持快一年了，跑步已然成为我生活的必需。回溯到2021年7月14日，师父对我说了一句温暖实用的话："最辛苦的日子到了，我陪你度过，过了夏季，你会发现自己会飞了。"由于微信文字，却字里行间传递出师父的力量和关心，点滴恩惠，记于心间。师父其实很慢热，要投入一件事可能需要徘徊思考很久，可是一旦决定要干，就是倾入整个自己，他说：I jump, you jump. Ok! 酷暑训练开始，没有师父陪跑，我难以想象要如何完成所有计划。记得我的第一个6×1K、第一个3×3K、第一个3×5K、第一个450配速12K(那是在8月份)、第一个10×400M、第一个32k大变速、第一个23K大变速。每一个间歇，在浙大玉泉，留下了我和师父的汗水。习惯的每周一我都要做好周四的间歇心理准备，说到底还是害怕的，毕竟 touch 我身体和心理的极限，或者说难受点，谁愿意难受呢……师父观察敏锐、心思细腻，其实早就察觉到这一点，会时不时地鼓励我："放下包袱，跟着我跑就行。"说的容易……记得跑 3×3K，第二公里就会不自觉地掉速，硬顶一下上去，又不自觉地和师父越拉越远……我这毛病得要突破，就是要勇敢地顶着，才是间歇高效训练，其他白费劲。印象深刻还有那次 10×400M。简直了！感觉胸口难受，大口呼吸，无氧数据爆表，难受至极，再也不想跑 10×400M，师傅说：你看，当时谁说还不如跑 400M 的？我：无言以对。说 说每周人跑。双休日师父照样陪我完成长距离大跑，也算是为一周画上叹号！师父经常带着我跑上下大坡，尤其之江路到梅灵南路直到上天竺那弯弯曲曲弄死人节奏的绝望长坡，为什么绝望？就是在 18 公里左右，此时体力已经开始下降，却迎来一个 2—3 公里的长坡。此条路线被我定义是检验我跑步阶段性测试跑路线。第一次，师父完全托带我上去的，令人绝望；第二次，在师父帮助下勉勉强强地半自动完成；第三次，算是小小的胜利，全自动完成；第四次，哈哈哈哈哈，师父看着我上去了（我想，师父当时是矛盾的），登上坡顶的当时的我：自问此时心，不足何时足？

新竹高于旧竹枝，全凭老干为扶持。师父，感谢每一周的精准跑量设计；感谢最艰难时刻的陪伴；感谢你奉献了自己却成就了我，接下来，再续师徒缘……

浙大戈 15　俞春媛
2021 年 11 月 26 日星期五

第三辑

凡是经历　皆是馈赠

每个人现在呈现的样子，都是自己过往所有经历的叠加

如果时光倒回去十年，我不会想到自己会迷上跑步；如果时光倒回去五年，戈 11 初上戈壁的我，也不会想到自此就与戈壁纠缠了五年。人生不是剧本，无法精心计算，生活是道多项选择题。世界很大，站台很多，你不知道会经过哪些站台，一切都是经历。

跑步就像人生中要做的很多事一样，认真、专注地去做就是了，坚持做，殊途同归，最终都会有所收获。跑步是对身体极限的挑战，也是对懈怠放弃的挑战。村上春树说，坚持跑步的理由不过一丝半点，中断跑步的理由却足够装满一辆大型载重卡车。我们只能将那一丝半点儿的理由一个个慎之又慎地打磨，见缝插针，得空儿就孜孜不倦地打磨它们。这世界没什么能替代坚持。天赋不能，我们常见到失败的天赋异禀者；天才也不能，无法实现目标的天才终会归于平寂，只有坚持和决心才是力量之王，成事之基础。坚持，是跑步带给我的最大意义。跑步十年，体会最深的就是：踏实干活，无问西东，不问前程。不要走捷径，捷径都是通向邪路最快的路。做人做事，还是老实一些好，笨一些好。走远路，下笨功夫，一点一滴进步，争取名实相符，不要德不配位。要尊重常识，按规律办事。这既是成事的必要条件，也是分辨美

丑善恶的标准；既关乎智慧，也关乎品格。反常识的行为，不仅反智，还必然导向愚蠢和作恶。

戈赛五载，告诉我一个道理：虽然有遗憾和懊悔，但更重要的是向前走，不放弃。不认命，就要竭尽全力，要努力到感动自己，也要拼到无能为力。要勇敢，要坚毅，要坚韧。很多事情做一次不一定成功，但是如果意志坚定，就可以取得进步。还要有平稳的心态，不以物喜不以己悲，保持意志坚定，别被成功蒙蔽，也别因失败绝望。凡事坚持到底，就可以看到希望。要相信，天道酬勤，功夫不负有心人。

走过戈壁，就知道信念的力量可以实现自我超越，不断超越自己就是真正的强者；走过戈壁，就知道那些对世间的一切事物报以虚无的态度其实是轻松的，真正困难的是如何勇敢地介入其中。纸上得来终觉浅，绝知此事要躬行。生命的价值不在乎拥有，而在乎给予；人生的价值不在乎结果，而在乎经历。

有人说，跑步和参加戈赛太耗费精力，会带来生活和事业上某种程度的损失。其实，人活的就是一个选择。你选择什么样的生命模式，就体验什么样的人生，也付出相应的代价。毕竟，不是所有人都能够功成名就，我们中有些人，注定要在日常生活的点滴中寻找生命的意义。"莫听穿林打叶声，何妨吟啸且徐行。竹杖芒鞋轻胜马，谁怕？一蓑烟雨任平生。料峭春风吹酒醒，微冷，山头斜照却相迎。回首向来萧瑟处，归去，也无风雨也无晴。"这样的境界只有全力以赴全神贯注全情投入地做过一件事后才能体会到。

我的戈赛，就是一次次验证善良，诚实和正直是立身处世之本的故事，而坚守这些品质需要有担当的倔强和直面代价的勇气。很多时候，在重重压力下，在冷嘲热讽中守护真诚，抵抗精致的

风是我们的方向

▲ 追风（林琳摄影制作）

利己主义，与挑战底线的人为敌是孤独的。那些一根筋般的固执和一意孤行的坚持，其全部意义都是为了努力做一个好人，有人称之为修炼，我称之为考试，自己的人生试卷得自己回答。

乔布斯说："Put a dent in the universe." 我们大多数人都没有那么伟大，但是，我们可以因为自己的存在和努力，让这个世界稍微有些不同。

或者，更进一步。

如果你能坚守常识，超越人性，那就是精英。

莫问收获，但问耕耘

戈赛的一个最大特点就是考验一个人踏实做事的能力，也叫事上练，事上见。空谈还是实干，很容易分辨。

参与戈赛五年以来，我也遇到过一些在出征日、回归日等场合慷慨陈词，谈戈壁谈理想，把情怀挂在嘴边的戈友。可是当真正需要在训练场上陪伴新戈，在戈壁服务队伍的时候，是见不到他们的影子的。情怀只是他们刷存在感和社交的一种方式而已。这些讲话大部分空无一物，只是不痛不痒的漂亮话和一些放之四海而皆准的正确的车轱辘话翻来覆去，没有独到见解。其实现实生活中也不乏这样的例子，一个人越是没有自夸之处，就越是容易夸耀他（她）的国家、宗教、种族或者所参与的事业（活动）。这本质上是对一种事务的牢牢攀附——攀附一件可以带给他们人生意义和价值的东西。其实，戈赛最大的特色就是让你学会抛却名利心，它是自我修炼的最好道场。从 taker 走向 giver，一个人付出越多就越沉默，干得越多就越觉得个人的力量太渺小了，每一个小小的进步都是所有人默默努力换来的，个人没有夸夸其谈的资格。但还是会有一些人，很享受被捧为权威的感觉，每一届新戈见面时都会刻意在谈到所谓情怀的时候泪洒现场，在众人的崇敬中自己走向神坛。在我看来，这些做作的行为就是虚荣心作祟，以戈赛经历为自己镀金，把名利心又带了回来，使戈壁这个最好的人生修炼道场失去了意义。岁月和经历带给个人的是智慧，而不是虚名和各种 titles。毕竟，我们都不应该生活在一堆头衔中，生活就是认认真真、实实在在做好当下的每一件事。

子曰："君子耻其言而过其行。"所以，很抱歉，我对情怀不感冒，从不说"情怀"二字。口头上的情怀并不能帮助我解决队伍面临的诸如提升训练质量、控制伤病和设计战术等实际问题，我要做的是研究具体事实，分析清楚，找到解决方案。孔子还说过："道不远人。人之为道而远人，不可以为道。"（理想不会远离人的生活现状。当人们把某种远离了人类生活现状的东西当作理想，那就不是真正的理想）于我而言，带队参加戈赛，就是埋头干活，没有诗和远方的闲情逸致。每次结束的时候，我甚至组织不起一句漂亮的句子去回顾，因为过去都融在了一堆琐事杂事中。参加了五届戈赛，去戈壁八次，就没去参观过敦煌莫高窟（一直到 2021 年陪太座去戈壁徒步的时候才算了此心愿）。每一次戈壁之行，除了精疲力尽也没剩下别的。我忙碌，我快乐。己欲立而立人，己欲达而达人，如是而已。

戈赛有个口号："伟大都是熬出来的。"还有一句："用实力让情怀落地。"两句话说的其实是一个意思：行胜于言。实力是干出来的，不是说出来的。不积跬步无以至千里。水之积也不厚，则其负大舟也无力（庄子）。有愿景没行动就是白日做梦。迈开腿，撸起袖子干活才是王道。亚里士多德说，我们重复的行为造就了我们，卓越因此不再是一个行为，而是一个习惯。村上春树说，没有专注力的人生，就仿佛睁大着双眼却什么也看不见。凡事不

▲ 走过戈壁，才懂得你的付出（林琳摄影制作）

是因为喜欢才认真，而是认真起来，才有喜欢的可能。专注做事，耐得住枯燥和单调，每一天都把梦想付诸实践，久久为功，方能守得云开见月明，梦想才会照进现实。有些事不是为了要做得多么好，而是为了让自己变得更好。

那些嘴上练的，可以忽悠一时，时间久了就露馅儿。要知道，常年贴墙上不掉下来的是标语。常年盛开不败的是塑料花。

那些事上练，默默干活儿的，没有光环，但却是真花儿，花开就会香飘四溢，有明知会散落，仍不惧盛开的勇气。

我的人生太有限了，不可能取悦所有人

王尔德说，倘能不常常想起世间的一切关系，而在这世界里做人，一生一定更多欢慰。

可惜，现实世界永不可能有这样的境界。

有人的地方就有江湖，戈赛也一样。既然是江湖，就会有是非恩怨。戈赛考验人的地方也在这里：事上炼，即修炼。

修炼啥？

首先是面对批评和非议的定力。

我参加了五届戈赛，历任队长、领队和随队教练，都是带队伍的角色，得罪人的事儿也少不了。自然大抵任事之人，断不能有誉而无毁，有恩而无怨。自修者，但求大闲不逾，不可因讥议而馁沉毅之气。曾国藩这话的意思很明确，质疑和非议是必然的，不必大惊小怪，继续干事儿就是了。

面对批评和反对声，其实也是反思的最好机会。这个决策是否考虑周全了？有没有漏洞？有没有更好的解决方案？所以我还是会先审视自省，找不足，找错误。保持适度的开放心态，在别人能说服我的时候，就接受意见，这不丢人。能包容，能听得进批评甚至尖锐的负面意见，才是真正自信的表现。毕竟，每个人都有自己的局限性，百密还有一疏呢，更何况我们考虑问题并不是都那么周全和无懈可击。在我的戈赛经历中，有很多次就是在老戈的提醒下发现了不少 bug，在集思广益中完善了解决方案。如果质疑只是一些对你的成见或者是无差别地反对，那就不要挂怀，也不要争论。人心中的成见是一座大山，任你怎们努力都休想搬动。

至于骂名和非议，则不必在意，就当修炼脾气，要保持平和的心态，不能让这些无妄影响情绪。但有时候我也常常先想想自己是不是真的如他们所说，认真复盘和检讨一下自己的言行：我是不是在不懂装懂，是不是自私自利，是不是沽名钓誉，是不是大言炎炎，是不是误人子弟，是不是刚愎自用，是不是蝇营狗苟？如果答案是没有，那么，就随它去吧。这些纷纷扰扰，关我何事！对待流言蜚语，要有免疫力，然后继续埋头做事，成绩说话，我不说话。

有个关于释迦摩尼的故事，对于安住被骂名和非议扰乱的心相当有用。传说佛陀经过一个村子，有一堆人听说他要来，就在那儿侮辱他。佛陀只是静静地听完，然后问大家："我现在得走了，你们说完了吗？如果你们还有什么话要告诉我，我可以再回来听你们的意见。"那些侮辱他的人吓呆了，对佛陀说："我们不是在告诉你什么，我们是在骂你。"佛陀说："如果是十年前，我可能会用愤怒来回应你们的话，但现在我已经是自己的主人了，不必处处回应别人的作为，没有什么话能逼我做回应了。"如果一个人能做自己的主人，就不必太努力为各种骂名做回应或反弹。做自己的主人，要有一颗安然不动的心，让骂名止于笃定从容自信的你面前。

其次，是面对谣言的定力。

子曰："道听而途说，德之弃也。"造谣传谣可耻。可现实是，二千多年过去了，老夫子的告诫也不是完全管用。谣言就是现实

▲ 埋头赶路，无问西东

的一部分，不管你愿不愿意承认。

很多谣言听来实在不值得生气，造谣手法也很拙劣，但被点到名的人却很难理性地"一笑置之"，往往越反驳越恼羞成怒。想不受其左右而心浮气动，还真困难；一个无聊的栽赃，还是会让人气上一晚。谣言的麻烦在于，一句简单的话，里面处处是谬误，要澄清，你必须拿好多句话一一反驳，客观上就成了喋喋不休的怨妇。

几年队伍带下来，我发现，无论是日常训练还是比赛，总会有很多莫名其妙的是非和传言围绕在身边。我算是动笔勤快的，经常在带队伍期间写一些文字跟队员和关心队伍建设的老师与老戈分享。但即便这样，各种传言还是花样翻新层出不穷，有的离事实真相之遥远到了匪夷所思的地步。比如有一位老兄，戈8的，印象中跟我实在没有交集，顶多算认识而已，我带队的时候他也没出现过。但是，这丝毫不能阻挡他议论评判的炙热之心。他在跟大家阐述时是这样起头的："老崔有直接违背戈赛的记录，即戈14浙大A违背戈赛规则被扣罚，领队崔负直接责任。"短短一句话，除了名字以外，其余没一个地方是对的，全错！戈14我在台中兴任随队摄影师兼指导，不是浙大戈14领队，也

第二辑　凡是经历　皆是馈赠　　*275*

没有违规。犯规事件出现在戈15，我是浙大随队教练，当时就在戈15全体队员和老师面前承担了所有责任。所谓评论的开头就离谱成这样，逻辑混乱，接下来的内容可想而知。对于这样的言论，千万别去澄清，因为你无法改变这个人看待事物的逻辑和思维方式。争吵就更要不得了，只能是浪费时间。每个人只能在自己认知水平的基础上去思考，就像遇见一个坚持说"2+2=10"的人，你只能对他说："对，你好棒！"

还有一类是误解。无心误解也就罢了，毕竟谁都不能做到完全地感同身受。承受误解与忍受孤独一脉相承，但凡做事，就一定会有这样的现象发生。对于这类情形，解释并不一定管用。事实上也不应该花费太多时间和精力去掰扯，不然正经活儿都给耽误了。时间要用到该用的地方。

但是，如果是恶意的曲解，那基本也就跟阴谋论差不多了。无论你做什么，都是别有用心。临近比赛，为了更聚精会神地训练，同时也出于保密要求，我会搞封闭式训练。然后，就有人说这是蓄意割裂老戈和队伍的联系，指责我意欲何为？根据队员实际情况，在一段时间里重点盯某一个队员跑步，也被说成是开小灶，有失公允。如果这个队员碰巧还是女的，那么想象空间就完全打开了，各种脑补的情节都来了。甚至按照选拔规则确定了名单，也有人认为是搞小圈子。如此等等，不一而足。在阴谋论者面前，你无法以正常逻辑说理。如果你解释，那么解释就是掩饰；如果你不解释，那就等于默认。之所以被解读为阴谋，本质还在于认知能力。一个人的认知水平决定了他的思维方式。认知水平越低，其想法就越简单，越缺乏判断力和思考力，理解和接受事物的能力也越弱。拿戈赛这事儿来说，逻辑大概是这样的：有些人不了解队伍的实际情况和策略,或者说不懂当下的队伍管理和训练方式,也就是缺乏所讨论的事情的知识储备,因此只能把一切自己搞不懂的问题粗暴地简单化,用自己那个层次的逻辑来套,把事情降格庸俗化处理。这些人被自己的认知束缚住了,困在了桎梏里。尼采说,我们飞翔得越高,我们在那些不能飞翔的人眼中的形象越是渺小。庄子说,朝菌不知晦朔,蟪蛄不知春秋。人这一辈子其实都在为自己的认知买单。认知半径越小,眼中的世界也越狭小,看待事物的观点也越狭隘。认知不在一个层面的人永远无法理解你的行为,于是阴谋论就是唯一的选择。就好比我们生活中遇到那些书都没读过几本的人在纵论天下兴亡,看什么都像是阴谋,他们所揣测的大国博弈,套路总像是街头斗殴。对待这样的人,千万不能争论,那就正中他们的下怀,上纲上线,没完没了,严重耽误事儿。认知和思维逻辑都不在一个层面,说什么都是多余。正所谓:认知不同不争不辩,三观不合浪费口舌。就像郭德纲所说,我和火箭专家聊天,问火箭是不是用火柴点火,专家多看我一眼都算他输。

很多人可能觉得,对谣言就是要用真相去还击,其实这也是个误区。真相往往面目模糊,说不清楚。比如戈赛,那四天三夜,A队究竟发生了什么?战术究竟是怎样的?等等,在赛后总会有各种说法。每个人都有自己的看法和观点,这很正常。事实上,我们很需要畅所欲言的环境和激烈的观点碰撞,这对赛后复盘和总结经验人有帮助。可惜的是,这样的理性思考有时候并不占据主流地位,反而是那些不基于事实的八卦和谣言流传得很起劲,比如谁谁谁跑得不好啦,谁谁谁又失误啦,等等。澄清是不可能的,因为谣言会自动传播,而真相不能。当真相和谬误开始赛跑,往往是谬误已经起跑，真相还在穿鞋，距离越拉越远，完全没有机会赶超。如果真相依靠口口相传，那最后一定演绎成面目全非的八卦。如果指望真正了解真相的人去解释也大有问题。有些人碍于身份，不便说话；有些人碍于表达能力有限，不知道该怎么说；有些被撑得没脾气了，干脆懒得说话；还有一些人发现说真话不讨好，说假话比较讨喜，于是开始胡乱说话。有了这许多不便说话的、不会说话的、懒得说话的和胡说八道的，试问真相还剩下几许？最关键的是，其实没有人在意真相。每个人都相信他们愿意相信的所谓真相，大家只是需要一个可以被指责的人和一个发生的失误，从而彰显自己的智慧而已。所以，不要试图用真相回击谣言，费时费力，反倒耽误正事儿。对于戈赛而言，就让真相留在戈壁，留在亲历者心里吧。What happened in Gobi, keep it in Gobi. 其实，换个角度想想，戈赛江湖上有这些传闻和谣言，为这场艰苦的比赛平添不少色彩和谈资，也是乐事——谁需要知道那些严肃的枯燥的无趣的真相！

我们有时候会碰到无事生非的人，嫉贤妒能的人，偏听偏信的人，以及各种阴谋诡计和欺骗虚伪等。这时候就该像著名作家王蒙说的那样去做：也许你确实与人为善，但是你的善未必能换回来善，要知道任何创造性都是对于平庸的挑战；任何机敏和智慧都在反衬着愚蠢和蛮横；任何好心好意都在客观上揭露着为难着心怀叵测；而任何无私都好像是故意出小鸡肚肠的人的洋相。一句话，你做得越好，就会有人越发痛恨你。正所谓匹夫何罪，怀璧其罪。这是不能不正视的现实。面对没完没了的，必要时也要适当回击一下，但只能适可而止。不要以为自己能改变很多人很多事，不要以为自己占了理就能消灭谁，不要迷信争论的效用。你批完了讲完了人家听不进去还是听不进去。反复争论只能误事。

▶ 烈日当空照，脚踩盐碱地

还是要专心干自己的业务。一时弄不清或一时背了锅也没关系。你还是你，他还是他。一个黑锅也背不起的人只能是弱者。

当然，对抹黑这事儿还是要有强大的心理准备，毕竟谣传夹杂着个人攻击的信息多多少少会影响到许多人的判断，所谓三人成虎，积毁销骨是也。《战国策·秦策二》里有个曾参杀人的故事，说的就是这个道理。昔者曾子处费，费人有与曾子同名族者而杀人。人告曾子母曰："曾参杀人！"曾子之母曰："吾子不杀人。"织自若。有顷焉，人又曰："曾参杀人！"其母尚织自若也。顷之，一人又告之曰："曾参杀人！"其母惧，投杼逾墙而走。夫以曾参之贤与母之信也，而三人疑之；则慈母不能信也。大意就是：过去曾参的家在费地，费地有个跟曾参同名同姓的人杀了人，有人向曾子的母亲报告说"曾参杀人了！"，曾子的母亲说："我的儿子是绝对不会去杀人的。"没隔多久，又有一个人跑到曾子的母亲面前说："曾参真的在外面杀了人。"曾子的母亲仍然不去理会这句话，她还是坐在那里不慌不忙地穿梭引线，照常织着自己的布。又过了一会儿，第三个报信的人跑来对曾母说："曾参的确杀了人。"曾母心里骤然紧张起来，急忙扔掉手中的梭子，端起梯子，越墙逃走了。虽然曾参贤德，他母亲对他信任，但有三个人怀疑他（杀了人），所以

▼ 去戈壁（林琳摄影制作）

慈爱的母亲也不相信他了。你看，在众口一词的情况下，母亲对自己贤良的儿子尚且会起怀疑和忧惧之心，更何况吃瓜群众对一个并不了解的人的评判。所以，在真相缺席、百口莫辩的境地下，你还真就得淡定从容，就把这当作修心的一种考验。要相信，路遥知马力，日久见人心。在时间面前，流言蜚语终究站不住脚，凡不能打倒毁灭我的，都将使我更加强大。

平心静气地想想，造你谣的人，不外乎两个原因：1. 出于嫉妒；2. 以此证明自己的存在感。以上两条，都出于人性。所以，想通了这一层，就没什么可以愤怒了。做自己就好。任何反驳或者愤怒都是没有意义的。谣言也是生活的一部分，学着接受吧。

是非恩怨也好，非议谣言也罢，说到底是个人际关系范畴的事儿。要知道人际关系永远是双向的，学人者人恒学之，助人者人恒助之，敬人者人恒敬之，爱人者人恒爱之。同时，说人者人恒说之，整人者人恒整之，害人者人恒害之，耍人者人恒耍之，虚伪应付人者人恒虚伪应付之。

是故，不争，故莫能与之争。君子矜而不争，群而不党。

"你不能把这世界让给你鄙视的人"

有一种情况是不能退让的,那就是对触碰价值观底线,违反原则的行为一定要勇敢站出来回击,哪怕与所有人为敌。这是基于对是非的虔诚而道德的认识你得做你觉得对的事,不对的就去他的。

底线这玩意儿,其实也挺考验人性的。坚守底线需要勇气。许多痛苦,都是底线过高带来的痛苦。到处碰壁是因为你有底线,可别人没底线;你想坚守底线,可就是有人不待见你坚守底线。

但是,再难也要坚守底线。这是一个正直的人的责任。

因为君子欲让,小人愈妄——君子越退让,小人越狂妄。面对那些挑战价值观底线的言行,就不仅仅是道不同不相为谋那么简单了,而是要按照《论语》所说:"当仁不让",正直的人要勇于出头,要反击到底直至胜利。

因为纵容无底线的行为,你就是把世界让给你所鄙视的人。很快,劣币就将开始驱逐良币。

逃避责任的,缺乏独立思考能力反智的,爱斗争的,当这样的人在一个团队里越来越多的时候,团队氛围就越来越坏,理想主义的东西放在这样一个环境里就显得非常可笑,也无法立足。

四天三夜。
一百二十公里茫茫戈壁。
二十万步。和你一起。
我的姐妹和兄弟

▲ 一起走过的日子（林琳摄影制作）

他们或脑袋一片糨糊，或破坏规则，或指鹿为马，抑或人云亦云，都在不由自主地干平庸的事，压制理想主义，把一个团队弄成一个小圈子，如同大火炉，什么金银铜铁锡，进了炉子，都要熔化，渐渐地都铸造成这个圈子需要的模样，一如电影《肖申克的救赎》所描述的那样。在这样的环境里，大家嘴上全是"主义"，心里全是"生意"。等到理想主义色彩消失得无影无踪，这个团队自身也没有生气了，也不会进步了，只剩下互相算计和拉帮结派。

我带戈12和戈15的时候，对团队内部逾越底线的言行非常警惕，会第一时间掰扯处理清楚，绝不拖延。如果三观不正，底线失守，那这个团队也就完了。在这方面，我有精神洁癖。我的底线标准是：团队至上的原则是红线，真诚善良的价值观不容挑战，

风车阵日出

只有把这个底层逻辑理顺了而且成为所有队员心中铁律的时候，这支队伍才叫队伍，立得住，才有实现愿景使命目标的可能。因此，面对触碰底线的行为，一个团队的领头人要有担当，能勇敢地说不，有时候还要有堂吉诃德的精神，不信邪，战斗到底，哪怕四面楚歌伤痕累累心力交瘁也要战胜之。一支肆意挑战价值观视原则为无物的队伍，就像是打开了人性之恶的潘多拉魔盒，自私猜忌内卷横行，是注定走不远也注定要失败的。团队领导者要有一意孤

行，在冷嘲热讽明枪暗箭中坚守底线，不后退一步的勇气。事实上，这几年带队下来，尽管有种种遗憾和不足，但我们整个团队至少精神层面上风清气正。底线守住了，劣币也就没有了生存空间，大家齐心协力也就能成事儿。最重要的，留下来的回忆都很美好，没有那些乱七八糟钩心斗角的丑陋事儿。

当我们捍卫了自己的价值观和原则的时候，我们就是自己的英雄。

仰天大笑出门去，我辈岂是蓬蒿人

  2021 年，戈 15 结束一年多以后，承蒙"玄奘之路"组委会和各院校老戈友们的认可与邀请，经过资格认定和投票选举，我被玄奘之路组委会秘书处聘为戈壁挑战赛第二届规则委员会委员，与十多位有影响力的杰出戈友共事，一起为戈赛的发展服务。从一个误读、误解规则的带队者到转换身份研究规则，参与规则修订，我把这看作是一次自我救赎的机会，不仅是弥补自己戈 15 留下的遗憾，更重要的是以超越院校身份的眼光去为更广泛的戈友服务，共同促进这项赛事的繁荣发展。我想这也是所有参与戈赛者的共同目标和普遍价值观吧。感谢戈友们的支持和鼓励，看来自己与戈赛的缘分还将继续下去。在这个全新的领域，我也会一如既往竭尽全力去探索，去努力，不辜负这份沉甸甸的信任。

  这些年的戈赛经历，就是一次又一次审视自己的过程。虽然我得出的答案不一定正确，但持续审视自己所得到的东西，都会成为我的养料，绝非无用功。在我的心里，戈赛既有"大漠孤烟直，长河落日圆"的苍凉和高远，更有"八百里分麾下炙，五十弦翻塞外声，沙场秋点兵"的雄阔和粗犷。那些打在脸上生疼的沙尘，刀子般刺骨的大风和炙热的阳光，都是一件件打磨人生的利器。无论是"事上磨练"还是"静处体悟"，在那些失败和成功的纠缠中与自己对话也是一种个人心性的成长，一场修心之旅。只有不断了解自我，继而建立自我，以己为本，本立自能发出利他的效用。王阳明的致良知，我理解，其关键就在于必须建立一个良好的自我，有积极的人生观，然后才能自致良知。有良知，则耳目得其所以聪明之理，而视听言动皆尽其用，合于理，知致而物格。所谓知行合一，在知的方面把自我建立好了，有了正确的价值观和世界观，那么在行的方面——利人济物——也就是自我实现、顺理成章的事儿了。

其实人生只是一个向往。追求向往，往往会有不一样的收获。所以，人生最重要的是经历与经过，向前看，不断地朝前走，你能拓展多宽，你的人生就会是多宽。一切都是经历，一切都是选择，一切都是感悟。

就跑步而言，我已经坚持了十年，这中间连续五年上戈壁。无论如何，十年的时间跨度，都是人生中无法被忽视的重要片段。一件事坚持做了十年，也是一种对向往的追求，尽管还到不了传奇的高度。至于将来，我会一直跑下去，先完成六大满贯赛事。这几年满世界跑下来，还剩两个，一定要拿到大满贯奖牌。然后么，谁知道呢？也许又有了新目标，那就去追。子曰："后生可畏，焉知来者之不如今也？四十、五十而无闻焉，斯亦不足畏也已。"后生可畏啊，不要以为年轻人不如你。如果四五十岁了还没有什么见识，也就没啥可叨叨的了。老夫子又说："年四十而见恶焉，其终也已。"意思是，四十岁了还讨人嫌，往后也就没戏了。我已经五十了，在人生这条道上，见识和经历还不够，还要努力折腾，为了不断有吹牛的资本而奋斗。要有戏，不能没戏。从科学的角度看，任何事物从诞生的那一刻开始，其边际效应就是递减的，直至最后消亡。如同宇宙大爆炸一样，在持续亿万年的膨胀过程中也在不断冷却，直至最终停止溢出并再次收缩和爆炸。为了防止递减效应的蔓延，唯一的办法就是不断在该事物的基础上产生裂变，不断制造爆点，持续升温，这样就能不断地推迟边际效应递减产生的时间。这个爆点就是创新能力，是维持生命力的必需品。人生也是同样道理，必须不断地以拓展人生宽度的方式给自己赋能，保持活力和前进的动力，如果失去了探索的能力，那人生的边际效应递减就不可阻挡，生命也将停止。我相信，只要保持对这个世界的好奇心，努力劳动，把剩下的交给阳光、雨露和时间，一定会有一些像样的东西破土而出。"成为"并不意味着达到某个位置，它应该是一种前进的状态，一种进化方式，一种不断朝着更完美的自我奋斗的途径，这条道路没有终点。Stay curious, stay young.

王国维在《人间词话》说："古今之成大事业、大学问者，必经过三种之境界：'昨夜西风凋碧树。独上高楼，望尽天涯路'。此第一境也；'衣带渐宽终不悔，为伊消得人憔悴'。此第二境也；'众里寻他千百度，蓦然回首，那人却在，灯火阑珊处'。此第三境也。"

先生用这几段名句来形容做学问的三个阶段。其实，我们做的每一件事，只要是专注认真地做，又何尝不是这样：于清冷孤寂中立志，在百折不挠、曲曲折折中奋斗，世事虐我千百遍而不改初心。只要我们从容不迫地，专注地做事，把自己浸泡在时间里，就是做时间的朋友，就会功到自然成。

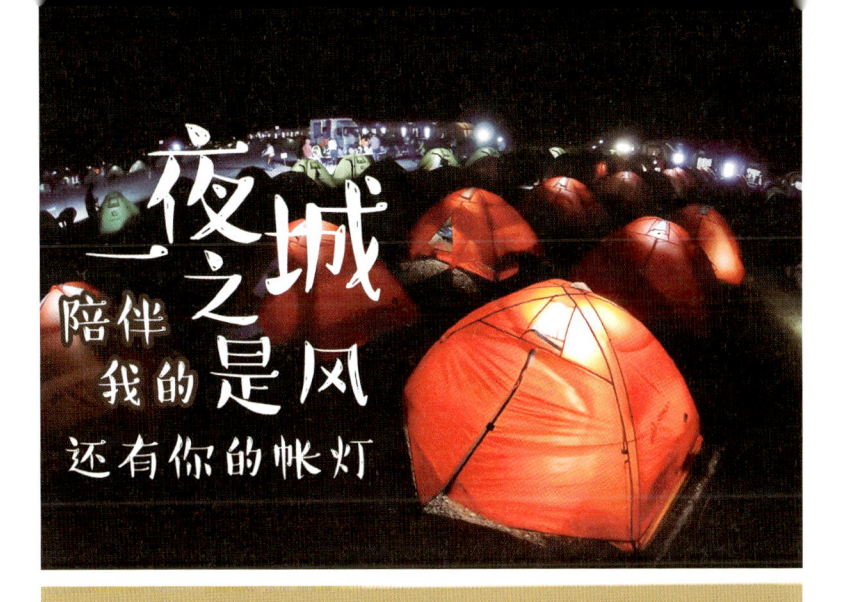

一夜之城
陪伴我的是风
还有你的帐灯

▲ 营地之光（林琳摄影制作）

  跑步十年，戈赛五载，修心修行，发心立志，埋头奋斗，一直在路上，还要继续走下去。我认为每个人多少都应该一些被这个世界记住的价值。当然我不会说这是由于我们的天分，我想说，这是源于我们的勤勉、热忱和对名誉的尊重。人生就是怀着这样的理想去不断努力。读书也好，理想也罢，路漫漫其修远兮，吾将上下而求索。理想无止境，追求无止境，但是格一物有一物的愉快，今天不成功的，明天明年可能成功；只要尽一分力就有一分的满意，无穷的进境上，每一步都可以给努力的人带来充分的愉快。既然生来没有翅膀，那就努力奔跑，去探寻，去发现，不退让，不屈服。"独上高楼，望尽天涯路"很寂寥，"衣带渐宽终不悔，为伊消得人憔悴"更是艰辛的人生修行，坚持就是全部意义。那个灯火阑珊处，我会一直追寻下去，尽管前路漫漫，就算无尽的星辰令我的探索希望渺茫，就算我必须单枪匹马。

后 记

《跑步前进》即将付梓之际,简单说两句。

2021年10月,我自美国返回,按照疫情防控政策被集中隔离二十一天,这本书的初稿就是在那时候完成的。在酒店隔离期间,每天除了去门口拿盒饭和测核酸之外,就是在房间码字,颇有闭关写作的状态,效率奇高。这样一来,隔离的日子也不那么难熬了,反而是一个机会,把念叨了一年都没动笔的书稿完成了。要谢谢这些年的跑步经历,赋予了我无论在多困难多枯燥的状态下都能保持专注和坚持到底的能力。

人到中年,不免会絮叨。这不,就跑步这么件事,也啰唆了十多万字。可我还是很开心的,至少一个业余爱好因了这些感悟而平添了不少意义,披上了正事的外衣。

感谢我的家人,尤其是太太的大度,容忍我这些年在跑步这事儿上任性折腾,还侵占了太多本属于家庭生活的时间。这本书算我的一份礼物,献给家人。

感谢行知探索集团董事长、"玄奘之路"戈壁挑战赛创始人曲向东先生拨冗为本书作序。曲总多年来埋头耕耘，打造出了独特的戈赛文化，为健康力量赋能。祝愿戈赛越来越好，成为伟大的赛事。

感谢李秀娟、忻容和陈春花教授，虽未曾有幸谋面，但你们关于领导力的精彩论述让我受益匪浅，使我在论及戈壁与领导力修炼的关系时有拨云见日之感。

感谢长岛兄耐得琐碎，亲自责编此书，并把一应出版事宜安排妥当，本书才得以顺利出版。

要感悟，不要只赶路。愿我们都能在忙碌的脚步中偶尔驻足思考一下，让梦想更有方向，让人生更精彩。

崔予缨

2022 年 1 月 5 日

参考文献

[1] Stephen P. Robbins, Timothy A. Judge：《组织行为学精要》，北京：机械工业出版社，2014。

[2] 陈春花：《让心单纯》，北京：机械工业出版社，2019。

[3] 李秀娟、忻容主编：《领导力在行动——问道戈壁》，上海：远东出版社，2017。

[4] 远山：《袁伟民与体坛风云》，江苏：江苏人民出版社，2009。

[5] 林语堂：《我站在自由这一边》，江苏：江苏人民出版社，2014。

[6] 王蒙：《我的人生哲学》，北京：人民文学出版社，2014。

[7] 冯唐：《成事：冯唐品读曾国藩嘉言钞》，天津：天津人民出版社，2019。

[8] 六神磊磊：《六神磊磊读金庸》，杭州：浙江文艺出版社，2021。

[9] 辜鸿铭：《中国人的精神》，北京：中国画报出版社，2012。